非常人傳奇之

魔像

·魔像·亞洲之鷹

倪匡——著

魔像

亞洲之鷹

魔像

神祕畫像的由來

凝視著距離他不過兩公尺的那幅油畫，「亞洲之鷹」羅開一動不動，至少有一小時了。

而且，在最近的三天之中，他每天都是這樣子。

一個謎團在羅開的心中，當然不是一定可以在三天之內解開，可是，連那個謎團究竟是什麼也不知道，這種情形卻是十分罕見的。

自從得了這幅油畫之後，羅開就在他的歐洲別墅之中。那別墅建造在一座相當高的山上，有著斜面的、全部玻璃的屋頂，目的是接受充分的陽光。

這時，冬日燦爛的陽光正照射在那幅油畫上，使得油畫現出了一種近乎半透明的色彩來。

油畫畫的是一個人像，明確一點說，是一個人像的背影。

羅開可以肯定地相信，這幅油畫，有著極度的神秘，可是神秘在什麼地方呢？他找不出來。

既然找不出油畫的神秘之處，那麼，還是先說說他是如何得到那幅油畫的吧！

人生際遇最奇特的，是莫明其妙的一個決定，可以伸延出無數變化來。

羅開得到這幅油畫，就是如此。

比利時首都布魯塞爾，並不能說是歐洲一個十分重要的城市，但是對於全世界的油畫收藏家和各大博物館來說，每年至少有一天，布魯塞爾是他們的聖地，就像回教徒一生之中，至少要有一次到聖地麥加去朝聖一樣；一個油畫收藏家若是一生之中未曾在那一天到過布魯塞爾的，那簡直沒有臉見人。

那一天，是十一月二十七日，這並非一個什麼特別的節日，而是布魯塞爾的哥耶拍賣行一年一度拍賣油畫的日子。

哥耶拍賣行甚至不能列入世界三大拍賣行之一，和倫敦的蘇富比拍賣行相比較，規模更是不如，它除了油畫之外，不進行任何其他藝術品的交易。

可是，它在收藏家、世界各大博物館中的地位之高卻無可比擬，那完全是由於它的主持人哥耶的緣故。

哥耶，正確的稱呼，應該是哥耶三世。哥耶三世是一個天生的藝術品鑑賞家兼藝術家，尤其是油畫方面。

油畫一直是西方繪畫藝術的主流，自古至今，名家輩出，精品之多，不可勝數，有數不完關於價值數百萬美金的傳說，例如一個窮得連每天中飯在哪裡都沒有著落的老太婆，把一幅畫以極低的價錢賣給了舊貨攤。結果在那幅拙劣的畫下，隱藏著達文西的真跡，價值超過一百萬英鎊之類。

簡單地來說，一幅畫是價值連城或者一文不值，往往決定於它是不是某個著名畫家的真跡。

能鑑定一幅畫是否屬於真跡的方法很多，這方面的專家，世界上也不少，可是，哥耶三世卻是專家中的專家。他鑑定過的油畫，所有的收藏家都毫無保留地相信；哥耶三世是油畫鑑定的權威。

哥耶三世就是哥耶拍賣行的主持人。在哥耶拍賣行進行拍賣的每一幅畫，都附有他親筆簽名的證明書。

人們對於哥耶三世的信任倒也不是盲目的，有資格的收藏家都知道，哥耶三世在四十歲之前，憑著他對油畫精湛豐富的知識和他所掌握的超卓技巧，他幾乎可以摹仿任何大畫家的風格來作畫。

再直接一點地說，在他四十歲之前，他是一個專門製造假畫，騙取收藏家巨額金錢的人，而且，買了他製造的假畫之後，再請任何專家去鑑定，都難以分辨真偽。

這樣一個藝術界的大騙子，如何會忽然受到收藏家這樣尊敬了呢？

原來是在他四十歲生日那天，他作了一個震驚藝術界的石破天驚的決定。

他宣布了六十七幅假畫——那些畫，有一半是收藏在國家級的博物館中，另一半，則存在世界各地著名的油畫收藏家之手——是由他繪製出來，當年以駭人聽聞的高價售出的。

接著，他又宣布，他從此之後不再製作假畫，所以，為了彌補過去的過失，他不但以原價收回那些假畫，而且還給當時的買主合理的利息。

哥耶三世當時為了收回他歷年來出售的假畫，付出了三千萬英鎊。

這筆巨款是哪裡來的，他不願透露，只說是有人在幕後支持他。而支持他的人，當然是一個收藏家。支持他的原因是：由於他繪製的假畫已經到了無人可以鑑定的程度，這將使全世界所有收藏家的興趣大為減低。

因為收藏家一想到自己用盡了時間，花費了大量金錢到手的一幅珍品可能是贗品之際，那天下最無趣的事只怕莫過於此了，也可能從此放棄了收藏。

哥耶三世從此改邪歸正，開設了哥耶拍賣行，所有拍賣的油畫，經過他鑑定之後拿出來拍賣，保證每幅全是精品。

至於哥耶三世當年是在誰的支持下改邪歸正的？一直沒有人知道。五年來，不知有過多少揣測。

有的說是希臘的船王，有的說是美國石油大王保羅蓋帝的家屬，有的說，那是著名的豪富侯活曉士，也有的說是荷蘭或英國的女王，甚至有人懷疑是梵蒂岡的教廷，當然也少不了擁有石油田的阿拉伯國王。

也有人懷疑，哥耶這樣做，只不過是一種手法：他聲稱收回贗品，人家自然以為自此之後他出售的全是真貨了，可是他還是在賣假貨，因之可以得到更大的利益。

所以，有十個以上的一級專家，曾花了兩年時間專門研究哥耶在改邪歸正之後出售的畫，可是不論從藝術方面來鑑定，或是用碳十四的科學鑑定法來檢驗，都找不出絲毫破綻來。

到後來，專家小組宣布，哥耶拍賣行出售的，全是真正的精品。這一來，自然更增加了哥耶拍賣行的信譽，使全世界收藏家敬奉如同神明。

羅開並不是一個油畫收藏家——雖然他這方面的知識相當豐富。

事實上，羅開對一切藝術品、古董……一句話，凡是值錢的東西，都有相當豐富的知識；可是他的興趣，說得俗一點，只是在於那些東西的價值，而不是那些東西的本身。

十一月二十七日那天，羅開走進了哥耶拍賣行，是因為他恰好在布魯塞爾。而那天，他又恰好無所事事。更重要的，是他剛好在拍賣行的附近——拍賣行位於市中心，高等法院後面的一條古老的街道上。

羅開那天在法院中會晤了一位朋友之後，無事可為，信步而行，看到那條街道從街口起，一直排列著各種各樣名貴的汽車時，他還以為這裡是舉行汽車展覽。

但接著，他又發現每一輛車子都有著穿制服的司機時，他就知道，那一定是一個極不尋常的超級富豪的聚會。

對於從事冒險生活的「亞洲之鷹」羅開而言，那自然引起了他的興趣，所以，他走進了哥耶拍賣行。

在進去的時候，守在門口的職員向他投以疑惑的眼光。

不過像這種高貴的場合，自然不會去盤查來客的身分，只要心虛一點的人，在這種疑惑的眼光之下，和一看到坐在大廳中的那些人的聲威之後，也立即知難而退了。

羅開當然不會被這裡的排場嚇退，當他簽了一張只有兩百英鎊面額的支票，換取了一本拍賣品目錄之際，那兩個禮服煌然的職員立時改顏相向。

兩百英鎊是一個小數目，小到幾乎任何人都可以拿得出來。問題是羅開所使用的那本支票，是瑞士銀行發出來的淡金色的支票。

識貨的人一看到這種支票，就可以知道支票的持有人不論銀行存款多少，銀行保證可以兌現任何面額，不是有信譽的超級富豪，根本不可能由銀行發給這樣的支票簿。

所以，那兩個職員不但立即堆下了笑臉，而且，立即有一位美麗的金髮女郎搖曳生姿地走過來，用甜膩得令人心醉的聲音道：

「先生，請跟我來，前面還有座位，你不介意坐在克魯伯爵爺的旁邊吧？」

羅開笑著：「當然不介意，希望他也不介意。」

女郎甜甜地笑著：「當然不會！」

羅開心中暗暗好笑，克魯伯爵爺，他自然知道那是什麼人，歐洲最大的軍火製造商的繼承人。克魯伯家族製造軍火已有相當悠久的歷史。

當年希特勒向整個歐洲發動戰爭，克魯伯工廠製造的軍火，就給了他極大的支持。如今世界上大小戰亂不絕，需要軍火的地方，不惜任何代價購買軍火，克魯伯家族財源廣進，早已是世界一百名豪富之中的大富豪了。

羅開在那女郎的帶領下向前走去，那是一個相當大的廳堂，全部是歐洲古代的裝飾；金碧輝煌之中，又帶著濃厚的文化氣息，所有的椅子，全是宮廷式的極舒適的靠背椅。

椅子擺得一望而知經過精心設計，不是死板地一排一排，但是每一張椅子都可以面對著同一方向：拍賣主持人所在的方向。

椅子有的是單獨的，有的是兩張並列，有的是三張並列，羅開被帶到了前面三張並列的椅子前，女郎指著中間的一張，請他坐下。

羅開向已坐在左首那張的一個五十餘歲，有著典型日耳曼臉譜的人略點了點頭，就坐了下來。

每一張椅子前都有精緻的小几，那女郎彎著腰，把她豐滿的胸脯顯現得恰到好處，嬌聲問：「先生，需要什麼飲料？」

由於是上午，羅開只要了咖啡。那女郎搖曳生姿地離去，拍賣還沒有開始，羅開翻閱著目錄。

整個大堂中已經有了將近一百人，可是卻十分安靜，只有少數人在低聲交談著。拍賣，其實是一種十分藝術化的競爭，而且極講究技巧和戰略，人人都希望以自己心目中的價錢，買到自己心目中最喜歡的東西。

包裹在深紫色中的女人

不過，在拍賣的過程中如果出現了競爭者，可能要付多十倍的代價！如何使自己心中早有的計劃實現，是相當困難的事。

所以每一個有目的的參加拍賣者，心情多少有點緊張，但像羅開那樣，本來就沒有目的，自然輕鬆得很。

當羅開把目錄翻到第三頁之際，一陣淡淡的幽香，飄進了他的鼻端。

羅開對於女性所用的各種各樣香水也極有研究，可是這時卻令他訝異了，那股幽香是他從來沒有聞到過的，那樣沁人心肺，卻又那麼淡，明明是存在的，但又不可捉摸。

有著紫羅蘭特有的清香，但那應該是朝露下的紫羅蘭，才有這種一點不落塵埃、近乎仙境的芳香！

羅開立時抬起頭來，他又呆了一呆，他所看到的，只是一團眩目的、美麗的紫色！那是一種極深的深紫色，近乎黑色。

一個男職員正領著一個穿著這種紫色紗長裙的女人過來，羅開只看到一團深紫色的原因是，那女人的臉上，自紫色的帽子之下垂著紫色的面紗，而她的雙手又戴著深紫色的手套。

從頭到腳，這個女人都把自己包裹在一片近乎黑色的深紫色之中，看起來不但神秘，而且有一種極度的詭異之感。

那女人就在羅開的身邊坐了下來。

羅開並沒有留意這個把全身都裹在深紫色中的女人走過來時的情形——當時，他正專注於拍賣目錄，但從那女人坐下的姿勢如此優雅來看，那女人當然不會是從貧民窟中出身的。

顯然，這個女人的出現也引起了大堂中其他人的注意，羅開看到所有人的目光都向她射來。

羅開就在她的身邊，不能像其他人一樣直視她，所以，只好把目光在她項際的那串珍珠上略微停留了一下。

那串珍珠是這個女人身上唯一的飾物，但真正的飾物，只要一件就夠了，只有暴發戶或者根本不懂得如何裝扮自己的庸脂俗粉，才會在自己的身上掛滿飾物。

那串珍珠散發著柔和的銀輝，配上她一身深紫，襯配得再適宜也沒有。

羅開一眼就看出，大約三十顆珍珠幾乎都是渾圓的，同樣大小的南海天然珍珠中的極品，珠面平滑得一點凹痕也沒有，這就使得珍珠的光芒更柔和、更流轉。

而珍珠的大小，羅開的估計每顆直徑一點二公分。這樣的珍珠，單獨的一顆，都是珠寶市場中難得一見的罕品，售價通常超過五萬英鎊，何況是將近三十顆串在一起而成的項鍊！

羅開不由自主暗中吸了一口氣，自己有一種好美的感覺。

近年來，他也可以說是改邪歸正了不少，要是在三年前遇上了這樣的一串珍珠，他有把握在二十四小時之內把它弄到手！

那女人坐下來之後，不等那男職員問她要喝什麼，就優雅地揮著手令他離去；同時，她轉過臉來，微微地向羅開頷了頷首。

羅開十足紳士風度，立時半站起來還禮，同時道：「好動人的深紫色！」

羅開很懂得如何去說討好的話。這女人的那串珍珠，可以說是稀世之寶，一定曾經接受過不知多少頌詞；任何人都會說：「好美麗名貴的珍珠。」可是他卻故意不說，只說：「好動人的深紫色！」

果然，那女人略現驚愕的神態——她面上深紫色的紗幕，把她整個臉都遮住了，根本看不清她的五官，她的驚愕，是從她略動一下身子這個動作上顯示出來的。

她沒有開口，只是又向羅開頷了頷首，表示她很欣賞羅開的這句話。

羅開再度微笑，心中在想：這不知道是那一個女富豪？他所知道的幾個女富豪，似乎都沒有這種神秘的氣質。

這個女人，由於全身都被掩遮著，而她又不開口說話，所以不但無法知道她的容貌，連她的年齡都看不出來，她可以是十八歲，也可以是八十歲！所能肯定的，只是她的性別而已。

當羅開把視線從那女人身上離開之際，他感到在他左鄰的克魯伯先生有點坐立不安的樣子，不斷地在變換著坐著的姿態。

而且羅開只是稍為留意了一下，就可以知道，這位先生的目的，無非是想多看那女人幾眼而不被人覺察而已。

羅開心中略動了一動，那女人是多大年紀、什麼容貌，連他都無法下判斷，克魯伯先生自然也不知道。

克魯伯家族的動銜，是德意志帝國時留下的，克魯伯不是暴發戶，而且是歐洲著名的花花公子，何以他對這個女人起了這種反應？

他們本來就認識的？還是在直覺上，克魯伯認定了這個女人是一個絕世美女？

羅開感到十分有趣，完全置身事外，像看戲一樣，觀察人生百態，那是一種上佳的消遣！

克魯伯先生不斷動著，那女人自一坐下來，和羅開作禮貌上的點頭之後，卻幾乎一動也沒有動過，就像是一尊雕像一樣。而且，她也不翻閱目錄，只是坐著不動。

就在這時，一陣熱烈的掌聲響起，一個身形修長，看來大有藝術家氣質的中年人步上了台。

羅開和哥耶三世雖然未曾打過交道，倒也久仰大名，只見他膚色白得驚人，自有一股高傲的氣派。

上台之後，他不亢不卑地行了一個禮，目光閃亮，向大堂中看了一下，隨即停留在羅開身邊的那個女人身上。

羅開留意著哥耶三世的神情，看來，他也不知道那個女人是什麼人。同樣的神情，當他望向羅開時，也曾出現了一下。

這樣的拍賣，通常來說，是很少有陌生人出現的，羅開是第一次來，看來那個女人也是第一次來。

哥耶三世開始講話：「各位，相信大家都注意到了這次拍賣的目錄之中，有一幅神秘的作品，連我也不能確定那是什麼人的作品……」

當他這樣講的時候，全場的人都現出會意的神情來。羅開心中暗叫了一聲慚愧，他並沒有看完目錄，所以根本不知道有什麼神秘作品。

哥耶三世繼續說：「我只能斷定，這幅作品是十七世紀時期的作品，各位或許會表示異議，當時正是現實主義大盛的時代，可是這幅作品卻有著濃厚的印象派色彩。這幅畫的本身，不但是一個謎，而且可以令得整個藝術史改寫。」

他講到這裡，頓了一頓：「這樣的一幅作品，本來我是準備留下來的，可是畫主堅持說，一定有比我更適合的擁有人，所以要我公開拍賣，我們就從這幅神秘的畫開始今年的拍賣！」

他一揮手，兩個職員就抬著一幅蒙上了白布的畫走了過來，放在畫架上。哥耶三世用他修長蒼白的手指輕輕一拉，就把白布拉了下來。

剎那之間，大堂中靜到了極點。

羅開向那幅畫一看，不禁楞了一楞。

羅開再懂藝術，對這幅畫也無以名之，只好稱之為一幅怪畫。

這幅畫，畫的是一幅人像，可是卻是背面。

所有的背景，全是一種矇矇矓矓的淺灰色，像是在極濃的濃霧之中。所以，那個背後看來也是矇矓的一團。

只是依稀可以看得出，那是一個女人，穿著深紫色近乎黑色的長裙，戴著同色的帽子。

看那個畫上女人的樣子，她像是正穿過濃霧向前走去，要走進濃霧深處。

整幅畫有一種極度的神秘感，叫人感到這個女人如果再向前走去，就會消失在前面的濃霧之中！

這樣的一幅怪畫，本來還不算什麼，怪的是畫中的人像雖然模糊，但是和如今在場的那個充滿了神秘感的女人，卻有著出奇的相似之處……至少，她們所穿的衣服，那種近乎黑色的深紫色是一樣的！

羅開已經隱隱感到，這幅畫不單是一件藝術品那麼簡單了！

可是，一幅畫，除了是一件藝術品之外，還能夠是什麼呢？羅開心中疑惑。

大堂中在靜了一靜之後，傳來一陣低而延綿不絕的私議聲，羅開可以覺出，他身邊的那女人一動也沒有動過。

哥耶三世望著那幅畫，道：「這幅畫的來歷相當古怪，物主說，這幅畫的新主人有權可以知道它的來歷，在未曾有新買主之前，他不宣布，連我也不知道，但是，由於物主是一個信譽超卓的人，所以我相信他，他說畫的來歷極神祕，那就一定是極神秘。這幅畫的拍賣，破例由我來主持，它的底價是十萬英鎊，每舉一次手，表示加價一萬鎊！」

大堂中又傳來了一陣私議聲，十萬英鎊雖然不是什麼巨款，但是對於一幅來歷不明的畫，連哥耶三世也不知道是出自何人之手，那就大有可能是現代人利用了舊畫布、舊油料的作品，這種作品是沒有價值的。

而且畫的本身，除了那種神秘感之外，並沒有什麼特別的藝術吸引力，所以在一陣私議之後靜了下來。

在靜寂中，只聽得哥耶三世道：「十一萬鎊，十二萬鎊，十三萬鎊……」

他一直在把價錢叫上去，這種拍賣場合，有意競買的人，都不會高舉雙手自己叫價，而是只憑一個小動作使拍賣主持人知道他在出價；其餘人除非老於經驗，不然根本無法知道競投者是什麼人。

價錢在不斷叫上去，叫到了三十萬鎊時，大堂中傳出了一陣交頭接耳聲。

羅開也已經留意到了，全場只有兩個人在競買，兩個人都在他的身邊，就是那個神秘女人和克魯伯先生。

那女人的動作十分優雅，只是微微揚起她的食指；而克魯伯先生則是把他的左手握了拳又放開。

可解謎團的金鑰匙

當價錢叫到五十萬鎊的時候，哥耶三世道：「看來有兩位藝術的愛好者，都想得到這幅神秘的畫，這樣爭持下去，是沒有意義的，我提議收回拍賣，私下商議。」

羅開在這時感到身邊那女人有點不安的小動作，他有點不喜歡克魯伯這樣的態度。他了解克魯伯這類富豪的心理，他多半是藉此想結識這個女人，利用他豐厚的財富去表現自己。

可是那女人，她或許是真的需要那幅畫，至少，她衣服的顏色和畫中人像衣服的顏色一樣！

所以他立時道：「這好像不很公平吧，或許還有第三者要競投呢？」

哥耶三世沉聲道：「誰？」

羅開笑了一下：「我！」

哥耶三世望著他：「先生準備出價多少？」

羅開仍然笑著：「還沒有到最後三秒鐘，我何必那麼早就決定！」

任何拍賣，到了最後只有一個人出價時，拍賣主持人一定要數三下的，在數三下之後才落鎚，而在落鎚之前的任何出價都是有效的。

羅開這樣回答，表示他十分懂規矩。

哥耶三世的聲音相當冷淡：「說得是！從現在起，價錢每次增加是五萬英鎊！」

當羅開這樣說的時候，在他左邊的克魯伯發出了一下十分低微的悶哼聲；而在他右邊的那個女人，則轉過頭來向他望了一眼。

羅開仍然看不清那女人的五官，但是隱約感到，在深紫色的面紗後面，那女人的雙眼之中，閃耀著一種異樣的光彩。

價錢一直在叫上去，到了一百萬鎊之際，大堂中的交談聲「嗡嗡」不絕。

這簡直有點不可思議了，一幅如此高價的畫，連畫家是誰都不知道，那是為了什麼？難道就是為了它的神秘來歷？

哥耶三世顯然也感到意外，他宣布暫時休息十分鐘再繼續。

當休息開始時，交談聲更是嘈雜。

羅開身子略向左側，低聲道：「克魯伯先生，我看你並不是真想得到這幅畫。而要引起一個女人的注意，可以有許多種方式，閣下使用中的那一種，不值得恭維。」

克魯伯的聲音高傲而冷漠：「對不起，先生，我不和陌生人交談的。」

羅開並沒有生氣，因為他在開口之前，早就預料到有更壞的場面，而他也早準備好了該如何回答。

所以他立即道：「我叫羅開，你可以在北歐精密工業的首腦，一個叫雲四風的中國人那裡打聽到我；或者，可以從軍火最大的買家，北非洲那個國家的那位女將軍處，知道我的來歷。」

克魯伯聽了之後，略微震動了一下，看了羅開幾秒鐘，站起身，向外走去。

羅開所提的兩個人，一個是世界精密工業的首腦，他掌握下的工業系統，近十年來，提供給克魯伯兵工廠先進的技術，若是一旦終止，規模龐大的兵工廠可能成為落後武器的大倉庫。而另一個，則是克魯伯工廠產品最大的買家！

羅開知道，克魯伯自然不會被幾句話嚇退，可是，那也至少要令得他利用十分鐘的休息時間，出去打探一下他和那兩個人的關係！

當克魯伯急急走出去之際，羅開只覺得那股沁人的幽香忽然近了些，他身邊的那女人向他略靠了靠，用清婉動人、略帶低沉的聲音道：「謝謝你！」

她只說了一句話。當她說話的時候，深紫色的面紗略微震動了一下，同時，羅開也真正知道古人形容美人說話的時候「吐氣如蘭」是什麼意思。

那種幽香令人心神俱醉，羅開不禁有點想入非非，若是和她的距離再接近些，那將是什麼樣的情景？

這個神秘女人，從聲音上聽來，年紀不會太大。羅開雖然不是急色鬼，但男性對於充滿神秘氣氛的女性，總難免會有一分好奇。

他笑了一下：「不算什麼，我看得出妳真是喜歡這幅畫！」

那神秘女人看來十分吝於開口，說了那句「謝謝你」之後，就沒有再說一句話。

十分鐘的休息時間很快就過去，當哥耶三世又站上台之際，羅開左面的座位空著，克魯伯先生並沒有再出現。

這一點，倒也很出羅開的意料之外。

哥耶三世的神情也略現驚訝，他揚了揚手，作了宣布：「這幅神秘的畫，已經有了買主，成交價格是一百萬英鎊！」

他揚起鎚來，停了片刻，一鎚敲了下去。

那神秘女人立時站了起來，由一個職員帶著，走向大堂後面的辦公室。

羅開來到這裡，本來是十分偶然的事，剛才發生的一切雖然使他疑惑，但是對他一生的冒險生涯來說，也不算得是什麼。

雖然他極想知道那神秘女人究竟是什麼樣子和她的來歷，但是，那畢竟沒什麼重要，只不過是一種好奇心而已。

他對油畫既然沒有興趣，接下來的拍賣又不見得會有趣，所以，他也向外走去。

當他離開了大堂，來到過廳的時候，忽然身後有人在叫：「羅開先生！」

羅開怔了一怔，知道他名字的人自然不少，鼎鼎大名的「亞洲之鷹」羅開，誰不知道？可是，能把他的名字和他的人聯在一起的人，卻少之又少；而且，羅開很不喜歡有這種情形發生。他已經自然而然地警戒起來，同時以極快的速度轉過身來。

出乎他意料之外，走過來、叫出他名字的，是哥耶三世。

羅開揚了揚眉，代替了詢問；哥耶三世作了一個手勢：「請到我的辦公室來，羅開先生。」

羅開表現得很冷淡：「對不起，我對於油畫不是很有興趣。」

哥耶三世笑了一下：「當然，可是，這是一項非常特別的邀請，而且，邀請不是由我發出的。」

羅開有點不明白，哥耶三世說完之後，已經用十分優雅的手勢，請羅開先走。

羅開聳了聳肩，一起走進了哥耶三世的辦公室。

辦公室的精緻和充滿了藝術氣氛，很使羅開有大開眼界之感。

一進辦公室，哥耶三世就指著桌上一隻極其精緻，在胡桃木上用象牙鑲嵌著圖案的小盒子，道：「在盒子裡，是一柄鑰匙……」

他一面說，一面打開盒子。在鮮紅色的天鵝絨襯墊上，是一柄金光閃閃的鑰匙。那柄鑰匙的式樣，看來十分之古雅。

對於鎖和鑰匙，是一門相當深的學問，羅開曾經專研過，所以，他一看到那柄金製的鑰匙，就可以知道，這種鑰匙極難仿製，是用來打開一柄構造極其複雜的鎖的。

他並沒有說什麼，只是又向著哥耶三世揚了揚眉。

哥耶三世道：「說起來相當複雜。那幅神秘的油畫，有一段十分怪異的來歷，賣主只肯說給買主聽。油畫的買主是什麼人，閣下一定知道了！」

羅開「嗯」地一聲，他當然知道，就是那個似乎全身都散發著幽香的神秘女人！哥耶三世的神情也有點疑惑：「買主……那位女士在付了畫款之後，卻託我轉告你，請你去聽有關這幅畫的來歷。」

羅開不禁感到極度驚訝：「那是為了什麼？我聽了有什麼用？畫又不在我這裡。」

哥耶三世攤了攤手：「買主也吩咐了，把畫送到你那裡去。你是不是可以留一個地址給我們？我們立刻就可以派人送去。」

羅開又怔了一怔，一切都好像不合情理之至。那神秘女人花了一百萬英鎊買了那幅畫，卻要送到他那裡去，連同那幅畫的來歷也要讓他知道！

這一連串不合情理的事，是為了什麼？

羅開這時自然也已經知道何以哥耶三世可以叫出他名字來的原因，那一定是他在對克魯伯作自我介紹之際，神秘女人也聽到了。

那麼，一切是不是因此而起的呢？那神秘女人知道了他是「亞洲之鷹」羅開，知道了他是一個在各方面都有著特異才能的人，所以才這樣做的？可是這樣做的目的，又是什麼呢？

羅開迅速地轉念著：「請問那位女士呢？我想和她當面談談。」

哥耶三世道：「她已經走了。不過她說，她一定會找你聯絡的，因為這幅畫像對她來說，有著極特殊的意義，她相信你能替她解開一些奇異的謎團。」

羅開心中暗道：果然如此，這幅畫像之中有謎團！那神秘女人怕自己解不開，一聽到了他的名字之後，就想到了要利用他！

羅開對解釋各種各樣疑難的謎團，有天然的興趣，而且，又還有和那神秘女人再見面的機會，看來沒有理由拒絕。

他指著那鑰匙。

哥耶三世道：「鑰匙上刻著地址，你按址前往，打開門進去，就會有人向你說出這幅畫像的奇異來歷。」

他說著，將盒蓋蓋上，拿起盒子來，交給了羅開。羅開告訴了他酒店房間的號碼。

羅開接了過來，順手放進了口袋中，離開了哥耶拍賣行。當他又來到街上時，他自己也感到好笑。一時興起走進拍賣行，卻遇到了這樣的事情！

他來到比利時，是因為他的密友：黛娜中校，正在北大西洋組織的海軍演習中擔任情報工作主管，演習地點在比利時附近的海域，所以他也來了。

反正沒有事做，這件事，或許可以幫助他打發時間。

他在街上又閒逛了一會，才回到酒店。

十七世紀的古堡

羅開才回到酒店，職員就叫住了他，遞給他一封電報，同時道：「有一幅畫送來給你，已經在你房間了。」

羅開心想：拍賣行的動作倒十分快捷。他一面拆開電報，一面進了電梯。

電報是黛娜打來的：「我將有遠行，不必再等我，容後聯絡。」

羅開呆了一下。他知道，那自然是海軍演習有了路線上和時間上的改變，他原定的等黛娜任務完畢之後，在比利時相會的計劃，當然只好取消了。

從澳洲海岸回來，羅開只和黛娜相聚了不到十天，接下來的時間，黛娜一直在忙著，羅開好幾次勸她放棄她的工作。

有一次，他們兩個人相擁躺在長毛地氈上，才經過極度的靈慾交流的歡愉，黛娜的身子蜷縮著，羅開的手臂穿過了她的腿彎，把她緊擁在懷中，兩個人的身體可以緊貼之處，幾乎都貼在一起。

在那樣的情形下，羅開一面吻著她殷紅潤濕的唇，吻著她因為剛才的興奮而紅得發燙的臉頰，柔聲道：「黛娜，放開妳的工作，和我在一起！」

黛娜的長睫毛閃動著，顯得她是非常認真地在考慮羅開的這個提議。

但是過了一會，她把臉頰緊貼著羅開的胸膛，嘆了一聲：「鷹，我們不是普通人，如果我勸你放棄你的生活，你肯不肯？」

羅開沒有再說什麼，他根本不必說。他和黛娜都不是普通人，就註定了不能過普通人的生活，他不能到中學去做教員，黛娜也不能做家庭主婦，這是無法改變的。

黛娜把她柔腴豐滿的胴體貼著羅開更緊，在那一剎那間，她真想把自己溶進羅開的身體去，兩者化為一體。

緊靠著羅開結實的肌肉，使她的心跳加劇，可是她還是道：「鷹，其實你我都知道，我不可能成為你的妻子，你也不可能成為我的丈夫。」

羅開的心情相當苦澀，可是正如黛娜所說，這是無可改變的事實！

他一面輕咬著黛娜的耳垂，一面含糊不清地道：「那就讓我們盡可能享受相聚在一起的歡樂！」

黛娜的身子向後仰去，把她美麗的胴體全部呈現在羅開的眼前，兩腮泛紅，聲音膩得化不開：「隨便你怎麼樣，鷹，隨便你怎麼樣……」

羅開在電梯裡看著電報，憶想著最近一次和黛娜在一起的情形，不由自主閉上了眼，心中暗嘆著。

或許，就是因為有無可奈何的別離，所以在相聚時，才會有那樣極度的歡樂——他只好這樣安慰自己。

進了酒店的房間，他就看到了那幅畫。

羅開斟了一杯酒，拉下了包紮在畫外的紙，凝視著那幅畫。

不錯，畫像所表現的那種氣氛十分神秘，但是，也不見得如何特別。

在羅開的一生之中，最神秘奇特的遭遇，自然就是「時間大神」。

在他和「時間大神」的鬥爭中，不少人都認為，他曾兩次擊敗了對方，一次是在美國國防部的電腦室中，一次是在那個海底岩洞之中。

可是，每當他自己問自己：真可以說是兩次擊敗了那個神秘莫測的「時間大神」了嗎？如果真的是，何以一想起來，心中就有一種莫名的恐懼？

恐懼這個名詞，本來和「亞洲之鷹」羅開是絕不會聯結在一起的，但儘管他再怎麼不肯在他人面前承認也好，卻不能不自己對自己承認，他真的感到害怕！

一直到如今為止，他都不知道「時間大神」是什麼！

是外星人？那只是他的假設！

而對方所表現出來的能力是如此不可思議，一切全超乎地球人的智識範圍之外，簡直無可抗拒！

雖然他曾兩次和對方遭遇，在某種程度上來說，至少他未曾失敗；可是那種隱慮、那種恐懼，卻一直無法消除！

也好，他想，或許這幅畫和那個神秘女人，可以作為一種輕鬆的消遣。至少，到目前為止，羅開看不出整件事有什麼特別的不尋常之處來。相反的，還十分浪漫：一個全身散發著這樣的幽香，把自己從頭到腳都裹在深紫色中的女人！

羅開看了一會兒畫，看不出什麼名堂來，他才取出那隻盒子，拿起那柄鑰匙來。在匙柄上果然刻著字，只有一行：盧洛古堡。用的是法文。

羅開知道盧洛古堡。比利時在歐洲國家之中，算是有著悠久歷史的一個國家，所以，境內各種古堡也相當多。

其中，盧洛古堡並不是十分出名的一個，羅開知道這個古堡，是因為這座古堡建造在比利時東南部的阿登高原上。

而他，恰好也有一幢別墅，是在阿登高原上。

他的別墅建造在地勢相當高處，可以俯視起伏的山地。從他的別墅望下去，左方，只要用一架簡單的望遠鏡，就可以看到一座相當小巧的古堡。

那座古堡，小巧得像是童話境界中的古堡一樣，四周圍全被高大濃密的樹木包圍著，那就是盧洛古堡。

據說是中世紀時，一個擅於航海，曾為荷蘭王國建立了不朽海上功勳，因而被封了爵位的叫盧洛的人建造的。

羅開一直不知道在盧洛古堡中還有人住著，因為這一類古堡，就算是極小巧的，維持費用都極高。

當年家勢顯赫的爵爺，後人未必個個都非富即貴，所以大多數古堡已被公開作為遊覽之用了，還屬於私人的並不很多。

鑰匙上刻著盧洛古堡，那麼，這幅畫像是由古堡中來的了？如今的古堡主人不知道是什麼人？

雖然羅開並不以為整件事中有什麼冒險的成分在內，但是羅開還是照他的慣例小心行事，他先要了解一下盧洛古堡如今的情形。

他一面把那柄金鑰匙在手上上下拋著，一面撥了一個電話到倫敦。

在倫敦，有一家「資料供應社」，那是一家規模極大的資料供應社。從中國古代的航海資料，到現在各國武器的實力；從古埃及人如何製造玻璃，到阿爾卑斯山今天氣候如何，是否適合攀登，他們都可以提供資料。

當然，收費極其高昂。

不過對羅開來說，只要能得到資料，對方的收費如何，那是不必計較的，他是那家資料社的長期顧客，有一個密碼代表他的身分。

電話接通之後，他說出了自己的要求，要資料社儘快回電話給他。

然後，他坐了下來，慢慢地喝著酒，心中在想，當那神秘女人再在他面前出現的時候，他至少會要求她把蒙面的厚紗揭開來！不然，自己就算揭開了那幅畫像的神秘，也不講出來！

他又對那神秘女人的臉型，作了種種的設想。

時間在不知不覺中過去，電話鈴響起時，已經是半小時之後了。

資料社的答覆來了：

「盧洛古堡是盧洛公爵於公元一六三三年開始建造，七年之後完成，位於阿登高地，維斯埃山谷之旁。盧洛公爵是航海家，曾統率荷蘭海軍，功勳彪炳，遠至遠東，曾侵佔過中國東南沿海的第一大島台灣。

該古堡建成之後，盧洛及其家族在內居住，至第二次世界大戰時，據傳盧洛後人盡數在對抗德國侵入時喪生，直至戰後，始有人自認是盧洛後人，經過正式法律手續得到承認，但其人極其神秘，絕不露面。至今，一般都認為該古堡早已空置。又，未有盧洛家族喜歡收藏油畫的記錄。」

羅開在得到了這份資料之後，想了一想，他覺得事情的神秘性，似乎更進一層了。不但有一幅神秘的畫像，而且有一個神秘的女人，現在，又加上了一座古堡和神秘的古堡主人！

既然有那麼多神秘的事情要做探索，而他預先打算和黛娜的相聚又取消了，他感到沒有必要再在布魯塞爾住下去了。所以他略約收拾了一下，帶著那幅畫，駕車直駛向阿登高地。

他先到了自己的那所別墅，略微休息了一下，然後再駕車經過一條十分蜿蜒曲折的山路，來到了盧洛古堡之前。

羅開還是第一次來，古堡前面全是參天大樹，大多數是松樹。雖然日當正午，可是在大樹的掩映下，經過處顯得相當陰暗。

古堡的大門前並沒有什麼空地，而是向上的石階。羅開下了車之後，要向上踏著滿是落下來的松針的石階，走上將近五十級，才能到達大門。

大門緊閉著，看來相當氣派，也相當殘舊，但是，卻有一個看來像是新裝置的鎖孔，金光閃閃，和整個陳舊的大門不是十分調和。

羅開取了鑰匙在手，只覺得四周圍真是幽靜之極。

他的那所別墅已經夠幽靜的了，但由於視野空曠，總還可以有與外界接觸的感覺。可是這座古堡，卻幽靜得像是完全與世隔絕一樣！

當羅開把那柄鑰匙插進鎖孔之際，心中不禁在想：如果有人能在這樣幽靜的古堡中居住，這個人本身一定已經夠神秘的了。

插進鑰匙之後，他習慣地向右轉，可是在轉了三轉之後去推門，門並沒有開。

他略想了一想，又把鑰匙向左轉，這次，一共轉了六轉之多，才聽到鎖上發出了一下聲響，他輕輕一推，門就推了開來。

雖然說這古堡看來十分小巧，但古堡終究是古堡，有它一定的氣派。

門一打開，是一個相當大的進廳，陳設十分簡單，光線陰暗，只看得出有大理石的柱子，和花紋十分奇特的地磚鋪在地上。

羅開反手在門上叩了幾下，揚聲道：

「那幅畫的買主來了，有人嗎？」

他一面說，一面反手將門關上，穿過進廳，推開兩扇厚厚的橡木門，進了大廳。

大廳中更是陰暗，羅開才一進去，就看到一直條光線在側面現出來；那自然是有人推開了一間有光線的房間的門所造成的結果。

自己把畫賣給自己

羅開立即向光線傳來處看去，果然，那是一扇門被推開了少許之後透出來的光線。同時，羅開也聽到了一個十分低沉的聲音：「請進來。」

羅開向前走去，來到了門口，就在他伸手要去推門之際，那一道光線忽然消失了，他也聽到了窗帘被拉起來的聲音。

而那低沉得出奇的聲音又響起：

「我不習慣光亮，請原諒！」

羅開倒並不在意，他只是感到，那講話的人聲音如此低沉，一定是故意裝出來的，任何人不可能天生有這樣低沉的聲音。

他說著：「不要緊！」一面說，一面已推開了門，走了進去。

門內是一間相當大的書房，陰暗無比，一張巨大的書桌，放在相當遙遠的一個角落中。在桌子後面，有一張高背的轉椅。

這時，轉椅的背向著桌子，只看到坐在椅子上的人露出了頭頂的一點點。而那個人顯然沒有轉過身來面對羅開的打算。

那低沉的聲音再度響起：「請坐。」

羅開看到，整個寬大的書房之中，只有一張椅子。那張椅子放在另一個角度，距離書桌恰好是整個書房的對角線。

一看到這種情形，羅開心中不禁又好氣又好笑。這樣的安排，自然是椅子上的那人不想來人接近他。可是，這樣安排也是十分幼稚的，叫人一看就看穿了心意，大有欲蓋彌彰的味道。

羅開當下並沒有說什麼，因為他知道，自己若是要揭穿對方的身分，那是再容易不過的事，大可不必著急，且看對方弄什麼玄虛。

他走到那椅子之前，坐了下來。

書桌後的高背椅子並沒有轉動，低沉的聲音響起：「在我說話的時候，你不需要問問題。」

羅開笑了一下：「我根本沒有問題！」

這時，他的眼睛已漸漸能適應黑暗的環境了——這方面，羅開有他特殊的本領，那是他從少年時起，就曾經修密宗功夫的緣故。

在那些陰暗深沉的喇嘛廟中，幾乎不分日夜的靜思，使他在黑暗中看起東西來，還比常人來得清晰。

他可以看到，露出在高背椅上的那一點頭頂，頭髮的顏色，是相當柔和的淺栗色。

但由於露出來的部分太少，所以也分不清那個人是男是女。

在羅開說了那句話之後，靜了片刻。

低沉的聲音才又響起：「這幅畫，是上代傳下來的，歷史可能與古堡一樣，也可能比古堡更久，畫中的人像，原來不是這樣子的——」

羅開陡地一怔，一時之間，不知道這句話是什麼意思，什麼叫作「畫中的人像原來不是這樣子的」？是這幅畫曾經修改過？

他沒有發問。

那低沉的聲音又道：「不是畫曾經被修改過，而是畫中的人像是一個魔像，會不斷地發生變化。據說，開始時，畫像是正面的，後來漸漸地變成了側面，又漸漸地，變成了背面。」

羅開忍不住「哈哈」一笑。

那低沉的聲音繼續著：「在變成背面之後，畫中的人像就向前走，你現在所看到的情形，是人像在濃霧之中，感覺上是畫中人像正在走進濃霧中去。那不是感覺，而是她真的在向前走！雖然她的行動十分慢，但是，那是魔像，她正在向前走！」

羅開又打了一個「哈哈」：「她準備走到什麼地方去呢，請問？」

低沉的聲音道：「走進濃霧去，然後消失。」

羅開「哼」地一聲：「聽起來很神秘，也很浪漫。」

低沉的聲音道：「這是真的。據傳說，當畫中的那個魔像走進濃霧之中，全部被濃霧遮住的時候，就會有意想不到的噩運降臨在我家族的傳人身上。」

羅開道：「所以，你要把這幅不祥的、會帶來噩運的畫賣掉？」

低沉的聲音道：「是。同時，我也想知道，為什麼會有這樣的情形出現。這似乎是無可解釋的，是不是？」

羅開又再次「哈哈」大笑了起來：「太容易解釋了！一切全是傳說在胡說八道！」

那低沉的聲音道：「當我第一次聽到有關畫像的傳說之際，我也認為那是胡說八道。那時，我看到這幅畫，畫中人是一個背影。從那次之後，隔了二十年，我又看到了那幅畫——」

羅開道：「畫中人像仍然是背影，有什麼不同？」

那低沉的聲音道：「變化極大，那魔像……走遠了，走遠了許多，已經變成了一個朦朧的背影，走進了濃霧之中，她真的在向前走！」

羅開心中開始感到了一點疑惑，可是，他還是不相信會有這樣的事：「二十年前的印象，只怕不是十分靠得住。」

那低沉的聲音道：「在你所坐的椅子旁，有一張照片，你可以自己去判斷。」

羅開在椅旁的几上，取起了一隻匣子來，打開，看到有一張照片。一看，就知道照片拍的是那幅神秘油畫，他也不禁呆了一呆。

是的，在照片上看來，那人像的背影清晰而近，絕不像如今的那幅畫一樣；畫中的人像，照感覺來說，至少已前進了好幾十步！

（畫是平面的，距離感不是太濃烈，但是，西洋畫早就掌握了透視的技巧，可以在視覺上化平面為立體，所以距離的遠近還是不難感覺到的。）

羅開一怔之後，立時問：「你肯定兩幅畫是同一幅？不是原來就有兩幅？」

那低沉的聲音回答：「我肯定。」

羅開不由自主深深地吸了一口氣。他是由於感到事情的神秘超乎他的預計，所以才深深吸了一口氣的。

可是，就當他深呼吸之際，他陡然聞到了一絲極淡的幽香！

那使他立時可以肯定，這種特殊的幽香，就是在他心中被題為清晨露珠下的紫羅蘭才會有的香味，在拍賣行中，他右邊那個神秘女人身上所散發出來的那種香味。

羅開在剎那之間，至少已明白了一件事。

他用十分悠然的語氣道：「不錯，事情的確很怪異，但是，比起妳把自己的畫賣給自己來說，也就不算怎樣了！」

他的話才一說完，就看到整張高背椅都震動了一下，接著，「啪」地一聲，像是有什麼東西跌倒在厚厚的地氈之上。

羅開站了起來：「小姐，妳原來的聲音那麼動聽，為什麼要用變音器把它弄得那麼低沉？」

羅開說著，已經毫不客氣向前走了過去。

當他繞過書桌，走向椅子之際，椅子也緩緩轉了過來，坐在椅子上的那人面對著他。

羅開的視線一接觸到她的臉，便沒有法子再移開去了。

是的，坐在椅子上的，是一個女人。

她看起來約莫二十四、五歲，淺栗色的頭髮自然蜷曲；她的膚色，在陰暗中看來，是一種令人心悸的蒼白，她的十指修長，也同樣地蒼白。

她的臉型是百分之百的古典，大而帶著憂鬱的眼睛、高挺的鼻子、小巧得恰到好處的嘴。

她雖然已經換了衣服，可是這時候所穿的一件開胸便服，也還是那種接近黑色的深紫。這樣顏色的衣服，更襯得她的頸和露在衣領外的一截胸脯白得令人目眩。

若不是她美麗的雙頰之上擦著胭脂，有著那種紅色的話，她整個人看起來就像是一座雕像，一座用絕無瑕疵可找的白玉雕成的人像！

羅開曾見過許多不同類型的美女，但是像眼前這樣，幾乎不應該屬於如今這個時代，這樣清雅絕俗的美女，他以前從來也未曾遇見過，不但未曾見過，甚至他連想也未曾想到過，現代還會有這樣的美女！

他已顧不得什麼禮貌不禮貌了，凝視著那美女，甚至連眼也不眨一下。

那美女垂下了眼瞼，長長的睫毛輕顫著：「你早就知道了？」

羅開道：「啊，不！直到我聞到那股幽香。雖然那麼淡而不可捉摸，已足使我肯定，除了妳之外，不會有第二個人配擁有這種清雅的香味！」

羅開面對著這樣古典型的一個美人，連講話也不禁有點古典化起來。

那美女盈盈的站了起來，當她坐著不動的時候，她的美麗如同雕像，可是當她一站起來之際，眼波流動，只是帶著微笑。

體態優美而撩人，完全變了一種形態，同樣是令人幾乎窒息的美麗，可是在形態上完全不同，在給人的感覺上也完全不同。

羅開不由自主又道：「唉，我到現在才知道，活色生香是什麼意思！」

美女帶著淺笑：「我是太頑皮了一些，頑皮的孩子，是要受到懲罰的！」

羅開又吸了一口氣，他明白這句話中的挑逗意思；他的喉際甚至乾得有點講不出話來：「應該怎麼懲罰妳？」

那美女向他走近了一步，半閉上眼睛：「隨便你，這裡……只有你和我，隨便你怎麼懲罰我！」

當她講完之後，她半仰起頭來，自她半閉的眼中射出來的那種熱切的光芒，直視著羅開。

羅開伸出手去，環住了她的腰，同時，輕輕地吻向她的唇。

口唇才一接觸，她的身子像是溶化了一樣倒向羅開；羅開把她抱得更緊，她像是全身沒有骨骼一樣的柔軟。

那一吻，由淺而深，羅開沉醉在沁人的幽香和她舌尖靈活的挑逗之中，什麼都不去想。官能的刺激，會使得人的腦部活動集中在感覺身體上歡娛的享受，而不作其他的活動！

身心俱醉的歡愉

這種腦部活動只集中在最迫切需要感受的一方面，而不作其他活動的情形，是人類與生俱來的。

甚至連「亞洲之鷹」羅開，曾經受過嚴格自我克制的訓練，腦部活動功能已經有異於常人的，也不能例外。所以，儘管他心中有說不完的疑問，他也一律將之拋到了腦後。

當那美女的纖手撫摸著他結實的背肌之時，他的雙手也碰到了她的肌膚。那是像緞子一樣柔滑的肌膚，羅開恣意撫摸著，令得她的身子在微微發抖。

她不單是整個人在發抖，她的肌膚隨著羅開指尖的移動而在顫跳，就像是羅開的指尖有強烈的電流在刺激她一樣。而自她口中發出來的呻吟聲，令得羅開也不由自主在輕微的顫抖。

羅開一面輕嚙著她的耳垂，一面含糊不清地道：「原諒我，妳是這樣的一個美人！」

美人的鼻孔因為呼吸急促而翕張著：「只把我當一個女人……一個需要男人的……女人！」

由於那女人的容顏，有著那種近乎不可褻瀆的美麗，所以羅開才會這樣說。

這時，當他聽到了如此動人的話時，他才注意到，美女臉上的春意，已經使她那種高貴的外形起了變化。

她整個臉頰都是酡紅的，由於她膚色如此之白，所以那種艷紅色，像是從她的皮膚下直透出來一樣。她的眼睛半閉著，眼珠水汪汪地，充滿了深情，而且緊貼著他的身子在緩緩扭動著，全身都散發出全然無從抗拒的誘惑力！

是的，她只是一個女人，一個需要男人的女人！

羅開並不是自命調情聖手的那種男人，雖然他知道，自己的外型和他的名字，比起許多男人來，要更加吸引女人。

可是，他也不會太自我陶醉，通常，如果有什麼艷遇（絕不少），他都會在一面享受著對方的胴體之際，一面想一想：為什麼？可是這時，他整個人都沉醉在那美人的柔情中了。

那是身心俱醉的境地，他根本不再去想「為什麼」，雖然事情神秘得可以使他想上很久！

他雙手在美女艷美的胴體上移動著，不停地親吻著他撫摸過的地方。

當他拉下了她的外衣之際，挺秀的雙乳幾乎是彈出來的。羅開由衷地讚嘆著，把臉埋進去，深深地呼吸著，沁人的乳香，更令得他進入飄然的境地。

然而，那比起以後的感覺來，簡直不算什麼。當他和她的肌膚緊緊相貼之際，他不由自主低呼起來：「上天待我不薄！」

羅開從來也未曾想到，男女之間的歡娛可以昇華到這一地步，他根本無法去想——所以在事後，也根本無法回憶當時的情景。

他只記得，當時在美女的嬌喘聲中，一次又一次，他感到了爆炸，身子分裂為無數碎片；每一個碎片之中都充滿了快樂，然後，快樂使所有的碎片上升，直到雲端。

羅開甚至也不記得自己是什麼時候又恢復了常人應有的知覺的。

他只記得，當他又有了常人的知覺時，他懷中的美女還在急速地喘著氣，令得他的頰際有一種十分舒服的酥癢之感。

羅開輕輕移動著肩頭，令得她的臉向上略仰，美女的臉上春意盎然，略見蹙眉，然後幽幽地道：「你……你簡直是風暴！」

那是一句充滿了挑逗的話，羅開把她擁得更緊了一些，深深地吸著氣。

當他吸氣之際，他胸肌隨之擴張，使他更強烈地可以感到她堅挺的胸部的壓迫。

他連想都沒有想，就道：「寶貝，妳要我做什麼，只管說，我會盡我一切力量去做！」

他在這樣講了之後，略停了一停，又說道：「即使妳是奉『時間大神』的命令，叫我來向它投降的，我也沒有話可說。誰叫我是人，人總有人的缺點的！」

美女用一種奇訝的神情望著他：「什麼是時間大神？」

當她這樣問的時候，充滿了疑惑的神情。

羅開吁了一口氣：「不知道最好，千萬不要再問。妳有什麼要求，可以說了！」

美女輕輕地推開了羅開，站直了身子，雙手伸到頸後，撥理著她的長髮。羅開忍不住緊緊環抱著她的小腿。

美女緩慢地說著：「你習慣了和女人有條件地相處？」

羅開怔了一怔。

美女又道：「如果說，我根本不是要你做什麼，只是被你這個人所吸引，想得到一次可以想得到的異常歡愉，你會不會相信？」

羅開的手向上移，一直移到她渾圓的股際才嘆了一聲：「是我不對，別怪我！」

美女仍然有著幾分嗔意，但那種神情，卻令得她看起來更加嬌俏：

「剛才你說什麼，我不知道，可是你說你是人，我也是人，一樣有人的七情六慾。唉，有時候，我覺得自己的容顏阻礙了我的歡愉，男人看到了我，都變得異樣的拘束，只有你……才……把我當成……正常的女人！」

她在講到後來時，語音幾乎細不可聞，而在她的眉梢眼角、唇邊齒畔所孕育著的那種濃郁的風情，真足以令得人瘋狂。

羅開一躍而起，再度把她擁進了懷中，喃喃地道：「妳，我敢說，妳是我一生之中見過的最美麗的女人。」

美女柔若無骨地任由羅開緊擁著，羅開感到全身沒有一處不洋溢著歡愉和舒暢。他在深吻了對方之後，道：「我們是由那幅畫認識的，至少，我會盡我一切力量解開魔像之謎。」

美女低聲道：「本來這就是我要你做的事，可是現在，你……做不做，真的不重要了！」

她的聲音如此動聽，講的話並不露骨，可是每一句話中，都表示出她對一個男人的極度的稱頌。

羅開知道，自己雖然有了黛娜；但是從現在起，情形可能有改變了！自己今後一生的命運，如果還能和懷中這個美女分得開，那是他絕不會相信的事！

他一點也不去考慮那樣會有什麼結果，誰會在那樣的快樂之中去想以後的事！他甚至輕輕地哼起曲子來，美女用美妙的聲音和著他，兩人就在自己輕哼的曲調下翩然起舞。

一直自書房舞到樓梯口，舞上了樓梯，舞進了一間闊大的，全是神秘的深紫色佈置的臥室，再舞進了一個由一種紫色大理石砌成的浴池之中。

他們一面在浴池中放水，讓水淋向他們的身子，一面仍然在浴中共舞著。

美女的身子那樣輕盈，和她共舞，簡直令人心曠神怡之至。

等到池水滿了之後，羅開抱著她，一起在池水中躺了下來。

溫暖得恰到好處的池水，使美女看來更加嬌艷；而在水中，她的體態也更輕盈，羅開深吻著她。

美女陡然吸了一口氣，斷續地嬌嗔著：「太……美了，我從來沒有……這樣過，從來……沒有……」

她的語聲越來越模糊不清，同樣的歡娛，在異樣的境地之中，帶來更高的感受。到他們終於在池水中靜躺下來之後，美女才低聲道：「你……不想知道我的名字？」

羅開道：「除了天使之外，真不知叫妳什麼才好！」

美女的眼睜得十分大，在那雙美麗的眼睛之中，充滿了訝異的神色，是十分動人的。羅開一看到這樣的神情，失聲道：「我不是——」

同時，美女也道：「你不是——」

兩人都停了下來，等對方進一步講下去。

羅開也訝異之極：「天使？那真是妳的名字？」

美女緩緩點了點頭，說了一句荷蘭語：「紫色的天使，就是我的名字。」

羅開在池中翻著滾：「天使！天使！我竟然知道妳的名字！」

他的行動像一個快樂的小孩子一樣。天使用手遮在臉前面，防止由於他的滾動而濺起來的水，用極甜媚的笑容望定了他。

羅開靜了下來，又叫了一聲：「天使！」

天使嬌媚地應著：「鷹！」

羅開笑著：「看來我們是同類的，鷹和天使，我們都有翼！」

天使被逗得笑了起來，兩人又擁在一起。

等到他們披著浴袍離開之後，已經是夕陽西下時分了。他們一起坐在連接臥室的陽台上，各自的手中晃著閃耀著琥珀光芒的美酒。

夕陽已經在山峰的那一邊沉了下去，滿天淺紫色的晚霞，把遠山的山峰襯托得如夢如幻。

他們好久不說話，直到天色漸漸黑了下來，天使才低聲道：「我是盧洛家族的唯一傳人。」

羅開輕輕地撫摸著她滑膩的手臂，有點像夢囈似的：「妳是天使！」

天使甜甜地笑著：「盧洛家族保存著那幅畫，一直是一個秘密，經過了這次公開之後，恐怕已不再是秘密了。」

羅開喝了一口酒：「就算有人知道了有這幅畫，也不會知道這幅畫是一幅會變化的畫像！」

天使現出憂愁的神色來：「有人會知道的！」

羅開揚了揚眉，代替詢問。

天使吸了一口氣，那使她豐滿挺秀的胸脯看來更誘人：「繪那幅畫的人！」

羅開怔了怔：「這幅畫應該有很久歷史了，繪畫者還會在世？」

天使的神情看來更憂愁：「傳說是這樣，這幅畫，是一個天魔畫的。」

羅開的頭腦再靈敏，一時之間，也不容易明白這句話是什麼意思，他只好順口道：「天魔畫的天使像！」

天使低嘆了一聲，神情幽怨：「鷹，你始終不相信這幅畫的傳說，但是我是相信的。」

羅開忙輕撫她的臉頰：「不！不！那幅畫至少曾發生過變化。天使，妳不必為一幅家族傳下來的畫而擔心，在我看來，簡直整個世界是妳的，妳擔心什麼？」

天神的願望

天使低下頭去，幾乎要把她整個美麗的臉龐都埋進酒杯之中。

她的聲音聽來充滿哀傷：「我強烈地感到，在幾年前，我已經有這個感覺，現在越來越是強烈，我正逐漸在走向濃霧之中，終於會在濃霧之中消失，除非，除非……」

羅開已經開始隱約感到事態有點嚴重，他攬住了天使：「除非怎樣？」

天使又深深吸了一口氣：「除非，能滿足天神的願望，我才能免除噩運。」

天使的話，使羅開不由自主地震動了一下。

剎那之間，他已作了很多可能的設想，那是多年來冒險生活養成的習慣。

他這時想到的是：「什麼叫做天神的願望」呢？

那幾乎可以作任何解釋，而且，不論作什麼樣的解釋，都毫無疑問，是一種必需要履行的條件！那麼，由此申引下去，是不是一切發生的事，都是經過精心安排的？

羅開緩緩地吸著氣，這時，天使正轉過臉，向他望來。

面對著這樣俏麗的臉，羅開不由自主搖了搖頭。

人的想法有時是很奇怪的，可以因為一件事而在一剎那之間作徹底相反的轉變。

羅開這時的情形就是這樣，當他想到這一切全可能是精心安排的結果，目的是要他去履行某種條件之際，他多年冒險生活的經驗，立時使他想到要對抗，不能使安排者達到目的。

但是，當面對著天使如夢如幻的臉龐，想起剛才的狂暴和爆炸的歡娛，他的想法便突然改變了。

他想到，剛才自己就曾說過，就算叫他向時間大神投降，他也會答應！

羅開一生之中，也直到此際，才知道一個美女的力量可以如此之大！他也在心中自己安慰自己，歷史上多少偉人，為了一個女人，可以做出任何事情來。

他不是偉人，就算是偉人，也還是人，人總有著人的性格，面對天使這樣的美女而無可抗拒，這自然是人性之一！

所以，在剎那之間，他又心平氣和起來。

凝視著天使，他實在不願意自己的視線有片刻離開那麼令人心醉的臉龐。

他問：「天神的願望？」

天使微蹙著眉：「是！」

羅開伸手，輕撫著她柔軟的秀髮：「天神的願望，又是什麼？」

天使遲疑了一下：「或許，你看看我家族傳下來的一些東西會更容易明白，那些東西是和那幅畫一起傳下來的！」

天使說著，盈盈站了起來。

恰好一陣輕風吹過，把浴衣下襬吹得揚了起來，現出了她潔白晶瑩，粉光細緻的大腿。

在晶瑩如玉的肌膚上，還留著羅開的嚙痕，殷紅色，儼如在雪地上的玫瑰花瓣一樣，看得令人心動。

羅開情不自禁在其中一個嚙痕上，輕輕吻了一下。

天使像是站不穩一樣，立時伸手扶住了椅背，微喘著：「鷹，別再挑逗我，我會死掉！」

羅開也站了起來，跟著她進了臥室。

天使來到了化妝台面前，化妝台前有三面相當大的鏡子，左、右兩面是可以隨意調整角度的。

她看來隨意地旋轉著化妝台上一隻形式相當古典的粉盒，正中的那面鏡子冉冉向上升了起來，現出了一道暗門。

一看到那道暗門，羅開便不禁低呼了一聲：「這是十五世紀歐洲鎖匠皮勒的傑作，這鎖……」

天使回眸一笑：「如果你不知道開鎖的方法，你能打開它？」

羅開對這個問題，考慮得十分認真。

那鎖，看來根本不像是鎖，是縱橫各十個的小方格，一格是白色，一格是黑色，整齊地排列著，一共是一百格，但其中的一格是空的，可供那九十九個小方格利用這一個空間作移動。

這種由歐洲十五世紀時著名鎖匠皮勒所製的鎖，在當時的豪富貴族皇室的心目中是無價之寶，號稱「秘密的守護神」，爭相競購，價值之高超乎想像。

一直到如今，這種必需把那九十九個方格移動到原來設計者的安排時才能打得開的鎖，還是被公認為無法打開的鎖。

這時，如果羅開面對著的是一把構造極端精密的電子鎖，對於天使的這個問題，他根本不必考慮，就會回答：「能！」可是，對於這種「秘密的守護神」，他在想了片刻之後，只好嘆了一聲：「不能。」

天使嫣然笑著：「這種鎖十分複雜，我根本懶得去鎖它，不然，每一次打開，都至少要花上一兩小時，實在太麻煩了！」

羅開「啊」地一聲，張大了口：「妳是說，開鎖的排列，就是全部方格的黑白間隔？」

天使點著頭，伸手在暗門上輕輕一推，暗門先是被推得向前陷進了少許，然後，就輕輕巧巧向外彈了開來。

在暗門之內，是一個小小的空間，如同現代的小型保險箱。

天使解釋著：「這個保險庫，是古堡在建立之初就存在著的，我在接收了古堡之後，在有關資料中，知道有它的存在……」

她講到這裡，又蹙了蹙眉。

她那種蹙眉的神情，十分惹人愛憐，羅開輕輕在她眉心點了一下。

天使握住了他的手：「我寧願不知道有這樣的一個秘庫在！」

羅開一時之間，不明白她這樣說是什麼意思，他只看到，在秘庫中，有一隻扁扁的銀盒子在，銀盒已經發黑了，顯得年代久遠。

這時，天使已伸手將那銀盒子取了出來。

當她取在手中之際，羅開才看到，那並不是一隻銀盒子，而是一本薄薄的書，封面、封底全是相當厚的銀片，大小和普通的書本相若；在兩片厚厚的銀片之中，看起來不會有多少頁內容。

那時，羅開在天使的身後，雙手環抱著天使的纖腰，並沒有花太多的注意在天使手中的東西上。

他知道，任何古老的家族，幾乎都有他們自己的傳說；這種傳說，隨著時間的逝去，根本是可以置之不理的，他寧願多花點注意力去享受眼前的溫馨。

可是，當天使的手向上一揚，羅開看到了作為封面的銀片上那精緻的浮雕之際，他卻整個人都呆住了！

他的驚呆是如此之甚，以致他在剎那之間如同遭到了好多次猛烈的雷殛一樣！

他先是陡然後退了一步，由於他的震驚是如此之甚，在第一步退出之際，他雙手仍然環抱著天使的細腰，所以把天使也拉得向後跌出了一步。

天使在一跌之際，手中的東西拿不穩，「啪」地一聲跌到了地面，那有著精緻浮雕的一面，仍然向著上面。

天使驚訝地轉過身來，看到了羅開的情形，也令她嚇了老大一跳。

羅開在退出了一步之後，雙手鬆開，可是震驚仍然令得他站不穩，他竟然又一連向後退出了兩步，才算是站穩了身子。可是仍然不由自主喘著氣，盯住了地上有浮雕的銀片。

他的臉上充滿了驚恐的神色，而他的身子，任誰都可以看出，充滿了緊張，如同繃緊了弦的弓一樣，又如同把全身氣力都蓄定了準備一撲的黑豹一樣！

天使驚惶地問：「鷹，怎麼啦？鷹！」

在天使的驚呼聲中，羅開緩慢地、深深地吸著氣，身子開始漸漸地放鬆，但是神情仍然是驚異萬分。

過了好久，他才算是完全挺直了身子。可是他一開口，仍然可以看出他臉部肌肉的僵硬，以致他的聲音聽來也有一點異樣，不像平常。

他指著那銀片：「這……是什麼意思？」

天使怔了一怔，循著他所指看去，又向他望來，顯然不明白他的問題。

羅開像是呻吟一樣：「那……銀片上的浮雕！」

天使「哦」地一聲：「浮雕！那很精緻，是不是？而且，這……是不是一個人？這個人的造型多麼特別，你看他的頭部……」

羅開的聲音嘶啞：「別形容下去，我可以看得到！」

他當然可以看得到，當天使一拿起來之際，他已經看到了！

這也正是引起他如此震驚的原因！

在那銀片上，是極精緻的一幅浮雕，中心部分是一個人，那個人的周圍，全是各種大小不同，看來如同星體一樣的圖案。

有的光芒萬丈，有的只由一團許多小點組成，不容易一下子就看出那種安排是想表現什麼。

可是，那個人，令得羅開在一剎間如同雷殛般震驚的，正是那個人！

那個人的頭部，有著和一般人相同的頭部的輪廓，可是，在應該是五官之處，卻是一組數字，是一組阿拉伯數字！

這樣怪異的臉譜，如果羅開只是第一次看到，他絕不會如此震驚，至多只是覺得怪異而已。

可是，他卻絕不是第一次見到！他曾見過好多次了，那正是「時間大神」的造型。從第一次在美國國防部的電腦控制室中，那具妖異的偶像便是這樣子的。

只有些微的不同，就是上兩次他看到的，頭部的數字在不斷的閃動轉換，就像是一隻跳字的石英鐘一樣；而這時，在銀片上的浮雕，數字卻並沒有跳動，是固定的。羅開直到這時才定下神來，看清楚浮雕上的「時間大神」（他肯定那就是時間大神，不可能再有別的東西是這樣造型的了！）頭部的數字。

盧洛家族的最高秘密

在浮雕上，「時間大神」頭部的數字是：「一六三一三一四五〇七」。

羅開雖然看清了這組數字，可是一時之間，完全無法明白這組數字是什麼意思。

天使用懷疑的眼光望向羅開，羅開震驚的神態，使得任何人都會感到懷疑。

她問：「你以前見過這……個人？」

羅開深深地吸了一口氣，並沒有回答這個問題，因為這個問題並不容易回答，他要是說：這不是一個人，那就要詳細解釋他究竟是什麼！那實在是一個太長的故事了。

他仍然指著地上：「這……是早就在的？」

天使點著頭，就俯身去把銀片拾起來。

儘管她在彎身拾東西的時候，體態極其撩人，但羅開在這樣的情形之下，也暫時忘記了欣賞。

他看到天使取了銀片在手，不由自主道：「小心！」

天使不解地轉過頭來：「小心？為什麼，這……本身並不害人，令人……迷惑的是裡面記載的……文字。」

天使把銀片向羅開遞來，羅開猶豫了一下，才接了過來。

由於兩片銀片相當厚，所以拿在手中有沉甸甸的感覺。

羅開吸了一口氣，揭了開來。

他一揭開封面的銀片，就看到已經發黃的紙張。

他是一個普通常識極其豐富的人，一看這種紙張的格式和質地，就知道那是幾百年前的出品，而這種格式的紙張，多數是用來記載什麼用的，猶如今日的日記簿。

他再略看了文字，就可以肯定，那是航海日誌。

盧洛家族最早以航海起家，甚至曾率領過荷蘭軍隊遠航到東方，征服過台灣，這是羅開早已經知道的資料。

航海日誌看起來還是用鵝毛筆寫的，字體很大，用的是荷蘭文。

天使顯然不是第一次看到這航海日誌了，羅開才一揭開來，她的視線甚至不停留在日誌上，就已經唸了出來：

「一六三一年三月十四日早上五時零七分，正是日出的時間，我，作為整個船隊的首領，我，盧洛伯爵，憑我的所見，記在航海日誌上，為後世作證。」

羅開閉上了眼睛一會兒，一六三一年三月十四日，早晨五時零七分，正是銀片浮雕上的那一組數字，這組數字要表現的，是一個特定的時間！

這一點，令得羅開更可以肯定，浮雕上的那個怪像，就是時間大神。

這時，羅開的手不禁有點發抖，自然，這種顫抖，在旁人看來是完全察覺不到的；那只是他自己內心深處有顫抖的感覺。

他一直以為，「時間大神」這個怪物，是近年來才在地球上出現、活動的，再也未曾想到，原來竟已有了好幾百年的歷史。是不是它的出現，比幾百年更早？羅開簡直無法想下去。

他想了一想，睜開眼來，走前一步，把整本日誌放在桌上。

天使跟了過來，偎依在他的身邊，他左手握住天使柔軟的手，右手翻過了一頁，第二頁，同樣的字跡，顯然那便是當時的盧洛伯爵所親筆記下來的記載。

羅開迅速地看著，那日誌上寫著：

「作為一個船隊的領導者，每天日出之際，有責任在船上，以確定航行路線的正確，今天，和往常一樣，我提前五分鐘站在船首。

五分鐘之後，太陽在預計的時間，開始在海洋的盡頭處向上浮起，金光萬道，令人不敢逼視。

我揚起手來，準備發出我一天來第一道命令。可是就在這時，我和甲板上所有人一樣，都叫了起來，為了眼前出現的奇景而目瞪口呆……」

羅開讀到這裡，揭過了一頁，再繼續看下去：

「就在快浮上海平線的太陽之上，突然出現了極亮、極奪目的一點。

那一點光亮，在迅速地移近變大，初昇的旭日雖然光芒強烈，但是還可以逼視，可是那團亮光卻無法逼視。

當時我只有一個念頭：這是什麼？是太陽之中產生了一個小太陽，正在向下飛墜？在我身邊，我的大副卻忽然叫了起來：

『快跪下禱告吧，天神降臨了！』

由於那團亮光的來勢如此威猛懾人，大家對大副的話，竟沒有絲毫懷疑……」

羅開再翻過一頁：

「所有的人全在一剎那間跪了下來，大聲祈禱，只有我一個還站著，但是，我也沒有站了多久，也不由自主跪了下來。

我當時猶豫，是因為我身為指揮官，實在不應該隨便下跪的，可是那團亮光已越來越近，威勢猛烈，令得整個人都為之震動，真的具有天神一樣的威力。向天神下跪，應該不是什麼屈辱，所以，我也跪了下來。

就在我一跪下來之後，那團亮光已經到了頭頂，它極大，光芒閃耀著，令得看出去一切都變了顏色。光芒照耀之下，幾乎連自己的手也看不見。同時，有一種轟隆轟隆的聲音傳出來。然後……

在事後經過調查，證明是每一個在甲板上的人都看到的，並不是只有我一個人看到：天神，自那團亮光之中飄了下來。

當我看到天神飄下來之際，我根本不知道那是天神，也沒有人知道那是天神，他看來……」

（在這裡，航海日誌上所用的是「祂」字，那是對神的一種尊稱，改為「他」字，是為了方便。）

「他看來……我簡直無法形容他的形狀，那是飄忽的，閃耀的。在極光的包圍之下，看起來，像是有不斷跳躍著的數字……」

羅開看到這裡，已經不由自主發出了一下呻吟聲來！

那就是「時間大神」，再也沒有疑問了！

幾百年前的盧洛伯爵，看到了這樣的形象，無法作任何聯想，那是必然的。因為當時所有的時鐘，全是用指針來表示時間的，不會像現代人一看到這種形象，就可以將之和跳字來顯示時間的鐘聯繫在一起。

「時間大神」早已來到地球了！

那一大團亮光是什麼東西？是一艘巨大的太空船，載著「時間大神」這種外星怪物來到地球上的？

由於在航海日誌上，只有發亮和有著轟隆聲的記述，羅開自然無法進一步肯定。

他再看下去：

「光亮一直令人無法逼視，（後來，在甲板之下，甚至在船艙最底部的人都說，奪目的光亮不知自何處透進來，使他們全身都包圍在光亮之中，令他們人人震懾，不敢有任何晃動。）

我正不知道發生什麼事情，已聽到了天神的聲音。天神的聲音，震得聽到的人每一個都不由自主地顫抖。

天神以莊嚴的聲音宣布：『我是天神，我降臨到你們的世界中來，控制你們的心靈，決定你們的生死，使你們的一切都以我為依歸，不能作絲毫的違抗，你們聽明白了沒有？』

我在事後，才知道每一個人都同時聽到了天神的聲音，當時，我以為只有我一個人聽到。

作為整個船隊的指揮官，我對於天神那種不可測的威嚴，沒有絲毫懷疑，所以我絕不猶豫地回答：『我聽明白了！』

天神的聲音，繼續在震撼著心靈：『我是天神，你們必須順從我！順從我的，我會助他得到一切，不順從我的，會有災禍降臨！你是順從，還是不順從？』

我又立時道：『我順從！』

天神在這時更發出了極具瑰麗的光芒來。任何人絕無可能在他處見到這樣燦爛奪目的彩光，唯有天神才能發出這樣的光芒。」

神力進入油畫之中

「天神在繼續說著：『我要你去做的事，你一定要去做！我是你唯一需要膜拜的神，只有我可以控制你的生命和心靈！』

我迭聲應著：『是！是！』同時，我祈求道：『天神，你的威儀令我確信無疑，但是，你能不能讓我看得你更真切一些？』

天神的回答是：『在形體上，你當我和你是一樣的好了。但是記住，我是天神，你必須記下我出現的時刻。』我又答應著。

天神忽然在這時叫出我的名字，那真令我全身發顫。

在他叫出了我的名字之後，天神又道：

『以下這一段話，只有你一個人聽得到！』

（事後證明，以下這一段話，確實只有我一個人聽得到。但當時我聽到的，卻又絕不是耳語，我把這段話記了下來，作為我的家族的最高的一項秘密。）

天神說：『你對我的順從使我滿意。剛才，沒有人敢對我不順從，你們是很容易順從的一群。你有一個美麗的情婦，你請名師替她畫了一幅畫像……』

當我聽到這裡的時候，我只是伏著，全身發抖。天神真是無所不能，無所不知！

天神又道：『我已把神力注入那幅畫，你，你的世世代代，都千萬要記得順從我，不然，那幅畫像中的人就會轉過身去，以背面相向，而且還會不斷向遠處走去，消失在濃霧之中，就代表陷進永久的痛苦和災難之中，那是任何生命最悲慘的一種遭遇！』」

羅開看到這裡，本來應該再揭一頁過去了，可是他卻暫不揭過去，只是把手按在紙上，深深地吸了口氣。

天使把她的手按在羅開的手背上，羅開覺出她的手是冰涼的；羅開自己的手也是冰涼的。

羅開緩緩轉過頭來，向天使望了一眼，天使有一種無助哀求的神情。

羅開無法用任何語言去安慰她，只好迅速轉回頭去，提起手來，又揭開了一頁：

「『在這情形未發生之前，還可以補救，我會常在人間接受膜拜。只要找到我，再度以心靈表示對我的順從，情形就會改變，這是我的神力的顯示。』

我，盧洛伯爵，立時決定向天神作永久順從的誓言，同時，希望我的後代和我一樣，一直向天神順從。

我把天神出現的經過寫下來，同時把天神出現的時間，依天神的吩咐刻鑄下來；這是我家族的最高秘密。願那幅畫像，永遠不起變化。」

不想問下去的問題

當羅開看到這裡的時候，天使的聲音有點顫抖：「可是，在盧洛伯爵之後……顯然沒有人再對天神作出順從的誓言，畫像在變，到現在，已變得快要走進濃霧之中，而我就會陷入生命最悲慘的境地了！」

羅開的思緒紊亂之極，他揮著手，抱著天使離開了桌子，在一張寬大的椅子上，一起坐了下來。

過了一會，他才道：「那麼，天神的願望是……」

天使道：「很明顯，在日誌裡可以找得到，找到他，向他表示順從的心意。」

羅開吸了一口氣：「是不是在伯爵之後，家族中的成員不相信日誌中記載的一切，因而導致了畫像起了變化？」

天使咬著下唇：「只好這樣假定。畫像的變化很慢，現在傳到了我，才到了最後關頭。我何以這樣不幸？」

羅開的思緒仍然極亂，剎那間，他想到的事情極多。

他忽然問：「妳所有的家人，全在二次世界大戰時喪生了？據說是這樣。可是妳的年紀……」

二次大戰結束到現在，也已經近四十年，而天使看起來，卻至多只有二十二、三歲；西方女人不比東方女人，不是那麼容易隱瞞年齡的。

天使聽了之後，環起雙臂來，摟住了羅開的頸：

「我的父親是盧洛家在二次世界大戰中唯一生存下來的人，他隱匿在瑞士的一個山地小村子中，和當地的一個少女結婚，生下了我。我能得到盧洛伯爵家族的財產，全靠我父親完整地保留了一批文件之故。現在，我父母也全都去世了！」

羅開解決了一個疑問：「哦，那位瑞士女郎，一定是一個絕色美女了？」

天使微側著頭：「不見得。倒是我父親是一個標準的美男子。我們那一系，據說全是盧洛伯爵和那個美麗的情婦所傳下來的。那個情婦，由於當時的環境，甚至連名字都沒有留下來，但有記載說，她是出色之極的美人……」

她說到這裡，把她的臉頰貼在羅開的臉頰上，聲音甜膩得令人發顫：「如果我也算是美麗，那我想，我應該像她！」

羅開嘆了一口氣：「聽聽這是什麼話！妳如果算是美麗，或者妳還不算美麗，真不知道什麼才是美麗！」

天使靠得他更緊，兩人都好一會不說話，羅開才道：

「關於那個天神……」

他只講了一句，就停了下來。因為，他實在不知道該如何講下去才好。他絕沒有想到，這幅具有魔力的畫像，會和「時間大神」有關！

他當然可以詳細向天使講述有關他和「時間大神」鬥爭的經過，但是，天使能明白嗎？

他的生活，是驚濤駭浪式的冒險生活，這種生活，身為高級情報官的黛娜是可以了解的。但住在一個幽靜的古堡之中，習慣於歐洲上層社會那種生活的天使，她能了解嗎？

而且，令得羅開困惑的，還有許多問題。例如，「時間大神」既然在一六三一年就來到了地球，何以除了盧洛伯爵的航海日誌之中有他出現的記載之外，就沒有任何記載了？

是不是他在那三百多年來並沒有活動，只是蟄伏著，到最近才開始活動？

他究竟掌握著什麼樣神奇的力量，竟然可以使得一幅油畫中的畫像轉過身去，而且漸漸走遠，走進濃霧之中？

羅開已經知道的是，「時間大神」的確是有著不可思議力量的。

他能進入美國國防部的電腦中心，控制著電腦；也能用不知什麼材料複製一個人，這已經絕不是任何地球上的科學水準所能達到目的的了。

而如今，他的要求是，要盧洛伯爵的後人向他表示順從，這又有什麼目的？

羅開在想著，天使一直睜著水汪汪的眼睛望著他。

好一會，她才道：「時間大神！天神的名字，是叫作時間大神嗎？」

羅開點了點頭：「有理由相信是。」

天使神情疑惑：「在什麼地方可以找到它？我寧願向它表示順從，也不想自己的生命趨於悲慘的境地！」

羅開沉默著，沒有立時回答。這時，他所想到的只是一點：何以不論自己如何逃避，都擺脫不了和時間大神之間的糾纏？

當然，這時他自己告訴自己，要擺脫糾纏，也並不是不可以的，只要站起身來，走出古堡，從此之後，再也不和天使見面，那麼，她是不是向時間大神屈服，就和他一點關係也沒有了！

可是，當羅開想到這一點的時候，他的手恰好停留在天使那誘人的胸脯上，只是掌心和她胸脯滑柔的肌膚輕輕接觸，已經使他有銷魂蝕骨的感覺。

羅開絕不是色中餓鬼，而且，他還有極高的自我克制力量。若是普通的女人，就算怎樣展示自己的胴體，向他作任何形式的挑逗，他或許都可以無動於衷，至少，不會像如今這樣沉迷。可是，天使不是普通的女人，她是那麼出色！

羅開感到自己若是就此離去，再也不和她相見，那會令他日後的生活黯然失色，一想起來，就會後悔莫及！

他畢竟是一個人，每一個人都會有機會遇到這種情形，一旦遇到了這種情形，真難說是幸運還是不幸？

羅開十分強烈地感到，自己的多年「道行」可能毀於一旦，可是，他卻一點也不想自拔，他願意在天使的美麗與柔情之中沉下去，不論沉得多深！

或許，沉得越深，他的快樂就越多！

他放在天使胸脯上的手緊了一緊，天使自然而然現出誘人的神情來，雙頰之上立時泛起了一股紅暈，嬌柔的身子也不由自主抖動著。

一個女人對於男人的愛撫，能有這樣自然而強烈的反應，這個女人就可以成為男人最好的伴侶，這一點，應該是沒有疑問的了。

所以，羅開低嘆了一聲：時間大神就時間大神好了，又不是沒有和他糾纏過！

他緩緩地道：「我想，天神既然有那樣神通廣大的能力，那就不用妳去找他，只要妳想見他，他應該就會出現在妳的眼前。」

天使睜大了眼睛：「是嗎？一位天神……出現在我面前？這真是太不可思議了！」

羅開沉聲道：「那也不算什麼，他不是曾在妳祖先面前出現過嗎？」

天使側著頭，想了片刻：

「向他表示順從，願意受他的控制，我看只會帶來好運。盧洛伯爵在一六三一年之後，在他的事業上迭創奇蹟，一直為人崇敬，幾乎沒有受到過任何挫折，可能就是由於天神在暗中給他護佑的結果，是嗎？」

羅開回答著：「也許是……」

就在這時候，他心中隱隱有了一種感覺；感到他和天使的相會，似乎並不是偶然的。可是，他迅速回憶當時的情形，卻又純粹是偶然的。

他接著又想到，天使把那幅畫弄到哥耶三世的拍賣行去拍賣，自己又把它買了下來，唯一的目的，似乎就是為了達到可以和自己見面；但是，自己又是在偶然的情形之下出現在拍賣行之中的，這又是怎麼一回事呢？

本來，在羅開一發現神秘畫像的買主和賣主是同一個人時，他就有了這個疑問。可是當時，他一看到天使那種世上罕有的美麗，而天使又以高度誘惑的言語和動作面對著他時，他就把這個問題拋諸腦後了！

這時，如果不是知道了畫像和「時間大神」有關，羅開也不會再去想及這個問題。有天使這樣的美女在懷中，誰還會去想這些事？

可是，「時間大神」，這是羅開近年來心理上巨大的陰影。

他，「亞洲之鷹」，不羈的、無敵的「亞洲之鷹」，在心理上，只感到有時間大神的存在，就渺小卑微得完全不足道，時間大神可以說是深藏在他心底深處的最大敵人！

正因為如此，所以他才不得不深思，重又想起這個問題來。

他的雙手一面在天使的身上到處移動著，撫摸著，一面道：「妳說過，妳把這幅畫拿到拍賣行去的目的，是想把有關畫像的事向人公開？」

由於羅開的撫摸，天使的身子扭動著，不由自主地喘著氣：「是……那是我的原意。」

羅開把她摟得更緊了些：「妳想遇到的是什麼人？是不是遇到任何人，妳都會對他像對我一樣？」

天使仍在喘息著，她的聲音，聽來如同夢囈一樣：「當然不，除了你……」

羅開的心中凜了一凜，他實在不願意再問下去，因為再問下去，天使的答案可能極其可怕！

但是他也知道，這時，天使在他的愛撫之下已經有點意亂情迷，而且，他一開始發問時全然是不經意的，天使當然也不會有什麼防範，會自然而然說出真話來。錯過了這個令她說真話的機會，以後可能再也不會有了！

羅開雖然覺得自己的行為十分卑劣，可是，他還是繼續問下去。

天使的頭鑽在他的懷中，他低下頭去，輕輕地咬著天使的耳垂，就在她的耳際低聲道：「只有我？妳怎麼預測得到可以遇到我？」

天使雙臂環住了羅開的腰，喘息得更甚。

由於她和羅開緊緊相接著，所以她每一下吸氣的動作，都可以讓羅開感覺得出她的心跳。

她的聲音更細不可聞：「當然我知道可以遇見你。」

羅開的心中又是一凜：她這樣說是什麼意思？他在布魯塞爾，除了黛娜之外，絕沒有第三者知道，黛娜當然不會洩露他的行蹤。那麼，天使怎麼知道可以在這裡的一家拍賣行中見到他？

這其中，是不是有什麼預先安排好了的陰謀在內？

天使的身分之謎

羅開在這時，又不想再問下去了。

他預感到天使的答案可能會極其可怕，而現在，天使的回答，已足以令他想到一切可能是一個早已安排好了的預謀；如果真相再進一步揭露，他應該怎樣對待天使？當她是敵人，還是當她是愛人？

羅開自然絕不願把天使這樣的美女當敵人，他告訴自己：不要再問下去了！

可是，他立時又想到，事情是和「時間大神」有關的！他需要擺脫時間大神在他內心所造成的陰影，這一點，和他需要天使同樣重要！

若不是事情如此重要，他根本不會開始問，既然問了，那就……

羅開在心中，已說了千百聲「對不起」。

他終於還是問了下去：「誰告訴妳可以遇見我的？」

這是聽來輕輕巧巧、隨隨便便的一問。羅開已經可以感到，自己的肌膚和天使緊緊相貼之處，天使的肌膚是灼熱的，在這樣情形下隨便的一問，她更加不會在意。

果然，天使呢喃著：「我的族人……」

她只講了那四個字，就陡然住了口。

剎那之間，羅開也整個人都怔住了！

他沒有再開口，而他也發覺，天使灼熱的肌膚在迅速地冷卻，她已不再意亂情迷，她雖然還維持著原來的姿勢，一動不動。

兩個人這樣地相摟相抱地坐著，應該是極度纏綿的，事實上，就在幾秒鐘之前，的確纏綿得可以，但這時羅開在感覺上，卻像是一具石像在自己懷中一樣。

天使只講了四個字，她在講出那四個字之際，根本不及思索，可是這四個字才一出口，她就立即知道自己講錯了話，所以才會變得石像那樣！

她說：「我的族人！」她是盧洛家族唯一的傳人，哪裡還會有什麼別的族人？而且，就算她還有族人，她的族人又怎能告訴她「亞洲之鷹」羅開在這裡？

就算她知道了羅開在這裡，她又怎能知道羅開會走進拍賣場去，和她相遇？

剎那之間，自羅開心中升起的疑問實在太多，每一個疑問都是令得他心悸的，所以，他也維持著自己身子一動不動。

他知道，在天使的感覺上，這時一定也如抱住了一尊石像一樣。

兩個人都不出聲，也不動，像是生命就在那一剎間靜止了一樣。

不知過了多久，羅開才感到自己懷中的天使略有了一絲生氣。

「有了一絲生氣」，那是羅開真正的感覺，因為剛才，天使不但肌膚透涼，而且幾乎是連心跳都停止了的。

羅開自己的情形也好不了多少，他也在這時才緩慢地吸了一口氣。

然後，天使開始再動作。她的動作卻極慢，慢慢地離開了羅開，慢慢地半轉過身去，用背部對著羅開。

兩個人仍然不說話，離開的動作也很慢，他把手慢慢地放到了天使的肩頭上。天使陡然震動了一下，緩慢地轉過頭來。

當她又面對著羅開之際，羅開看到晶瑩的淚珠正自她的眼中湧出來，淚珠沾在她白皙的臉頰上向下淌著，新的淚珠又再湧出來！而她的眼神是如此幽怨，叫人一接觸了這樣的眼神，就有肝腸寸斷之感。

這時，羅開的思緒既矛盾又柔和，還夾雜著極度的後悔！

他後悔自己不該想起那個問題來！就算想起了這個問題，既然好幾次想過不要再問下去，那就絕不該再問下去！

現在，問出一點結果來了，有什麼好處！

男女之間的事情就是這麼微妙，幾乎是容不得任何隔膜的。

本來是熱情的一對，雙方都可以在一個微小的動作，或是狂暴的行動之中，得到極度的滿足和歡愉。但是，心理上一有了隔膜，那就完全變了樣，同樣的人，同樣的身體，即使是同樣的行動，可是快樂會消失得無影無蹤，一去不回！

這時，羅開在天使幽怨的眼神中可以看得出，天使是在責怪他，為什麼？為什麼一定要問那麼多問題？我們之間難道就那麼短暫，一切歡愉從此不再回來了？

羅開感到心頭一陣劇痛，像是被什麼又尖銳又堅硬的東西，重重刺了一下一樣。

他叫著：「天使！」

他的聲音聽來苦澀無比，天使垂下了眼瞼，長長的睫毛抖動著，又把一顆顆淚珠抖了下來。

羅開望過去，想去把她的淚珠吻乾，可是，天使卻輕輕地推開了他。

天使的聲音聽來也是那樣乾澀：「請……你離去，不要再說任何話，不要再有任何行動！」

羅開怔怔地望著她，天使繼續道：「這樣……剛才我們……我們在一起的情景，才能永遠在我心中留下美麗的回憶……剛才一切是這樣美好，值得我永遠回憶，雖然……我再也不能有同樣的快樂，但有……回憶，也是好的。」

她斷斷續續地說著，每一個字，都打入羅開的心坎之中，令得羅開整個人為之抽搐。

他等到天使講完，才緩緩地道：「事情再壞，也壞不過妳根本就是受時間大神利用的人。妳可記得，我在看到了妳之後不久，就曾自言自語說，就算要向時間大神投降，我也不在乎，只要能有妳！」

天使陡然抬起頭來，她的眼睛睜得極大，淚花在眼眶中打轉，但立時又低下頭去，聲音低得聽不見：「不，不會再有剛才那樣的快樂了，你……我在你心中，已經有了陰影，向時間大神屈服之鷹，那是你自己騙自己的話。人有時是會自己騙自己的，我知道你絕不會向時間大神屈從。如果會的話，你怎麼會在剛才那種情形之下，一步步向我問那麼多？」

羅開感到了極度的慚愧，喃喃地道：「是……是我太卑鄙……妳比我聖潔得多！」

天使低嘆了一聲：「聖潔？其實我比你更卑鄙。鷹，剛才我在你的懷中……在你這樣……男人的懷中……我真是完全不設防的。我的族人一定對我失望之極，因為我失敗了，失敗在一個雌性生物的本能上。或許，這不是我的過錯？」

她一直垂著頭在說話，說到最後，才抬起頭來，用明澈澄亮的眼睛望著羅開。

羅開一時之間不知如何回答才好，因為天使的話，用詞實在太古怪了。她又再一次提到「我的族人」，而且稱她自己為「一個雌性生物」。

羅開實在不明白這是什麼意思，她又說自己「比你更卑鄙」，那是不是意味著她做過什麼卑鄙的事呢？

呆了好一會，羅開才道：「妳說得對，我是自己騙自己，我不會向時間大神屈從的。可是，就算妳是聽命於它，我也可以盡我的力量，把妳從它那邊拉過來！」

天使現出了一個悽然的笑容：「你又料錯了，我如果是聽命於時間大神，何必要你拉？一定會自動過來，和你站在一邊！」

羅開大表高興：「那就連根本問題也不存在了，還有什麼問題？」

羅開的高興，是真正的狂喜。他覺得自己和天使之間，又可以變得毫無阻礙了！

可是天使卻緊蹙著彎眉，半晌不語。

羅開好幾次想伸手去把她眉心的結撫平，都被她輕輕推了開來。急得羅開不住地問：「為什麼？為什麼？妳不是時間大神的僕從，我們之間還有什麼問題？」

天使轉過了頭去：「我非但不是時間大神的僕從，而且是他的敵人。我知道他在地球，可是不知道他已自稱時間大神……」

她講到這裡，才向著羅開悽然一笑：「所以，當你說為了我，寧願向時間大神屈服時，我真的不知道什麼是時間大神，不是存心騙你的！」

羅開又怔了怔。他自然聽得明白天使那幾句話中的弦外之音。天使是在告訴他，這件事上，她沒有存心騙他，可是在其他的事上，她騙過他！

羅開用力搖了搖頭：「如果妳是時間大神的敵人，那就更好了！我們是同一陣線的，那還有什麼問題？」

羅開一面說著，一面伸手把天使拉了過來，輕輕地擁在懷中。

天使這一次並沒有推開他，只是順從地，溫柔地讓羅開輕擁著。

然後，她嘆了一聲：「鷹，我……不願和你成為……戰友，可是現在看來，已經沒有法子可想了。不知道是我做得太拙劣，還是你太精明能幹……看來，我們只能成為戰友了！」

羅開的呼吸有點急促：「為什麼我們不能在並肩和時間大神作戰的同時，又成為男歡女愛的一對？那應該只有更好！」

天使望著羅開，從她的眼神之中，可以看出她對羅開的那種極度的癡情。一個男人一生之中，給一個女人用這樣深情的眼光望著的機會並不是太多，何況，天使是這樣的一個美女！

天使豐滿誘人的嘴唇掀動著，欲語又止。過了半晌，才幽幽地道：「當然，是由於我的身分，會成為我們之間的阻礙。」

羅開更不明白：「妳的身分已經表明了，我說只有更好。」

天使忽然不說話，又垂下頭去。片刻，才道：「鷹，你認為男女之間相戀相親，外形是不是很重要？」

天使忽然問出了這樣一個看來和他們正在討論著的事完全無關的問題來，這很令得羅開愕然。但羅開知道，她這樣問，一定是有道理的，所以他十分認真地思索了一下，應該怎樣回答。

事情的真相

羅開想了一會兒，想到自己乍一見到天使時，那種極度的驚艷之感。如果天使不是那麼美艷，他是不是會一下子就那樣傾心，那樣不克自制？當然不會！而且，男女相會，第一眼的印象，一定是由於對方的外形，而不是對方的內在。世上有多少一見鍾情的故事，男女雙方外形的重要，是絕對不容忽視的！所以他道：「當然十分重要……」

他為了想氣氛輕鬆些，又補充了一句：「如果我的長相，像『巴黎聖母院』中的那個又醜又駝的怪物，很難想像我們怎麼會有剛才那樣的歡樂！」

羅開是想藉這樣說，來使得氣氛輕鬆一點，可是出乎他的意料之外，天使在一聽之後，陡然站了起來，雙手無目的地揮動著，神情緊張之極。

羅開愕然看著她。

過了好一會，天使才恢復了平靜。可是看得出是故意裝出來的一派若無其事的樣子：「要不要聽一聽，我是怎麼才知道可以遇見你的經過？」

羅開吸了一口氣：「妳想說就說，不想說的話，完全可以不說。」

天使深深地吸了一口氣，當她進行這樣的動作之際，她豐滿的胸脯誘人地起伏著。羅開不由自主搖了搖頭，心中不住地想：這樣美麗的一個女人，何以還會關心男女歡悅中的外形問題！

天使半側著頭，看起來，她像是鎮定了許多，但是羅開卻還可以感到她的心情仍然十分激動。

羅開輕輕地環抱著她纖細的腰肢，更可以覺出她在微微顫抖著。

她在低嘆了一聲之後，說：「你當然已經猜到，其實我並不是什麼盧洛伯爵的唯一傳人了？」

羅開把臉貼向她的背上，喃喃地回答：「沒有猜到，但有了一點概念。因為，如果妳是『唯一的傳人』，就不應該有族人！」

這時，羅開的心情矛盾之極，他在竭力思索，天使的真正身分是什麼？

她不是盧洛家族中的人，這一點已可肯定；她和自己相遇，是一項刻意的安排，這一點也可以肯定。

最令得羅開不安的是：天使是憑了什麼方法知道自己的行蹤的？

自從無法躲避時間大神的控制之後，羅開對於自己的行蹤，保持著更嚴密的秘密；但是天使竟然能夠知道，這實在是令他又吃驚又感到極不舒服的事。

當他一想到這一點的時候，他才知道古人的話：「如芒刺在背」是什麼意思。

那種不愜之極的感覺，甚至令他產生了一種窒息的感覺，要十分用力，才能令得呼吸暢順！

天使又低嘆了一聲：「鷹，為了避免你的疑慮，我把最根本的一點先告訴你。」

羅開的思緒十分紊亂，但是有一點，他倒是可以肯定的，那便是，天使的語音聽來是如此誠懇，那足以證明她真是肯把一切真相毫無保留地說出來！

他沉迷在天使的美麗之中。在一小時之前，這種沉迷，是完全的、毫無保留的；但現在，情形多少有點不同，他在沉迷之中，多少有了幾分思考和清醒。

他緩緩吸了一口氣，以一聲輕輕的「嗯」作為回答，可是同時卻又忍不住在天使滑膩的背上輕吻了一下。

天使的身子又顫動了一下：「希望你夠堅強，可以忍受真相的打擊。」

天使的話，說得相當嚴重，這又不禁令得羅開心中一凜。

他直了直身子，勉強笑了一下：「事情真有那樣嚴重？」

天使並不回答他的話，只是輕柔地把羅開的雙手自她的腰際移開，同時站起身子來，無聲無息，如同飄浮在半空中的羽毛一樣，向外走了開去。

走出了兩步之後，仍然背對著羅開。

羅開凝視著她的背影，發覺她整個人都在劇烈地顫抖著。

羅開陡然站了起來，在那一剎間，他感到自己如果執著於尋根究底，那將是多麼無聊的事！

天使是這樣出色的一個美女，管她是什麼來歷身分，重要的是，她是這樣實實在在的存在，這樣能給人無窮歡娛的一個女人！

他也感到，自己居然等著去聽她的自白，那不但無聊，而且，簡直幾近卑鄙！

所以，他站了起來之後，以十分激動的聲音叫了起來：「別說，我不想知道什麼真相，只知道我們在一起快樂。快樂！妳懂嗎？那是人世間最難追求的境界，快樂！為了快樂，一切都可以不理會！」

他一面叫著，一面又要走向前去，在天使的身後，把她緊摟在懷中。

可是，他才一來到天使的背後，天使就疾轉過身來，羅開的雙臂已經伸了出去。

但是，當他看到天使的神情之際，他的動作僵凝了，伸出去的手臂，用一種看來滑稽可笑的姿勢，僵在半空之中。

天使看來仍然是那麼美麗，令得羅開在猝然之間僵呆的，是她那一種哀怨之極的神情！

她看來哀傷莫名，羅開從來不知道一個人臉部的神情可以表達出如此深刻的哀傷。她甚至沒有說什麼，只是用她那雙水靈靈的眼睛望著羅開，可是已足以使羅開感到她心中的哀傷。

在碧藍色的眼珠旁，淚花在打著轉，終於，一連串晶瑩的淚珠奪眶而出，順著她鮮嫩如花瓣的臉頰流了下來。

在這樣的情形下，羅開不但心慌意亂，簡直是不知所措了。

他無目的地揮著手：「天使，怎麼了？天使，怎麼了？妳別哭，不論情形多麼壞，妳別哭！」

天使仍然在流著淚，可是同時，她卻又極其溫柔地笑了起來。

她伸出手來，握住了羅開的手。羅開只感到她柔軟的手是冰涼的，那種涼意簡直令人發顫，可是，羅開還是緊緊回握著。

天使吁了一口氣：「你剛才提到快樂，在……遇見你之前，我真的不知道什麼是快樂。」

羅開急急地回答，他的神態使他看來，宛若一個正在初戀的少年一樣：「那就是了，不必再理會別的，就讓快樂一直持續下去好了！」

天使幽幽地問：「還能夠嗎？」

羅開開口，他想說「能夠的」，可是還未曾發出聲來，天使的一隻手指就已經輕輕地按上了他的口唇，不讓他發聲。

同時，天使的聲意聽來更令人心酸：「鷹，別自己騙自己，想想剛才我說出了『我的族人』之後，我們兩個人的反應？」

羅開怔了一怔，天使提到的那個時候的情形，他自然不會忘記。

他只好軟弱地回答：「我們……我們可以不再去想它！」

天使緩慢地搖著頭，當她搖頭之際，又有淚水自她的眼中迸出來：「不能，我們一定會不斷地去想它。你對我已經有了懷疑，懷疑就像發了芽的種籽一樣，一旦發生了，就會不斷擴大，所以……所以……」

她講到這裡，語音聽來有點乾澀：「所以，不如由我把真相全都告訴你！」她陡然鬆開了羅開的手，後退了幾步，雖然仍是滿面淚痕，但是神情十分堅決，顯然在經過了一連串的矛盾之後，她已經有了決定。

在感情上，羅開實在不願意聽到什麼「真相」；但是在理智上，羅開卻知道天使的話是對的。既然他對她已經有了懷疑，剛才的快樂已經一去不返，那還不如把真相揭露出來的好！

在羅開的一生之中，可以說從來也未曾面臨過這樣猶疑不決的情形。他只好嘆了一聲：「如果妳一定要說的話……」

天使揚了揚手，打斷了他的話頭：「不是我一定要說，而是你，一定會千方百計地想去追求答案。與其你去浪費時間，不如由我來說算了。我知道，至少你是會相信我的話的，我們有很多事要去做，不值得再為了追尋我的身分而虛耗光陰。」

羅開深深嘆了一聲。天使的話是無可辯駁的；天使像是能知道他在想些什麼一樣。的確，羅開知道自己說是不要追究真相，但這種意願究竟能維持多久，他連自己也沒有什麼把握！

在這一刻，他真是真心誠意那麼表示，但是以他的性格來說，以他多年來冒險生活所處的環境來說，他能隱忍著，永遠不去探索事實的真相嗎？

他自己深切地知道，在他心底深處的唯一的答案是：不能！

羅開無話可說，只好無目的地揮著手。

天使的神情更哀傷：「雖然我知道，真相一說出來，我們之間……的一切……」

她發出了幾下乾澀的笑聲：「……我們之間的一切就會告一段落，就像是一齣戲已演完了，幕落了下來一樣，可是……」

羅開的反駁十分無力：「我……想不會，妳至少不是受時間大神利用的人！」

天使現出淒涼的笑容：「鷹，準備好接受真相！」

她略頓了一頓，才以十分清澈肯定的語音說了出來：「我不是地球人！」

這句話是如此簡單，羅開可以把每一個字都聽得清清楚楚，可是一時之間，以羅開的頭腦之靈敏，他還真難以明白這句話的真正含義。

這句話，聽來像是開玩笑，根本是不能接受的，所以羅開的第一個自然而然的反應，是張大了口想笑。

可是他才一張大口，卻如同遭到了雷殛一樣，整個人都僵硬了！在那一剎之間，他想到了天使的那句話的真正含義！

「借屍還魂」

一領悟到了天使那句話中的真正含義之後，羅開實在沒有法子不震動！天使說她「不是地球人」！那就是說，她是來自地球之外，浩淼無涯的宇宙之中，別的星球上的生物！

羅開雖然想到了這一點，可是在觀念上，他仍然感到那是不可接受的。可是他又立即想到了「時間大神」，時間大神極可能是來自另一個星球的怪物，那麼，天使為什麼不可以？

本來是在觀念上絕對無法接受的事，剎那之間變得可以接受。這其間，在羅開的思緒上所形成的巨大衝擊，簡直無可比擬，令得他，大名鼎鼎的「亞洲之鷹」，看起來如同泥塑木雕一樣。

天使的聲音在柔軟動聽中帶著哀傷：「你明白了吧，鷹，我不是地球人，是從極遙遠的地方，你們地球人的知識範疇所了解不到的地方來的！」

天使的聲音，使得羅開在極度的震撼之中驚醒過來。

他畢竟不是普通人，電光石火之間，他已想到了最重要的一點！

他所想到的，令得他心情立時變得輕鬆，他甚至「哈哈」笑了起來！

他一面笑著，一面道：「那有什麼關係，是，妳不是地球人，哈哈，那有什麼關係，若干年之前，中國人見到了歐洲人，以為那是紅毛怪人，但現在，歐洲人、非洲人一樣全是人！」

天使一聲不出，用她那碧藍的、深邃的眼睛凝視著羅開，等到羅開講完，她才緩緩地道：「你還是不明白，我不是地球人！」

羅開張開了手臂：「我已經說過了，沒有關係！」

天使苦笑：「你舉的例子一點也不貼切，你應該想像得到，我的形體……」

羅開疾聲：「妳的形體是那麼美麗，比任何地球上的女人美麗！」

天使沉默了片刻，像是不知道該如何向羅開解釋才好。

羅開已經向她走過來，但是她還是來得及在羅開重又把她擁在懷裡之前，說出了一句足以令羅開震驚的話來：「當然，我借用的形體，本來就是地球上最美麗的女人的形狀！」

這一句話，不但令得羅開震驚，而且令得他的耳際響起了一陣嗡嗡聲來。

天使話中的一些名詞，令得他的思緒紊亂之極，什麼「形體」、「借用」、「形狀」……這完全不是一種「正常」的對話。

羅開已經隱約地感到了它們的含義，可是，他卻不敢深入一層去想，因為單是隱約地感到一些概念，已經足以令人震懾的了！

天使在他發怔時，又道：「你應該可以進一步明白了，我現在的樣子，就是當年盧洛伯爵的那位美麗的情婦！」

羅開陡然叫了起來：「不可能！不可能！不可能！就算妳有借屍還魂的本事，那也不可能！過了幾百年，當年再美麗的女人也變成了枯骨！」

天使低下頭去，聲音很低，可是很清晰：「是的，只剩下了白骨。可是根據一個人的骨骼，復原她生前的體形和容貌，這種方法，連你們都早已會了，是不是？」

羅開吞嚥了一口口水。是的，不要說根據一副完整的骸骨，可以把這個人生前的體形和容貌相當正確地復原出來；甚至只根據一些骨骼，例如一根大腿骨，也可以大致把生前的體形復原。

這種方法早已被廣泛地運用在法醫學上，並不是什麼奇特的事，可是天使提出了這一點來，又是什麼意思呢？自己何以在剛才竟然自然而然運用了「借屍還魂」這樣可怕的詞句呢？

羅開的思緒更亂：「妳……親愛的，妳的意思是……是……」

天使的意思是什麼，羅開根本說不上來，所以，他的問題也全然無從問起。

天使的聲音略提高了些：「我原來的形體，絕不適宜在地球上作任何活動……」

她才講了一句，羅開的身子就不由自主地震動了一下。天使的話雖然說得十分委婉，但是羅開完全明白其中的真正含義！她是在說，她原來的樣子極其可怖！

羅開想勉強笑一下，可是臉上的肌肉僵硬，絕不聽他意志行事，他根本笑不出來。現在，他明白何以天使忽然會問他外形是否重要這個問題，也明白她何以自稱是「雌性的生物」了！

她根本不是人，不是地球人！

自然，她有著難以想像的形態，她的形態是「絕不適宜在地球活動的」，說不定地球人一看到就會魂飛魄散！

羅開無法想像何以天使可以變成如今這般可愛的、絕頂美麗的樣子，但是，他多少已知道了一點事實的真相了。

他笑不出來，連語聲也變得出奇僵硬：「那……親愛的，妳原來是什麼樣子的？像八爪魚？還是眼睛會發綠光，長在頭頂上？」

天使用力地揮著手，樣子又哀傷又有點憤怒：「一點也不好笑！」

她講了這一句話之後，急速地喘著氣，然後，哀求似地道：「鷹，答應我，別再把我的形體拿來開玩笑，真的，那一點也不好笑！」

羅開深深地吸一口氣，沉緩地道：「我剛才的話沒有說錯，妳原來是什麼樣子的，那並不重要，重要的是，妳如今是這樣美麗動人！」

天使有點傷心：「可是，美麗動人的並不是我，你愛的、要的、擁抱的、親吻的並不是我，只是我製造出來的一個形體！」

羅開緊盯著天使，這時，他已經迅速地鎮定了下來。他盯著她，用他那種被很多人形容為「鷹隼一樣銳利的眼光」盯著她。

可是他隨即發覺，那一點用處也沒有，他的目光再銳利，也無法看得出天使原來的樣子是什麼樣的。除非他能擁有傳說中的「照妖鏡」，那或者才能看穿天使的原形是什麼樣的「妖怪」。

當想到這一點之際，他只好苦笑於自己的思緒何以還是如此紊亂。

天使又低嘆了一聲：「現在你完全明白了？」

羅開不知道是應該點頭好，還是搖頭好，他只好道：「我只知道……那是一樣的，妳看來這樣美麗，而且我們在一起，雙方也真能感到極度的歡樂！」

天使低聲問：「難道你不會想我究竟是什麼樣子的？你一定會這樣想，會……」

羅開已經有了決定，他大踏步走了過去，用他的唇封住了天使的口，天使的呼吸相當急促。

在一個熱烈的長吻之後，羅開才道：「好，根本的真相我知道了，妳不是一個地球人！那的確會帶給我極大的震撼，但是一切會過去，不值得再提！」

天使望了羅開一會兒：「至少暫時可以不再提及。」

羅開沉聲：「不是暫時，是永遠！」

天使並沒有反駁什麼，只是發出了幾下苦笑：「好，現在應該提細節問題了！」

羅開緊握著天使的手，和她一起坐了下來。

天使的聲音就在他的耳際響起：「我來到地球，或者說，我和我的族人來到地球……你別緊張，那絕不是電影上的大規模外星人侵襲地球。我們來到地球另有目的，因為我們知道時間大神在地球上！」

羅開問：「時間大神……真是幾百年之前就來了？」

天使點頭：「是，盧洛伯爵的航海日誌中所記載的，全是事實，他和他船員見到的，就是時間大神自天而降的情形！」

羅開遲疑了一下：「這個時間大神……」

天使側著頭：「所謂『時間大神』，只是你加給他的名稱……或者是他的自稱，這個稱呼也不能算不恰當，因為他有著適應時間的特徵。」

羅開又有點迷惘，自天使美麗的口中吐出來的話，他發現越來越多不明白之處，什麼叫做「適應時間的特徵」呢？他就不是十分明白了。

可能是在他的眼神中有疑惑的神色，天使停了一停，解釋著：「時間，本來是一個虛無概念，但是，卻又是一種存在。而且，對於生物的生命來說，是一個極重要的存在，關係著生物的生命歷程！」

羅開點頭：「是，看不見、摸不到，只用一些數字來表示的時間，卻和一切生物的成長、生死有著密切的關連，沒有一種生物可以脫離時間的規律！」

天使點了點頭，但又搖了一下頭：「只有時間大神可以！他能適應時間。我的意思是……」

羅開急急道：「妳的意思是他不會死？」

天使略想了一想：「不能這樣說，解釋起來……相當困難，只是他可以脫出時間的限制。據我們所知，宇宙中這種生物並不多，他來自更遙遠的地方，曾經到過我們居住的星體，企圖控制我們。就像他如今在地球上，企圖控制地球人一樣！」

羅開聽得入神：「他沒有成功？」

天使嘆了一聲：「沒有成功，不過，他卻偷走了我們星體上一樣極重要的東西……我們無法肯定是被他偷走了，還是被他破壞了，所以我們一直在找他，直到發現他可能是在一顆遙遠的十九等小行星上，我們就追蹤而來。」

羅開用連自己聽來也覺得怪異的聲音問：「那……顆十九等小行星，就是地球？」

天使緩緩點了點頭。

羅開用力在自己的臉上撫摸了一下，心中有說不出來的怪異之感，他早就認為時間大神是來自另一個星體的生物。

內心深處的恐懼

羅開雖然早就想到「時間大神」是來自另一個星體的生物。但是設想是一件事，真正面對著來自外星的生物交談，又是另一回事；兩者之間，大有差別。

而且，天使是用那麼美麗動人的地球女性的形態出現的。羅開想起剛才和她的纏綿狂歡，簡直如夢似幻一樣，他感到自己和現實的生活完全脫離了，彷彿進入了一個夢幻的境界之中！這種感覺，真是難以形容！

天使輕柔地把手穿在羅開的手臂上：

「異星生物的形體，是超乎一直生活在固定一個星體上的生物的想像之外的。當我們的科學發展到了可以和另外一個星體上的生物接觸之際，當我們最初看到異星生物之時引起的震撼，簡直無可比擬。就像末日來臨一樣，隔了好久，和各個不同星體上的生物接觸久了，才能在觀念上改過來，接受一個奇形怪狀的物體實際上和自己是一樣的，是另外一個星球的人，更多的比自己進步得多！」

羅開苦笑了一下：「是，至少比地球人進步得多了。地球人至今為止，還有不承認另外星體上有高級生物的，也未曾公開和異星生物接觸過。」

天使喃喃地道：「總有這一天的。就算地球人科學進展慢，不去找異星人，異星人也會來的。我們就來了，時間大神也來了，據我所知，有更多不同的異星人來過，有的還留著，有的來了又走了！」

羅開遲疑著問：「如果……照妳說，同樣是高級生物，在外形上有極度的不同，應該一到地球就被發現了！」

天使嘆了一聲：「所以，我們大都採取了改變外形以方便活動的辦法！」

羅開不禁又感到了一股寒意。

天使的話再明白也沒有，大多數來自外星的高級生物，外星人，在到了地球之後，都採取了「改變外形，方便活動的辦法」！

那也就是說，外星人在地球上，是完全以地球人的形態出現的；地球人根本無法分別得出，誰是外星人，誰是地球人！

以眼前的天使而論，若不是她自己說了出來，誰會想得到，這樣千嬌百媚、美麗動人的女郎竟然會是外星人！有著不可想像，不知道是什麼樣子的形體。

在地球上，究竟有多少外星人以地球人的形體在活動著？他們做了些什麼？目的是什麼？對地球人是懷著善意還是惡意……

這一切，作為地球人來說全然無法預防，也無法作主。整個地球是一片不設防的大地，任憑他人主宰！

羅開越想越是覺得凜然。他在極度的紊亂中本來還想問：妳們是用什麼方法把自已變成地球人的形體的呢？可是他只是口唇掀動了一下，並未曾問出來。

他想起了在那海底岩洞的情形，時間大神——那個來自外星的外星人，可以輕而易舉地在極短的時間內，製造出一個人來。

而且，這個人還可以有原來那個人的思想。看起來，要獲得一個地球人的形體，對他們來說，是再容易不過的事！

（羅開在海底岩洞中的奇遇，已經記述在《妖偶》這個故事之中。）

天使望了羅開一下：「是的，製造一個地球人的形體，再用我們自己的思想來操縱這個形體，那是十分簡單的事。大多數地球以外的高級生物都可以做到這一點。」

羅開感到十分惘然，望著天使美麗的臉龐，伸手去輕輕觸摸著。

他手指的感覺是這樣的細膩滑腴，單是指尖和她臉頰的接觸，就足以使他的心底產生一種異樣的快慰之感。而且，從天使的神情來看，她顯然也在享受同樣的快慰。

難道，這一切全是假的？這實在太超乎想像之外了！

他喃喃地道：「真是無法令人相信……妳現在的身體是假的？製造出來的？」

天使緩緩地點了點頭，微微張開口，用她潔白得令人目眩的牙齒，在羅開的指尖上輕輕咬了一下，使羅開在剎那間有如同觸電的感覺。

羅開不由自主搖著頭：「通過一個製造出來的形體，可以控制這個形體來活動，這還可以想像……可是，竟然能夠通過這個形體而有快樂的感覺，這真是叫人無法想像！」

天使吸了一口氣：「其實也很簡單。當我們要取得地球人的形體之際，目的是不被人發覺，自然要有地球人的一切感覺。這些資料是很容易搜集的，某種情形之下會感到痛，某種情形之下會感到甜，某種情形之下會感到快樂，某種情形之下會感到痛苦，資料都會告訴我們，而最重要的是……」

她講到這裡，略頓了一頓：「最重要的是，外星人和地球人一樣，全是思想發展上最高級的生物；高級生物的特點是有思想，有感情……」

她用深邃無比的眼波橫向羅開：「我相信，不論是來自那一個星球的人，感情是完全一樣的，雄性生物和雌性生物之間，也就是男女之間，有著愛！」

羅開聽著天使的話，感到有一股異樣的暖氣在體內流轉，使他感到熱血沸騰。

他立時道：「天使，既然是這樣，還計較什麼形體？」

他一面說，一面陡然緊緊將天使擁在懷抱中。

可是，他的熱情卻只維持了極短的時間，突然地，如雷殛一般，他想到：天使看來是這麼動人的一個女人，可是實際上是什麼樣子的？可能是醜陋莫名，全身腥涎的怪物！

當自己吻她之際，接觸到的雖然是誘人的紅唇，可是實際上，可能是長滿了贅疣的、不知是什麼形狀的一個孔洞……

當羅開突然想到這一點時，他不由自主震動了一下。

也就在這時，天使低嘆了一聲：「還是有不同的，是不是？形體畢竟還是重要的！」

羅開又震動了一下，這已不是第一次了。

好幾次，每當他心中想到什麼時，天使根本不必他講出來，就可以知道他的心意！這意味著什麼？這表示，羅開在想什麼，天使根本是知道的，不必通過語言。羅開只要一動念，天使就可以知道他在想什麼！

一想到這一點，羅開更是不寒而慄。他把天使的身子推開了一些，用極疑惑的眼神望著她。

天使淡然笑著：「被你發現了。其實，就算你沒想到，我也會告訴你的。如果我們沒有這種能力，我又怎會那麼湊巧在拍賣場遇到你？」

天使停了一下：「不但可以大體知道你在想什麼，而且，還可以適當地通過你的思想，影響你的行動。例如，使你忽然有了走進拍賣場去的念頭。」

羅開真正呆住了！在剎那之間，他所感到的，是極度的恐懼！

天使這個外星人的能力，看起來似乎比時間大神更進了一步。

時間大神還只是先製造一個假人，然後去指揮假人的活動。可是她，她卻能直接去影響一個地球人的思想，叫受了影響的地球人去做他本來不想做的事！

羅開竭力回憶著，想記起當時在街頭漫步，何以會忽然興起了走進拍賣場的情形，可是他這時雖然已知道了因由，卻想不出什麼來。

只是突然而來的一個意念，令他這樣做了！

本來，這也沒有什麼大不了，誰都會有一個突如其來的念頭，去做一些一分鐘之前想也未曾想到過的事的經歷。

可是，如果這種突如其來的念頭，是受了某種外來力量影響而形成的話，那就完全不同，簡直可怕之極！

在那種情形之下，一個人再不是他自己的主宰，可以在完全不覺察的情形下，去做自己本來根本不想做的事！每一個人，都可以變成一個無形的主人的奴隸！

當羅開意識到事情的可怕之際，他的臉色也不禁變得難看之極，是一種毫無血色的灰白！

他，「亞洲之鷹」羅開，只怕在無論什麼樣的情形下，都未曾現出這樣的臉色來過。可是這時，他實在無法自我控制，他從內心深處感到了恐懼！

這種恐懼，簡直是無可抵禦的。外星人已經有了這樣的能力，地球上全體人類變成徹頭徹尾的奴隸的日子還會遠嗎？而且，當地球上所有人變成奴隸之後，更可悲的是，他們將全然不知道自己是奴隸，還以為那是自己心甘情願的事情！

他的喉際發出了一陣異樣的「咯咯」聲來。

天使忙道：「你……怎麼了？你別那樣，聽我解釋一下！」

羅開用十分乾澀的聲音回答：「還有什麼可以解釋的？地球人……已經完了！」

天使用力地搖著頭。

當她用力搖頭之際，她柔軟如金色瀑布的頭髮左右晃動著：

「不，你想錯了。首先，這種能力要通過極複雜的步驟才能做到。舉一個例子來說，地球人已經能踏足在月球上，但絕不是每一個人都可以到月球去，而且，使地球人踏足月球，不知道要經過多麼複雜的步驟哩！」

聽得天使這樣說，羅開總算緩過了一口氣來。他心中想：但願天使所舉的例子是實在的，那麼，至少在目前，還不會那麼可怕！

天使伸出手來，按在羅開冰冷的臉上，又道：「而且，地球人科學技術上雖然落後，但是卻有一個極大的優點，絕不是那麼容易被征服，被控制的！」

羅開苦笑了一下：「妳別安慰我了，地球人還有什麼優點？妳們看地球人，外星的高級生物看地球人，還不是像地球人看昆蟲一樣？」

天使搖頭，神情十分嚴肅。

地球人的可貴之處

天使一面搖著頭，一面道：「你完全錯了，地球人絕不是昆蟲，是極高級的生物，最大的優點是，地球人不但有思想，而且每一個人，有每一個人的意志！」

由於天使說得這樣認真，羅開的情緒，從極度的頹喪之中振作起來，凝視著天使。

天使緩慢而堅定地說著：「是的，地球人，每一個都有他自己的意志！當然，有的人意志薄弱，有的人意志堅強。不幸的是，意志薄弱的人比較多。但這也不值得恐懼，意志薄弱的人，或集體，或民族，根本沒有機會接受外星人的奴役，一直在被地球人自己奴役著。你看看人類的歷史是不是這樣？」

羅開自然而然點著頭，天使的話十分有道理。

在地球上，一直是少數人奴役著多數人，奴役的現象一直存在著，又何必那麼怕外星人的奴役？

天使繼續道：「而意志堅強的人，像你，鷹，即使我們十分吃力地運用了力量來影響你，至多也只能使你忽然走進了拍賣場之類的小動作而已。如果想叫你做你意念上不願意的事，就絕做不到。影響的力量，和你意志上的對抗力量比較，簡直微不足道！」

羅開呆了一會，才道：「我……一個地球人，真有那麼偉大？」

天使點頭，輕輕地咬著下唇：「是，例如你感到我可愛，你感到需要我……這一切，就已經全是你的意願，完全是你自己的，和任何外來力量的影響無關……如果一定要說有的話，就是我的形體，使你感到美麗而動心！」

羅開長長地吁了一口氣，他緊張的神情已經迅速地鬆弛了下來，神智也已恢復清明，他把天使所說的話極快地想了一遍，道：「那情形，就像是和催眠術差不多！」

天使高興地笑了起來：「簡直就是一樣的！」

羅開又有點迷惑：「一樣的？」

他是催眠術的大師，在催眠術上，有著極高的造詣。他知道，催眠術可以令得被催眠的人去做一些事。但如果事情是被催眠者本身絕不願做的事，是和被催眠者一貫的意願完全相反的話，那麼，被催眠者也會抗拒，不去做。

這種情形，和天使剛才所說的倒是相同的。

但是，何以天使卻說「完全一樣」呢？

雖然羅開在催眠學上有極高的造詣，但是何以人與人之間可以有催眠這種現象存在的真正原因，他還是說不上來。

這並不是羅開的無知，而是全人類根本沒有任何科學家可以解釋、回答這個問題！

羅開注視著天使。

天使變換了一下坐姿：「地球人的腦部活動會產生一種能量，你們籠統地稱之為腦電波，其實這個稱呼並不是十分正確，只不過是統稱。腦……就叫它為腦電波吧，是人腦活動的功能……」

羅開有點心急，想知道進一步的情形。

他一揮手：「這方面的情形，是可以理解的！」

天使輕笑了一下：「好，既然有腦電波的發生，自然可以通過某種方法來接收，一接收到了之後，就可以加以分析，通過分析，就可以知道那表示什麼。換句話說，就是可以通過儀器，知道一個人在想什麼！」

羅開不由自主指著天使：「在妳……身體裡，就有著這樣的儀器？」

天使被逗得笑了起來：「當然不是。嗯！有一個基地在接收著你的腦電波，並且把接收分析得到的結果傳送給我。」

羅開四面看著，天使更十分嬌甜地格格笑了起來：「你當然看不到這個基地，離我們十分遠……」

她講到這裡時，向上面指了一指，表示這個基地是在太空中的：「腦電波這種說法會給人一種誤解，以為它的存在形態、行進速度等等皆和電波相同。其實大不相同，它的速度快到了無限，光和電波的速度與之相比，簡直不算什麼！」

羅開張大了口，由於驚訝之故，他一時之間說不出話來。

天使笑得更歡暢：「人的思想，可以在一下子就想到幾百萬光年之外的物體上，光卻要經過幾百萬光年才能到達。不過這一點，你不容易明白，因為人類的知識還未能達到這一地步，我無法用地球人的語言來解釋有關地球人腦電波的情形。」

羅開自言自語地道：「我明白，地球人實在……落後得很。」

天使道：「任何高級生物的進化，總是慢慢來的。別忘記，地球人有文明，還只是不到一萬個地球年的事，而其他星球，有的已經歷了幾百萬倍於地球人的進化歷程。」

羅開再問：「那麼，如何影響人的腦部活動呢？」

天使微笑：「把相同的能量放射出去，經特定的對象接收！」

羅開的聲音有點遲疑：「要是這種力量被普遍應用……不是可以令得所有地球人全都忽然之間……興起自殺的念頭嗎？」

天使緩緩搖頭：「我已經說過，一來，這是遙遠將來的事，到時，地球人對自己腦部活動所產生的能量一定已有所認識，而不是像如今一樣一無所知。二來，地球人是有自己意志的，據我所知，還沒有一種力量可以徹底控制地球人，連那個神通廣大的時間大神也不能！」

羅開「啊」地一聲，他總感到有點不自在。苦笑了一下道：「原來我們的相識，全是經過某種力量的影響的，我想些什麼，妳都知道！」

天使嘆了一聲：「你又弄錯了。要知道你想什麼，比較容易一些，但困難程度也相當於你們送人上月球。剛才由於情況緊急，所以才頻頻應用，現在就沒有用。至於影響你意念的行動，那更是困難，使你進入拍賣場，已經竭盡我們所能，再來一次，即使是要你輕吻我一下，只怕也要隔一段很長的時間了。」

羅開一聽，立時湊過去，在天使的唇上輕吻了一下。調皮地瞇著眼：「看，妳騙人！」

天使甜甜地笑了起來，伸手指著羅開的鼻尖：「那是你自己的意願，與任何外來的力量無關！」

她略停了一停，又道：「其實，外來的影響力，和地球人自己腦中所產生的意願相比真是微不足道；其強弱之比，猶如世界上最大的發電廠所能發出來的光和熱與一根火柴相比！」

羅開喟嘆著：「是啊，所以地球人的喜怒哀樂、愉快和煩惱，全然是他自己的內心來決定的。」

天使有點幽怨地瞪了羅開一眼：「而且，地球人的內心是那麼複雜和難以了解！」

對於天使的話，羅開感到無可回答，兩人之間變得沉默起來。

但是沉默並沒有維持多久，天使就道：「再說回我們追尋時間大神的經過？」

羅開默默地點了點頭。

天使道：「我們知道他有可能在……地球上，但是無法證實，他來自一個十分獨特的星體。在那個星體上，高級生物的生活方式十分奇特，不是群體的，而是完全個體生活的。那個星體，由許多小星體藉著相互之間的牽引力而運轉，事實上，他們每一個個體，是獨立生活在一個小星體上的。」

羅開竭力把自己的幻想能力擴大，可是，他也很難想像一個生命在一個星體上面生活的情形。

天使續道：「這無關重要，我只是想說明，追蹤時間大神絕不是容易的事，我們來到地球之後，只是從地球人的游離腦電波之中，知道他曾和盧洛伯爵發生過關係……」

羅開急急揮著手：「等一等，那時候，盧洛還沒有死？妳們那麼早就來了？」

天使搖頭：「不，早死了，但是人在活著的時候發射出來的腦電波，依強弱程度而可以以游離狀態存在，時間不一。我們比時間大神遲到了一百年左右，足足花了近兩百年時間，才找到了盧洛當時見到時間大神之後發出的腦電波。」

羅開「嗯」地一聲，他半閉著眼睛。

當然他在用心聽，用盡了他所能運用的智能在聽著天使的話，但是他卻有極度的虛幻之感，一切像是都不是實在發生的一樣。像天使剛才的那一番話，除非是毫無保留地全盤接受，不然，是連進一步去想一想都很難的。

一個活著的人在想些什麼，可以捕捉得到，已經是不可思議了。而一個死去的人生前曾想過什麼也可以捕捉得到，那更是匪夷所思之極了！

羅開真想問一問，根據同樣的方法，是不是可以捕捉到歷史上著名人物的想法。例如成吉思汗在建立了人類歷史上最龐大的帝國之際，他想些什麼？拿破崙在滑鐵盧慘敗之後，又怎麼想？不過，他並沒有問出來。因為根本上，對他來說，這一切還是不可接受的。

天使自顧自地繼續著：「所以，我就開始成為盧洛家族唯一的傳人，要製造一些文件來證明我的身分，那是極容易的事，連地球人都可以做得到。住進了這個堡壘之後，自然也得到了時間大神當年來到地球上的資料，可是，他如今是不是還在地球上？有沒有活動？這一切還是不知道的。直到最近，我們才又捕捉到了一個人腦部活動所產生的能量，證明這個人曾和一個外星人打過交道……」

天使說到這裡，停了下來，凝望著羅開。

羅開向自己指了一指。

天使點了點頭：「我們找到了你，設法安排我和你見面，事情就是這樣。我們的目的，是想和你聯手和時間大神作鬥爭，至少，把他找出來，所以我說，我們至少可以是戰友！」

羅開保持著沉默，事情的真相，他大致算是明白了，但是，卻還有太多的細節是他不明白的！

聯想到仙女下凡

羅開沉默了好一會兒才道：「那麼，那幅畫像，只不過是故弄玄虛的了？」

天使急忙否認：「不！不！那幅畫像的確是當年傳下來的，而且，畫像中的女人真的是在變。不知道時間大神用了什麼方法，畫像中的人不但變得轉過了身子，而且逐漸走進濃霧之中。當然，我並不是盧洛家族的傳人，但……不知是為了什麼原因，或許是我假借了畫中人的形態，所以時間大神的話，也使得我十分驚恐！」

天使在講那番話之際，神情是如此惶急，令得羅開無法不相信她在說真話。

他又呆了片刻：「你們各有各的本領，比我這個地球人強了百倍，我實在看不出會有什麼要我出力之處。」

天使深深吸了一口氣。

她並沒有直接回答羅開的這個問題：「你曾經和時間大神展開鬥爭，對他有相當程度的了解，是我們最好的合作對象！」

羅開苦笑：「是，我和他接觸過，可是我可以老實告訴妳，我內心深處，對這個不可測的怪物，懷有極度的恐懼感。」

天使緩緩地道：「這才證明你是一個極度勇敢的人，要是你心中根本不怕，也就沒有勇敢可言。你怕，可是在事到臨頭時，你又毫不退縮，這才是真正的勇敢！鷹，你是一個勇士，儘管我們在不同的星體上長大，但對勇士的敬佩，則是一致的！」

羅開沉吟不語。

天使誠懇地道：「請相信我，我們的能力不如你所想像的那樣高超，譬如說，我們就無法影響你，使你直接到這個古堡來，我們至多只能令你順便走進拍賣場而已！」

天使這幾句話倒十分實在，令得羅開心中的那種沉鬱的感覺減輕了不少。

他坐直了身子：「我們從什麼地方開始？」

天使蹙著眉：「那幅畫像！」

羅開怔呆了一下：「畫像？為什麼要從那幅畫像開始，我們能在那幅畫像中發現什麼？」

天使站了起來，來回走了幾步。

當她在走動之際，長髮微揚，看來風情萬千，但是，她的神態卻十分嚴肅鄭重。然後，她又作了一個手勢：「你可能會不很明白，但請你用心聽！」

羅開道：「請說。」

天使又想了一想，才道：「在一般的觀念來說，一幅畫，只是一個平面，是不是？」

羅開知道天使將會說出一些相當深奧的話來，那些話，可能是在他的知識範圍之外的，所以他真是用心聽著。

可是，天使一開始就這樣講，很令得他莫名其妙。

他笑了一下：「如果是立體的，那就不是一幅畫了！」

天使忙道：「不，不，我的意思不是立體那麼簡單，而是有著空間的。」

羅開回答得十分小心，因為，他已經明白了天使的身分。

而他，「亞洲之鷹」，雖然在地球人之中是一個了不起的人物，但是，在比地球人進步了許多年的外星人面前，實在是微不足道之極了。

所以，他必須小心：「嗯，一幅畫，可以通過繪畫的技巧來表達空間的意念。」

天使略皺了皺眉：「我仍然不是這個意思。」

羅開苦笑了一下，攤開了雙手，表示他的理解程度到此為止了。

天使道：「我的意思是，在一幅畫中，時間大神創造了一種奇妙的空間的存在狀態，畫中的人像，看起來是固定在畫布上的，但實際上，卻是處在一個空間之中，可以在這個空間中作立體的行動，例如轉過身去，向前走，進入濃霧之中，消失，等等。」

羅開真是十分用心地聽著，但是他的意念還是十分模糊。

他在想了一想之後，道：「我只好暫時把妳的話一字不漏地接受，至於其中的真正含義，我還是不十分明白。」

天使的神情有點焦急，她側著頭思索著，像是在考慮要通過什麼樣淺顯的語言，才可以使羅開明白她所要表達的意念。

當她這樣在思索著的時候，體態極其撩人，羅開真的忍不住想湊過去輕輕吻她一下，可是他卻沒有這樣做。

羅開倒並不是由於想到了天使原來的形體可能不知多麼可怖醜陋，而是他感到他和天使之間，在天使表明了她的身分，在他知道了天使是來自另一個星球之後，兩人之間的距離正在迅速拉遠。

明瞭真相後，那種極度的男歡女愛的情形，再也不可能在他們之間出現了！

羅開心中實在相當怨恨，怨恨天使不應該把真相說出來，可是，這又能單怪天使嗎？自己若不是不住地試探，想知道真相，天使也不會說出來！

當他想到這一點時，他不禁喃喃地道：「難怪早有人說過，不要試探上帝！」

天使陡然一怔：「你說什麼？」

羅開難過地道：「我忽然想到，有很多事，不知道真相，比知道真相好得多！」

天使用一種十分迷惘的神情望著羅開。

過了好一會，她才幽然道：「不論怎樣，我們在一起，曾有過難以忘懷的歡樂，是不是？」

羅開低聲道：「就像鏡花水月一樣。」

天使陡然揚起手來：「對了，鏡子！鷹，你想一想，鏡子是一個平面，可是在鏡子之中，卻有一個奇妙的空間存在。鏡子中的人，是可以在那個空間中活動的，是不是？這情形，就像那幅畫一樣！」

經天使這樣一說，羅開至少可以在概念上有了一個了解；他一面緩緩點著頭，一面心中卻在想別的事。

他的目光落在天使修長的腿上，粉光細緻的玉腿掩映在長裙之下。

想起剛才的旖旎風光，他心中又不禁嘆息著：天使自始至終，都只為她自己的任務而努力，那一刻的歡娛，對她來說，只不過是一個小插曲而已。

她這個異性的雌性生物，又怎麼可能真正了解一個地球上的男人的心情呢？

他同時也聯想到了許多中國古代的人和神仙之間的戀情來。當一個凡人和一個美麗的仙女發生戀情之際，凡人的歡樂，似乎都是短暫的。

那些傳說中美麗得不可方物的仙女，是不是和天使的情形一樣，全是假托了地球美女的形態的外星雌性生物呢？如果是這樣，那麼，天使就是下凡的仙女了！

羅開感到了一片惘然。

天使低嘆了一下：「你又在胡思亂想什麼了？」

羅開緩緩搖著頭：「沒什麼，只是忽然聯想到了古代的許多美麗的傳說。」

天使沒有再問什麼，繼續道：「時間大神在畫上弄了這樣的花樣，我們研究出來，是有作用的。他要盧洛家族的後人一直向他效忠，如果不遵守誓言，就會有禍事發生。我們在得到了盧洛家族的家族日誌時，發現這個家族有不少重要的人物，全是在不可能的情形下神秘失蹤的！」

羅開道：「妳似乎扯遠了，一百年、兩百年，或者更早以前有人失蹤，和我們如今要做的事有什麼關係？」

天使沉聲道：「大有關連！至少有三個人的失蹤，在家族日誌之中有著詳細的記載，把一切細節全都記了下來。這三個人失蹤的時間不同，間隔超過了一百年，但是在他們失蹤的環境中，卻有一個共同點，就是當時這幅畫都在現場！」

羅開不禁駭然：「妳不會是說畫中的人像有魔力，走出來把人消滅了吧？」

說完這句話，羅開緊張地望著天使，等她回答。

天使雙手緩緩握著拳，又緩緩把手鬆了開來：

「不，我們的推測是，失蹤者因為違背了時間大神的意志，所以進入了畫中，進入了畫中的濃霧內，再也出不來了！」

不等天使講完，羅開整個人已直跳了起來，同時叫著：「這太超現實了，那簡直是神話！」

天使十分有深意地望著他：「剛才你自己就聯想到了古代的神話，是神話，又有什麼不可以？」

羅開呆住了！

他無法反駁天使的話。是的，就算是神話，又有什麼不可以？當一個外星人和自己在一起，討論著如何對付另一個外星人之際，還有什麼是不可能的？還有什麼是現實的？

「現實」是地球人的觀念，指只有在地球人的生活思想範疇之內會發生的事而言。但是，當地球的規限被打破之後，還有什麼現實和超現實之分別呢？

他只好不住點頭：「有這個可能，妳們既然已分析到了這一點，要去和時間大神接觸，就不是什麼困難的事，只要也設法進入那幅畫中……」

他講到這裡，陡然停了下來。

剎那之間，他想到了一切事情的一個最重要的關鍵！

他明白了，所以會有一切的事發生在他「亞洲之鷹」羅開的身上，天使和他們的族人安排了一切，目的只有一個：要他進入那幅畫中，去和時間大神接觸！

當羅開終於想明白了這一點之際，他盯著天使。

天使在他的凝視之下，神情略有歉意。

可是，她在吁了一口氣之後，聲音卻十分平靜：

「鷹，你終於明白了！」

羅開有一種被利用的屈辱感。

他啞著聲音問：「你們之中，沒有人敢真正面對時間大神？」

天使分辯著：「不能這樣說，我們……有缺點，事實上，無法和時間大神面對面相抗。這情形，和絕大多數地球人也無法和時間大神對抗一樣，只有極少數的人才能，例如你！」

羅開難過地搖頭：「當然不止我一個，但我有缺點，我受不了美女的引誘！」

天使笑得燦然：「有一個叫浪子高達的人，更禁不住美女的引誘！」

羅開默然搖著頭，表示不同意。

對地球人的最高讚美

羅開說出了他不同的看法：「浪子高達不會為美女去做任何他不願做的事，可是我會！」

天使「哦」地一聲：「鷹，對抗時間大神，不見得是你不願意的事。」

羅開苦笑：「很難說，至少一開始就受人擺佈，那絕不是我所願意的。」

天使低下頭去：「對不起，鷹，真的，對不起，我們別無選擇。」

羅開雙手托著頭，不出聲。

天使柔和悅耳的聲音，有著一股不可抗拒的力量：

「鷹，你單獨對付不了時間大神，我們也對付不了，但我們聯合起來，就有可能對付他！這是一項空前的星際合作！」

羅開抬起頭來：「妳們能提供什麼幫助呢？」

天使立時道：「盡我們一切可能，只要他一出現，我們就有方法把他拘捕……這種方法，我無法向你解說，你無法明白的。我們不能消滅他，可是能夠把他永遠禁錮起來，不讓他再有任何活動！」

羅開又苦笑了下：「我是餌，作用是把他引出來。」

天使幽幽地嘆了一口氣，把羅開的手輕輕移過來，貼在她自己的臉頰上。她的臉頰是如此鮮嫩，再加上她那種幽怨的神態，令得羅開無法不心軟。

天使低聲道：「你說對了一半，另一半事實是，我是餌，目的是把你引出來！」

羅開情不自禁地喃喃自語：「多可愛的餌！」

天使把口湊近羅開的耳際，她的櫻唇和羅開的耳際距離是如此之近，以致她一開口講話，羅開就覺得耳際有一種說不出來的酥癢之感。

那種感覺，對於男人來說，是一種無法抗拒的挑逗。再加上天使口中說出來的話，令得羅開的心跳迅速加劇。

天使用十分甜膩的聲音道：「我既然化身為地球上的女人，當然搜集了不少有關地球女人的資料。你可知道，其中有一大部分，是地球上的女性如何令男性感到極度歡娛的方法！」

羅開半轉身，把天使柔軟的肢體擁在懷中。

這時候，他再也不去想天使原來的形體，他所想的，只是剛才曾想到過的「仙女下凡」的神話。

誰知道仙女是什麼樣子的？只要下了凡塵的仙女，看起來是如此的美麗和動人就可以了！

他把天使擁得如此之緊，以致天使微微喘息起來。而羅開自己，心跳也在迅速加劇。他低聲道：「令男人極度歡娛的本領，妳剛才已經表演過了！」

天使的雙頰突然紅了起來。

當她的臉頰上添上了兩團紅暈，而在眉梢眼角之間又表露了一種羞媚之態的時候，她的美麗更是令人目眩。

她先輕輕咬了一下口唇，然後，用低到幾乎聽不見的聲音說：「剛才的……表演？比起我所知道的，簡直不算什麼！」

羅開緩緩吸了一口氣，掌心貼著她柔滑的肌膚移動著。天使也開始慢而有節奏地扭動著她的身子。

羅開輕輕在她耳垂上咬了一下：「那妳剛才為什麼不全力表演？」

天使有點氣喘咻咻，臉頰更紅，自她口中吐出來的那股沁人的芬芳，已經令得羅開如雙腳踏在雲端上的感覺。

她的聲音，聽來也像是雲端上傳下來的最美妙的音樂：「太心急了，鷹，我太心急了，我怕失去你，迫不及待地要得到你，所以……」

羅開沒容她再說下去，就用自己的唇封住了她灼熱的、潤濕的唇。自天使喉間發出來的聲音，令得羅開的情慾更加灼熱。

天使把她的嬌軀緊貼向羅開，然後，再輕輕拉開她和羅開之間衣服的隔閡。

羅開感到懷中像是陡然之間投進了一團火，然而，那團火卻又是如此溫暖，如此令人心神俱醉，如此令人飄然欲飛。

那是一團活的火，活生生的火，用她女性的胴體撫慰著羅開全身每一個細胞，使快感自他全身每一個細胞之中迸發出來，匯集成為一股巨大無匹的快樂源泉，使羅開感到，這才是生命的意義！

當他們四唇分開之後，天使仍然緊貼著羅開，可是身子在向下蹲下去，她的唇輕輕地在羅開的身上掠過，她吻得如此輕柔。

但是，當她的唇輕輕地碰上來時，羅開卻像是遭到電殛一樣地顫動了起來。

那是快樂之極的顫動，他的身體似乎已經不再存在，而化為一股難以形容的快樂。他全心全意地享受著這種歡娛，而且不由自主發出歡暢的低呼聲來。

然後，天使跪在他的面前，仰起頭來望向他。羅開捧住了她的臉頰，口中喃喃地說著一些連他自己也不知道是什麼意思的話。

他真的無法相信那是事實，那麼美麗得驚心動魄的美女，卻又柔順得像是女奴一樣！他整個人都有了爆炸的感覺，這種感覺迅速轉化為狂暴的動作；他需要宣洩，而天使那麼委婉地配合著他。

當他整個人終於炸了開來，根本在感覺上，已完全沒有了自己的存在。

就像整個人化為億萬塵埃一樣，在半空中浮沉之後很久，他才又感到億萬塵埃慢慢自半空之中落了下來，重新組合成了他的形體。

直到這時，他才吁了一口氣，仍然像是夢囈一樣地說：「天使，我不相信……妳是運用了妳搜集來的地球女性的資料！」

天使仍然在急速喘著氣，飽滿的胸脯起伏著，眼波如絲：「當然是！」

羅開喃喃地道：「不可能……地球上沒有一個女人，能夠……能夠……」

天使用力摟住了羅開：「地球上每一個女人都可以做到同樣的……只要這個女人真心愛她的男人！」

羅開又長長地吁了一口氣，天使的話，或者是有道理的。當一個女人全心全意愛一個男人時，有什麼是做不到的呢？

羅開把頭枕在天使的胸上，呼吸著醉人的乳香。

過了好久好久，他才道：「我想我是整個地球……不……整個宇宙中最幸福快樂的雄性生物了！」

天使把他的臉捧起來，用她碧藍深邃的雙眼凝視著他。

半晌，才道：「那正是我想講的話，當然，我是雌性生物。唉，作為地球人，實在很幸福，你們能在男女相悅的情形下得到那樣極度的歡娛！據我知道，其他星體上的高級生物，都不會有這樣美妙的感受。地球人是用藝術方法來製造新生命的，比地球人在科學文明上進步了不知道多少的外星生物，卻用乏味的科學方法來製造新生命！」

天使說得如此認真。

羅開一面迷惑地搖著頭，一面道：「這是我聽到過的對地球人的最大的讚美！」

天使輕輕地吁著氣：「鷹，剛才，我……全部忘記了自己，只把自己當作地球人，所以，我的快樂和你是完全一樣的！」

羅開轉了一個身，和天使面對面相擁著：「我曾在中國西藏住過一段時期，跟隨當地的修士學習自我克制的方法。修士告訴我，只有在兩種情形之下，人是會完全忘記自己存在的。一種，是從一個極高的懸崖之上，縱身跳下去！」

天使嬌聲笑：「誰會幹這種傻事？」

羅開道：「是啊，而且，就算有人肯做，跳了一次之後，也沒有第二次機會了。而另一種完全忘我的境地……」

他說到這裡，輕吻了天使一下：「就是我們剛才所達到的境地！」

天使「唔」地一聲：「我喜歡另一種境地！」

羅開呵呵地笑了起來，伸手按住了天使挺秀的鼻尖：「妳快變成小淫婦了！」

天使一下子把羅開摟得極緊：「你要知道，我有著地球上一切種類的女人的資料！」

羅開大笑起來，天使也笑著。

他們緊擁在一起，在地上打著滾，歡樂聲充滿在他們的周圍。然後，突然之間，他們一起靜了下來。

靜默維持了很久，才由羅開打破：「我想，該開始做點事了！」

天使默默地坐了起來，她平坦的小腹，即使是坐在地上的姿勢，也一樣維持著誘人的平坦，而不會起皺摺。

她把凌亂的長髮鬆鬆地隨便地梳了一個髻，然後，把頭靠在羅開的肩上。

又過了好一會，她才道：「鷹，那幅魔像畫……是一個你所絕不了解的空間，你在進入了這個空間之後會遇到什麼事，連我們都不知道！」

羅開的聲音極愉快：「很高興妳這樣說，這證明妳關心我，不單是利用我！」

天使低嘆了一聲，慢慢站直了身子，走向一個櫃子，她的全身都閃耀著誘人的光輝，纖細的腰肢構成美麗動人的線條。

當她轉過身來之後，她的手中已多了一隻小小的方盒子。

然後，她又來到羅開的身前。

羅開在那段時間之中，只是一動不動，目不轉睛地欣賞著她美妙的胴體和優美的動作。

天使把那小盒子交到羅開的手中，又在他的手中把盒子打開，盒子中是兩個按鈕，道：「這是一具通訊儀，你在地球的任何角落，即使是在南極的兩千公尺以上的厚冰層下，都可以和我們聯絡。」

她講到這裡，頓了一頓：「可是，在另一個空間之中，是不是還能發揮作用，我們也不知道，不過你帶在身邊總是好的！」

羅開合上了盒蓋，將盒子拋起又接住。

天使又道：「時間大神……他非但能突破時間的限制，而且，也能突破空間的限制……時間和空間的關係，本來就是異常神秘的。」

羅開緩緩點著頭，時間和空間之際的聯繫，科學家曾提供一個觀念，但即使是一個觀念，也還不是十分確立和明白的。

如夢似幻的境地

然後，天使和羅開互望著，羅開在天使的雙眼之中，看到了她心中深深的情意。

而羅開自己，在這時候，除了天使之外，也什麼都不想。

過了好久，羅開才嘆了一聲：「我該開始了。我想，我回到自己的地方去，一個人單獨面對那幅魔像畫比較好些。」

天使沒有說什麼，只是幽幽地嘆著轉過身去。

羅開在她的背上、肩上、頭上，又吻了許多遍，才咬著牙也轉過身去。

在這個故事一開始時，羅開面對著那幅魔像畫，就是羅開離開了天使之後，回到了他自己的別墅之後的事。

他面對著那幅畫已經整整三天了。

在這三天之中，什麼變化也沒有，他也神思恍惚，思想和意志全然無法集中。畫像中的背影看起來是那麼熟悉；羅開彷彿可以看到深紫色衣服之內雪白柔膩的肌膚！

在羅開和天使分別之後，羅開對她的思念，使他自己也感到吃驚。

他曾經受過極嚴格的訓練，訓練如何控制情緒，而且也有極高的成就，這也是他多年來在他的冒險生活中成功的原因。

可是這時，他無法不吃驚於自己對情緒控制的低能；他不可遏制地思念著天使，甚至有肝腸寸斷之感。

他和天使相距並不是很遠，從窗口看出去，他可以清楚地看到盧洛古堡，天使就在那裡，他剛才就是從那裡來的。

在那裡，他和天使度過了美妙到難以用語言文字來表達的極度歡娛。

雖然和天使分手的時候，他曾經答應過，如果不是在那幅魔像中探知了什麼，兩人不再聯絡。可是，就算說了不算數，只要能把溫香軟玉的天使擁在懷中，那又算什麼呢？

當羅開想到這一點的時候，他取出了天使給他的那隻小盒子……

據天使所說，那是效能極高的通訊儀。只要他在地球的任何角落，都可以和她聯絡的。

他按下了其中的一個按鈕，低聲說：「天使，我想妳，除了想妳之外，我什麼也不能做！」

天使的聲音立時傳了出來，很低，可是很清晰：

「鷹，我也想你，可是我們一定要把事情做完了再說。你不要再使用這具通訊儀，用了，我也不會給你任何回答。我答應你，鷹，一定用我所知道的一切資料，來繼續我們的歡樂。」

天使的最後一句話，在旁人聽來，是一點意義也沒有的。可是聽在羅開的耳中，卻又令得他心神蕩漾，似乎又回到了那段奇妙的時刻之中。

他嘆了一聲，在接下來的時間之中，他並沒有再動那具通訊儀。

他努力讓自己的思想集中，可是，竟然連這一點也做不到。各種各樣的想法紛至沓來，他想到自己竟然對天使迷戀到了這種地步！

真正來說，他認識天使，總共不超過十小時！而且，在明白了天使事實上只不過是來自浩淼的宇宙之中不知是那一個星球中的雌性生物而已！

何以自己竟會在感情上，在她的面前，忽然大崩潰了？是不是因為她集中了地球女性的所有資料，所以，使她成為了一個有著一切女人優點的一個獨一無二的女人？羅開答不上來！

對於在和天使在一起之後，自己甚至於連想也沒有想起黛娜這一點，羅開也感到吃驚。

黛娜怎麼了？這個性格爽朗可愛的女郎，也曾和他一起有過極其愉快的時光，為什麼忽然一下子，彷彿和她之間的距離變得那麼遙遠，幾乎不可企及了？

羅開嘆了一聲，這是無可解釋的，他和黛娜之間，他想是告一段落了。

他不知道黛娜會有什麼反應，但不論黛娜的反應如何，對事實都不能有任何改變。男女之間的情變，本來就是極端自私的，任何人都無法為了顧及他人的感受而歪曲自己的感情。如果有什麼人可以做到這一點的話，那麼，這個人就是聖人了！

羅開絕不以為自己是什麼聖人，他只是一個普通人！雖然他是鼎鼎大名的「亞洲之鷹」，但這時他認識到，在感情上，他和任何人沒有分別！

或者說，比較特別的是，他愛上了一個來自外星的異性！這個來自外星的雌性生物原來的樣子是什麼樣的，根本不能想像！

想到這一點時，羅開只感到十分有趣……

他這時的心情，全然像是一個初戀時的少年一樣，幾乎任何事情在他想來，都是那麼有趣而值得回味！

在開始的兩天之中，時間就在他胡思亂想之中飛快地溜過。

一直到第四天開始，他畢竟是受過情緒控制訓練的人，漸漸地，他已經可以令自己的思緒平靜下來。

他告訴自己：天使的形體，是來自畫中的那個人像；如果那幅畫是另一個空間，那麼，他進入那幅畫中之後，就可以看到天使……

不，不是天使，是一個和天使一模一樣的美女，正是他不斷在思念的人！

當他這樣想的時候，他的思想更能集中。

他站在那幅畫前，不斷地集中意志：進入那幅畫去，進入那幅畫去。到了後來，他的意念是如此之集中，除了這個意念之外，他再也不想別的。那情形，和他當年在喜馬拉雅山中，跟那些隱士一起靜坐修行，摒除腦海中一切思慮的境界，已經非常接近了！

在這種環境之中，時間的過去，對他已經全然不發生影響。他不知道天色是明是暗，只是不斷的重複著同一個意念。

這時，如果另外有人在他身邊的話，可以發現他非但像是泥塑木雕一樣一動不動；而且，如果有人更進一步留意他的話，也可以發現他的呼吸頻率、心跳的速度都在減慢。

羅開已經進入了一個除了意念之外，再也沒有任何雜念的境界。

在那段時間之中，到後來，情形突然有了改變，而且，究竟曾經發生過什麼樣變化，他也是一無所知的。

一切，都是在突然之間發生的。

當羅開注視著那幅畫像之際，畫中那個窈窕的背影，在他眼中看來，只不過是一個形象而已。

但是就在突然之間，他覺得自己和那美麗的背影之間的距離變得近了！不但如此，披在人像身上，那深紫色長裙的下裾輕柔地飄動了起來，他甚至可以伸手觸及那深紫色的衣衫了。

羅開在這時候，神智保持著極度的清醒，也保持著高度的驚惕。

雖然在眼前發生的一切，全然像是夢境之中的幻象，但是羅開立即自己告訴自己：事情發生了！

天使對自己講的，自己意念集中想要達到的事，已經發生了！

在事情已經發生之後，會有什麼樣的變化，那是全然不可測的。這是自己一生之中，最最奇幻的經歷，而一定要用全副心神來應變才好！

他也知道，事情發生的開始，是：自己已經進入了那幅畫中！

在那幅魔像畫之中，確然有另一個空間的存在，而他，已經突破了空間和空間之間的界限，從一個空間進入了另一個空間之中！

他勉力定了定神，四面打量了一下，四周圍都是一片灰濛濛的茫然，彷彿是在濃霧之中。

但是，那是一種十分奇異的感覺，和真正置身於濃霧之中又大是不同。

那深紫色的身形，就在他的面前。他本來想先出聲說一兩句什麼，可是，對一個畫中的人像說什麼才好呢？對方會回答嗎？

一切的感覺全是那麼奇妙，幻覺和現實揉合為一，他終於沒有說什麼，只是輕輕咳嗽了一聲，向前跨出了一步。

他本來是在那窈窕的人像後面的，當他跨出了一步之後，他已經到了她的側面。而他輕輕的一聲咳嗽也顯然起了效果。他看到那人像也緩緩半轉過身來！

畫中的人像竟然是活動的！

他早已知道那幅畫中的人像是魔像……普通的說法是：那是有魔法的畫像。但羅開自然知道，所謂「魔法」，只不過是一種說法，那是來自外星的高級生物在科學上的超特的能力。

這個外星高級生物，有能力突破時間和空間的限制，有能力在幾秒鐘之內複製一個人，有能力控制地球上最大的電腦，有能力做一切不可想像的事。

這種能力，可以稱之為「魔法」。

可是，儘管知道了這一切，畫中的人像突然活動了起來，還是令得羅開有置身於如夢似幻的感覺。

他屏住了氣息，人像的動作相當慢，可是終於，她半轉過了身來，已經和羅開正面相對了！

羅開不由自主發出了「啊」地一下低呼：天使！天使！

人像完全是天使！外形，臉上的線條，全然是一模一樣的。但是，羅開只是在心中叫出了「天使」的名字，因為，她和天使還是有所不同的。

眼前的美女，沒有天使那種靈氣、令人心神蕩漾的神情。相反地，她神情冷漠而悲苦，又有一股說不出來的茫然和疑惑。

當她的目光和羅開的目光接觸時，她甚至沒有半點驚訝，以致她看起來不像是一個真實的存在，始終給人一種幻覺的形象之感。

但是，她卻開口了。

她的聲音像是從很遠的地方飄過來一樣，細不可聞。可是，羅開卻可以聽得清清楚楚。

她神情不變，口唇也是輕輕掀動著：

「你來了？向前去吧，會見到你所要見的！」

羅開怔了一怔，聽她的話，他並不是第一個來的人。

她在這裡的任務是什麼？她究竟是什麼人？她在這裡多久了？這裡究竟是什麼所在……不知多少疑問，一下子湧上了羅開的心頭。

「是我創造的地獄！」

羅開勉力使自己鎮定下來，又走前一步，離得她更近了一些。

雖然他們兩人之間的距離已經十分近，但是，羅開仍然沒有面對著一個生人的感覺。

那美女看來只是一個虛像，並不是一個真實的存在，那情形，就像是那美女只是存在於鏡子之中一樣！

羅開這時，心中的感受是如此奇特，以致他甚至沒有勇氣伸手去碰一碰對方，去試探一下對方是不是真實的存在。

他只是道：「請問，妳……妳是……」

美女的神情仍然不變，只是伸手向前指了一下，羅開循她所指看去，前面更是一片濛濛景象。

羅開陡然吸了一口氣，問了一句：「這麼多年來，妳一直在這裡？一個人，妳不覺得寂寞？」

這句話，令得那美女陡然震動了一下，神情更茫然。

過了片刻，才聽得她喃喃地道：「不知道，我不知道究竟發生了什麼事？過了多久了？」

羅開自然無法回答她的這個問題。

因為在這個美女，這個當年盧洛伯爵的美麗的情婦身上究竟發生過什麼事，羅開也一無所知，甚至無法作任何想像！

盧洛伯爵的情婦應該早已死了，天使根據她的骸骨，而製造了她生前的形象，天使絕不是當年的那個美女。可是一個已經死了的人，如何又會動，又會說話，還能保持幾百年之前的樣子，出現在自己的眼前呢？

要回答這個問題，其實也很簡單。

現代人，幾乎人人都有過這樣的經歷：一個人已死了，可是還可以看到他在活動，在說話……說起來很玄，是不是？

但一點也不玄，這是一個十分普通的現象。

一個電影演員已經死了，當年拍攝記錄下來的他的活動、言語，可以重複千萬次出現在人的眼前。

可是，一切的形象記錄，都是不能改變的，根本不能和別人作應對；但是眼前這個美女，卻分明接受了羅開的話，她是活的，不單是紀錄下來的形象。

羅開真正感到迷惑，他只好向那美女作了一個無可奈何的苦笑。

那美女居然也還了他一個苦澀的微笑，接著，她又伸手向前面指了一指。

羅開道：「妳放心，我向前去，我知道會遇見什麼人，也一定會把妳的情形弄清楚來告訴妳！」

美女微蹙著眉，口唇掀動了幾下，但是卻沒有發出聲音來。

在這時候，羅開陡然伸出手來，想在美女蒼白的手背上輕輕去碰一下，可是他的手伸了出去，卻什麼也沒有碰到！

正如他曾隱約想到過的，眼前的美女，只是一個立體的、極其逼真的虛像，而這時，他已經可以證實這一點了！

這是一種什麼樣的景象，羅開一時之間無法想像。

羅開對這個美女並沒有任何感情，可是由於天使的外形是依據她而來的，羅開自然對之也有一份關切。他想過，如果那美女的「靈魂」被時間大神的「魔法」攫了來，一直禁錮在這幅畫像之中，那將是極其悽慘的一種情形。

可是如今看來，卻又不像是這樣的情形，眼前的美女，可能是一種立體錄像的結果。但是，何以又能對他人的言行有反應呢？是不是另外有什麼力量在控制著這個虛像的反應？這個虛像和原來的生命，又有著什麼樣的聯繫呢？

一連串的疑問，沒有一個是有答案的。

羅開縮回了手來，那美女又緩緩轉回身去，又變成背對著他，可是，再一次伸手指向前面。

羅開喃喃地道：「不論我向前去會遇到什麼，我都會設法再來見妳。妳對於自己的處境不了解，我會設法給妳答案！」

那美女背對著他，羅開看不到她臉上的神情，但是在她的背影上，羅開還是可以感到她的心情，在聽到了自己這樣說之後，一定相當激動。

羅開不禁又想起了神話中的種種傳說來，一個美女，被魔法禁錮著！

他嘆了一聲，鼓起勇氣，向前大踏步走了出去。

一切和他原來生活中的行走，並沒有什麼不同，他的雙腳仍然是一步一步踏在地上。可是低頭看去，由於「霧」實在太濃，他甚至無法看到自己的雙腳，自然也看不到地面是什麼樣子的。

向前看去，霧越來越濃，但是，卻又不是十分黑暗，在朦朧之中又有著光亮。

羅開一直向前走著，大約走了十分鐘，羅開根據自己前行的速度，知道自己已經走出將近一公里了！

這時，他忽然又興起了一個十分怪幻的念頭：他進入了畫中，如果在旁人看來，站在畫前，是不是那幅畫，在那個美女的背影之外，又多了他的背影呢？

暫時沒有什麼情況發生，雖然他處身於一個不可測的環境之中，可是一切全是那麼平靜。

羅開一面繼續向前走著，一面取出了那具通訊儀來。

他按下了那個按鈕，沉聲道：「天使，我想我已經進入了那個空間之中。可有什麼建議？」

通訊儀中，傳出了一陣輕微的「嗡嗡」聲，低微得幾乎聽不見。除此之外，一點反應也沒有，羅開又說了一遍，還是沒有反應。

他苦笑了一下，知道天使交給他的通訊儀無法突破空間的限制，他和天使間的聯絡完全斷絕了！

羅開在一生的冒險生活中，經歷過許多奇絕的經歷。在他和時間大神的鬥爭之中，他的經歷也已經夠令人咋舌的了，可是這時，卻是他一生經歷之中最難測的一次！

他進入了另一個空間之中，而這個空間完全是由時間大神在控制著的。他可能從此再也出不了這個空間，就在茫茫的濃霧之中，一直迷失下去。

而且，雖然他一直習慣於在任何惡劣的環境之中獨來獨往，可是，也絕沒有一次是像如今那樣，真正只有他一個人，無法和任何人，即使是其他的外星人取得聯絡！

普通人在這樣的情形之下，心緒上多少會感到慌亂。但是，羅開卻是一個性格十分堅毅的人，他在這種情形之下，反倒顯得更加鎮定。

他已經作出了最壞的打算，因為在他的心中，他也感到，這是一件和天使合作的要事，為了天使，他可以去做任何事！

當他想到，他甚至說過自己可以為了天使而向時間大神投降之際，他感到更沒有什麼是值得恐懼的了！於是，他收起了盒子，繼續向前走。

前面的霧，越來越濃。

又過了幾分鐘，他突然聽到了一陣令人心悸的呻吟聲。這種呻吟聲中充滿了痛苦和絕望，即使是羅開這樣堅強的人，在聽到了這種可怕的聲音之後，也不禁感到了一股寒意。

那一陣呻吟聲，聽起來不只是一個人所發出來的，但是聲音之中所包含的那種悲痛卻完全一樣。

羅開聽到的，還只是一種聲音，一種一聽就知道是人在絕望之中發出來的聲音，甚至還不是語言。可是單是那種聲音，就足以令得聽到的人感到發出這種聲音來的人，是處在一種多麼無助與絕望的境地之中！

羅開停了一停，鎮定了一下心神，循聲看去。

在濃霧之中，他隱隱綽綽看到幾個人俯伏在地上，有的身子蜷曲成一團，有的直挺挺地跪著，那種可怕的呻吟聲，就是他們所發出來的！

等到羅開走近一點時，發現一共是三個人。他們身上的服飾都相當美麗，但是面上神情的悲苦卻難以形容。呻吟聲似乎從他們全身每一個充滿了痛苦的細胞之中迸發出來一樣，聽了格外令人心悸。

羅開一直來到他們的身前，那三人似乎並沒有覺察到他的來臨。

看那三個人他們的身體上，沒有一點足以造成痛苦的傷痕。可是他們的精神一定受著極度痛苦的煎熬，不然，絕不會發出這樣的聲音來。

羅開在來到他們的近前之後，立時想起了天使說過的話：盧洛家族中，曾有三個人神秘失蹤，失蹤者在消失之際，那幅畫像都在他們的身邊。

當時羅開還曾開玩笑似地說：難道這三個人都到了畫像之中？如今，再回想自己講過的那句話，羅開不禁有點不寒而慄！

那並不是開玩笑。這三個失蹤者果然進入了畫像之中，而且看起來，他們還像是在這裡正受著無邊無涯的痛苦的折磨！

這三個人也是一個虛像？不是真實的存在？

羅開在剎那之間，感到了極度的迷惑。

可是他的迷惑，立即就有了答案。

當他在這樣想的時候，離他最近，一個直挺挺跪著的人，突然發出了一下可怕的叫聲，雙手一起伸出，抓住了羅開的小腿。

這一下突如其來的動作，令得羅開不知如何應付才好。

而那人在抱住了羅開的小腿之後，仰起頭來望著羅開。

羅開的目光一接觸到那人的臉，比剛才聽到那種呻吟聲時更加吃驚！他從來也不曾看到過，而且，幾乎無法想像得到，在一個人的臉上可以現出如此深刻的內心痛苦來！

那人的聲音發著顫，充滿了哀求：「你……是救星？求求你，把我從這個地獄中救出去！」

羅開一時之間不知如何是好，只好惘然道：「地獄？這裡是地獄？」

他才回答了這一句，突然之間，在前面濃霧深處，傳來了一個低沉而生硬的聲音：「是的，這裡是地獄，是我創造的地獄！」

永遠不能離開

羅開一聽到了那個聲音，全身就陡然緊張起來。

雖然那個抱住了他小腿的人，臉上那種悲苦的神情如此令人同情，但是，他還是用力一掙，掙脫了那人的雙手，後退了一步，向前看去！

那低沉而生硬的聲音，他絕不是第一次聽到，在美國國防部的電腦室中，在海底岩洞中，他都曾經聽到過：那是時間大神的聲音。

那當然不是時間大神真正的聲音，而是時間大神發出的，可以使地球人聽得明白的一種聲音。

羅開立時向前面看去，在一片灰濛濛的濃霧之中，他看到了逐漸顯露出來的光亮。當光亮逐漸明晰之後，他看到的是一組數字，一組跳動著的數字，跳動的數字顯示著時間：時間大神！

羅開屏住了氣息，低沉生硬的聲音又響起來：「地獄是什麼？天堂是什麼？只不過是另一種空間！」

羅開心念電轉，可是一時之間，他仍然想不出該如何應付才好。

把地獄或天堂，解釋成為另一度空間，這樣的說法，他倒是可以接受的。而時間大神，眼前這個來自異星的怪異生物，如果能隨便創出一度空間，而把人驅進這度空間去的話，無疑地，他就可以成為地獄的主宰了！

這是一種一想起來就令人無法不心悸的境況！

羅開深深地吸著氣，呆立著。這時，他自己知道自己並不是在維持著鎮定，而實在是由於心頭的驚懼而不知如何才好！

他身子雖然不動，可是心念電轉。首先，他想到天使的預測是對的，在這幅畫中，果然可以見到時間大神。這個特異的空間根本就是時間大神的老巢；當他不進行活動的時候，他就存在於這個空間之中！

一想到這一點，羅開又立時想到，自己已經來到了時間大神的藏身之地。雖然形勢凶險，但這卻是對自己十分有利的一點，他的思緒在那一剎間，變得清明了起來。

是以他一開口，聲音十分鎮定：

「我看，你創造的是地獄，因為有你在作主宰！」

當他這樣說的時候，他也想到了另一點，那也是由天使的話中聯想得來的。天使和她的「族人」，眼前的時間大神，全是來自外星的高級生物；外星人神通廣大，能力在地球人之上不知多少倍。

這是羅開深知的，也是他真正從內心感到懼怕的原因。

可是，他想起了天使的話，天使曾說，他們的能力，也不是真的那麼強！譬如說，天使他們能影響他走進拍賣場，就不能令他做不願做的事；而且，即使是那種程度的影響，也要通過十分複雜的手續！

天使曾舉了一個十分恰當而容易了解的例子：地球人已經可以登陸月球，但是為了登陸月球，不知道要花費多少人力物力，而絕不是任何人說要上月球，就可以上月球去的！

同樣的，羅開也想到，時間大神雖然神通廣大，但也不是無所不能到無可抗拒的，自己就至少曾和他作了兩次劇烈的鬥爭！

如今，這個神秘的另一度空間，可以說是由時間大神所掌握的「地獄」！但如果這個「地獄」中，可以無限制地把地球人弄進來的話，時間大神早已這樣做了，早已藉著他這種能力，進一步成為整個地球的主宰，而不必去求助什麼美國國防部的電腦！

由此可知，時間大神也有他本身的困難，他連想讓盧洛家族的傳人聽命於他、效忠於他都做不到，那就一定有他的缺點！

當羅開迅速地轉念，想到了這一點時，他的勇氣陡然壯了起來！剛才，他的勇氣幾乎又面臨崩潰的階段……

如果這種情形持續下去的話，他決計無法再面對時間大神作任何鬥爭。可是一剎那之間，情形已經大不相同，他與生俱來的勇氣，加上了信心，已幾乎全部恢復了！

他甚至由衷地「哈哈」大笑了起來，在他的笑聲之中，在眼前的濃霧之中，那一組數字倏然明亮、閃耀，看起來十分懾人。

（羅開一直認為，外星人的形體對地球人來說，是無法想像的。地球人想像異星生物有八十條腿，無非是因為地球上的生物有腿而已，而外星生物，可能是根本沒有肢體的。）

（時間大神的形體證明了他的想法，這個外星高級生物，甚至只是一組數字！）

（數字忽然閃耀不定，發出異常明亮的光芒，這是不是表示他在發怒？）

羅開在想著，生硬的聲音發出了幾下冷笑：「你已經進入了我的地獄之中，再也出不去了！」

羅開的勇氣和信心既然已經恢復，就算這一句話所說的是事實，也不能再令他心悸，而只能使他鬥爭的信心更強。

他立時冷笑：「你別忘記，我是自己進來的；我既然能進來，也就能出去！你躲在這個空間之中，以為沒有人知道，可是已經給我找到了！我非但可以離開你的地獄，而且還要將你抓出去！」

在羅開講那幾句話之際，那組數字閃耀得更快疾，簡直令人為之目眩。但羅開極其鎮定，運用自己堅強的意志，盯著那一組數字，甚至連眼都不眨一下。

那生硬的聲音聽來使人有冰冷的感覺：

「要你進來不是容易的事，難得你自己進來了，那真是再好沒有。你很快可以知道你是不是還能出去！當然你是可以出去的，哈哈，到時你就會知道如何你才能出去，和出去之後，你是什麼身分！」

羅開用心捕捉著時間大神所說的每一個字，可是一時之間，他還是不明白對方話中是什麼意思。

就在他轉念之間，他又聽到了時間大神的聲音。

可是那幾句話，分明不是對他說的：「妳可以向前走了，妳的名字是天使，妳是這個男人心目中最愛的女人！」

羅開陡然一怔，這是什麼意思？這兩句話是什麼意思？是對誰說的？

可是他還沒有機會發問，眼前暗了一下，那一組閃亮的數字已經不見了。羅開急急向前走出了幾步，想去追逐那組數字。

雖然，他根本不知道就算追上了該怎麼樣；他絕無法像對付普通的敵人一樣，去對付時間大神！

那一組數字說消失就消失，眼前只是一片濃霧，就像根本沒有任何形象出現過一樣。而就在這時，羅開聽到身後有細碎的腳步聲傳了過來，那表示有人正在迅速地接近他。

羅開在進入了這個魔幻一樣的境地之後，總共只見到過四個人。

這時，他一面轉過身，一面心中在想著，向我走來的是什麼人呢？

他心中的疑問，很快就有了答案。

當他轉過身來不久，他就看到了一個深紫色的、窈窕動人的身形，正在向他接近。羅開深深地吸了一口氣：在那一剎之間，他有點明白時間大神最後那兩句話的意思了！

紫色的人影來得相當快，一下子就到了他的身前。當羅開可以在霧中完全看清她之際，他心頭狂跳，幾乎脫口叫了出來：天使！

那真是天使，向他走過來了！真是天使，而不是以前的盧洛伯爵的情婦。

盧洛伯爵的情婦有著惘然的神情和悲苦的眼神，可是這時走過來的美女，容貌雖然一模一樣，眉梢眼角都蘊藏著萬種風情，彷彿還在回味她和羅開在一起時的甜蜜和歡娛！

羅開不但想叫出來，而且想張開雙臂迎上去，把她緊擁在懷中！可是，他還是硬生生地站著不動。因為時間大神最後那幾句話，分明是在向什麼人下達命令；而眼前這個美女，一定就是接受命令的人！

羅開要用極堅強的意志力，才能佇立著不動。

那美女一直來到了他的身前，身子慢慢地向他靠來。羅開並沒有後退，任由她軟馥馥的身子靠在自己的身上，他鼻端甚至聞到了同樣的、淡淡的幽香！

羅開在那時候，真感到了極度的迷惑，他甚至想說：天使，妳怎麼也來了？但是，他還是忍住了不出口。

那美女把緊貼在他胸口的俏臉微微仰起，用美妙動聽的聲音說著：「為什麼不抱我？抱我！」

羅開深吸一口氣，聲音顯得很冷漠：「我沒有隨便擁抱陌生女人的習慣！」

美女伸出手指來，在羅開臉上輕輕撫摸著。

當她的指尖輕觸及羅開的肌膚時，羅開的身子，不由自主在輕輕顫抖。而她的聲音也足以令得羅開的任何抗拒力化為烏有：

「我不是陌生女人，我是天使，鷹，我是你的天使呀！」

聽到這樣膩聲的呢語，羅開整個人都幾乎要溶化了，他立時想到，是天使！

天使不放心自己一個人涉險，她也來了。

她就是天使！一個自己不惜任何代價都要得到的女人，一個不管她原來是什麼星球上的雌性生物，但都要令得她屬於自己的女人！

羅開心神蕩漾起來，美女的眼神之中，又充滿了這樣的深情，他不由自主緩緩低下頭去，立刻吮吸了對方豐滿誘人的紅唇。

可是，也就在那一剎間，他陡然震動了起來！

同樣是吻，眼前的美女也幾乎是一模一樣的，甚至連一絲一毫的神情都是一樣的，可是，當四唇相觸之際，他就覺得不同了！

那種不同，根本是沒有法子分別的，或許，根本一樣，但就是不同！

魔法作祟

根本是一樣的人，一樣的動作，怎麼又會令羅開感到不同，而且那種難以用言語表達的不同，又會使他感到如此震動呢？

同樣的熱吻，但是，羅開卻可以在極其微妙的感覺上分辨得出來，有著熱切的愛，和沒有愛情之間的吻是不同的！

他在盧洛古堡之中，第一次接觸到天使的櫻唇之際，他的內心之中，對天使已經有了熱切的愛意。而天使對他，也同樣有著愛意，所以，對他們來說，即使是第一次的熱吻，也足以令人感到沉醉。

可是這時，難以分別的不同，身受者是可以感覺出來的，他懷中的美女對他的吻，沒有愛意！

有愛意和沒有愛意的一切動作，看來都是一樣的。男女之間，再熱烈的動作，並不需要愛意都可以完成，但是相互之間有愛意或沒有愛意，就是那樣不同！

羅開這時，就明顯地感到了那種不同！

他在陡然震動了一下之後，立時抬起頭來。在他懷中的美女，還是那麼美目流盼，看來十分有情意地望著他，對他突如其來的離開感到愕然。

而羅開在那一剎間，已經完全冷靜了下來。他甚至連聲音也變得十分冷漠，一如他那時的神情：「妳不是天使，不是！雖然妳的外形和她一模一樣，或者說，她的外形和妳一模一樣，但是，妳不是天使，不是！」

羅開的話，令得美女的神情也變了一變。

她低下頭去，低聲道：「既然一模一樣，我不能替代？」

羅開望了一下，美女的軟聲相求，總是容易令男人心軟的。羅開的聲音不再如此冷漠，他甚至伸手輕撫著她的柔髮……

在那一剎間，羅開才真正地感到男女之間愛情的微妙力量，不但剛才熱吻時感覺不同，即使是撫摸著對方秀髮的小動作，也是截然不同的！

他緩緩搖著頭：「妳對我一點興趣也沒有，為什麼一定要替代我心目中的愛人？」

美女的身子微微顫動了一下，又抬起頭來，在她明澈的雙眼之中，淚花在打著轉。她的口唇微微顫動著，可是卻又沒有發出聲音來。看她的神情，像是委屈之極，有著極難開口的隱痛。

這種楚楚可憐的神情，出現在如此俏麗的一張臉龐之上，真是應該令人心醉的。但是羅開卻十分明白，如今自己是在時間大神所創的一個特殊的空間之中，他可能再也不能回到自己原來生活的空間。

在這裡一切的一切，都是兇險莫名的，而眼前這個美女，更是時間大神的俘虜，是聽命於這個兇險之極的敵人的，自己絕不能有半分鬆懈！

他有許多問題想問對方，可是看到她的那種神情，知道她未必肯說。

那美女仍然偎依著他，可是，羅開並沒有絲毫享受旖旎風光的心情，靠著他的是一個絕色美女還是一段木頭，這時對他來說，可以說沒有什麼分別。

他想了一想，才突然問了一句：「請問，妳究竟是什麼？」

羅開的這個問題，聽起來是一點道理也沒有的。「妳究竟是什麼？」這算是什麼問題？

偎依在他身前的，看起來當然是一個出色的美女，如果不是事先曾遇到過天使，這時，羅開也不能擔保自己不意亂情迷！

可是，他卻什麼也不問，就問出了這個聽來一點不近情理的問題！那是因為，他實在不知道眼前的這個美女是什麼？

她應該是盧洛伯爵的情婦，可是盧洛伯爵的情婦死了將近有三百年了，而她又活生生地在這裡，那麼，她究竟是什麼呢？

羅開的問題，已經問得不合理之極了，可是對方的回答，卻還要不合理！

她蹙著秀眉，答道：「我，我……不知道！」

這樣的問題，這樣的回答，在別的不明情由的人聽來，一定認為這是兩個瘋子在對答了。可是羅開卻知道自己不是瘋子，也知道對方所回答的那句聽來全然不成理由的話中的嚴重性。

他先向四面看了一下，四面仍然是濛濛的一片，看起來就像是置身於幻境之中。然後，他才問：「那麼，妳是怎麼會到這裡來的，妳還記得不？」

美人兒秀眉蹙得更緊：「一切……一切全像是一個夢，根本是一個夢，一進入了這個夢境，我……就再也出不來了……那天晚上，我如常地點燃了燭火，等著盧洛來，他每天晚上都來看我，我們真正相愛著……」

她用美妙的聲音說著，聲調卻像是夢囈一樣。

她的話，使羅開像是回到了幾百年之前，看到了一個美麗無匹的女人，獨自在一座古堡之中，把燭火一支一支地點燃起來，等候著她的愛人的來臨。

這種情形，真是古典而浪漫的；可是在幾百年之後，又聽當時的這個美女說出來，這又透著一股說不出的詫異。

羅開並沒有打斷她的話題，只是聽她說下去。

美人遲疑了一下，像是在竭力回憶當時發生的事，然後才道：「我等了許久，他還沒有來，我就凝視著自己的畫像，心中回味著他對我說過的許多讚美我的話。那些話，在任何時間之下，想起來都是甜蜜的，然後……我就睡著了，開始做夢，一直到現在，我還在做夢，這個夢，為什麼在感覺上……那麼長久？」

羅開越聽，越感到了寒意！

眼前這個美女，當然不是在做夢，而是在她自以為睡著了的那一剎間，被時間大神運用「魔法」，攝到了這個特異的空間之中！

羅開即使是自己心中急速地轉著念，他也不得不使用了「魔法」這個名詞，因為，他實在再也想不出其他的字眼來形容這種奇詭的情形！

他甚至可以猜想得到，被時間大神的「魔法」移到這個空間來的，並不是這個美女的身子，而只是那個美女的思想。

美女的身體還留在古堡中，極可能，當被人發現之時，就認為她已經死了！那麼，如今在眼前的活生生的身體，又是什麼呢？

這一點，羅開倒也並不是十分疑惑，因為，他早已見識過時間大神在極短的時間之中，製造出一個人來的能力。眼前這個美女，自然也是他製造出來的！

他製造了一個一模一樣的身體，再把那美女的思想移注入這個身體之中，然後，再通過某種方法，去控制這個美女的行動！

羅開在剎那之間，想到了事情中的關鍵性的一點。

為了證實自己所猜想的，他又問：「妳既然一直深愛著盧洛伯爵，剛才為什麼還要我把妳當作是我的愛人？」

美女的神情十分迷惘，這種迷惘的神情，羅開在一見到她的時候，曾經見過。但如今，她的迷惘更甚：

「我……不知道……像是有什麼人告訴我，我如果要從這個噩夢中走出去，就一定要聽他的話。而這個……聲音就叫我來對你示愛，要你把我當作你的愛人，可是……我已經努力了，還是……做不到！」

羅開聽到這裡，不禁深深地吸了一口氣，心中又是感慨，又是激動！直到這時，他才真正明白天使所說的，地球人並不是真的那麼沒有用，並不是可以聽憑外星高級生物奴役主使的道理。

表面上看起來，地球人的科學是如此落後；但正如天使所說，地球人有地球人的優點，地球人有他自己的意志！

盧洛伯爵的情婦和時間大神相比，強弱懸殊不知相差了多少倍！時間大神甚至有能力，可以把她的思想全部攫了來，又給她一個製造出來的身體，也可以叫她聽命於他！可是，她原來愛的是盧洛伯爵，時間大神就無法改變她的意志！

她的思想之中愛的是另一個人，以時間大神之能，都無法令她改變！

那美女望著他：「你呢，你又是什麼人？」

羅開不知道如何回答才好，向她作了一個手勢：

「妳先別理會這些，那……聲音，一定還要妳做點事，他要妳做什麼？」

美女低下頭去：「他要我……用我女性的本能，使你覺得……歡娛！」

羅開苦笑了一下：「妳願意？」

美女緩緩搖著頭：「我不願意，可是，我會照做。」

羅開嘆了一聲：「就算妳做了，妳也不能令我有歡樂，因為妳對我沒有愛意，妳只不過是在聽從一個命令而已，那是大不相同的。」

美女對於羅開的話，像是並不十分明白，遲疑著不知道該說什麼才對。

羅開又問：「然後呢？如果我把妳當作是我的愛人了，妳會要我做什麼？」

美女木然地，像是背書一樣地回答：

「你必須向你如今的處境屈服，服從……服從時間大神的意志，聽命於他！」

羅開早已料到會得到這樣的回答，所以，他一聽之下，「哈哈」大笑了起來。他抬起頭，大聲道：「你何必通過她來這樣說，大可以你自己對我說！」

美女有點駭然：「你在對誰說話？」

羅開向她作了一個手勢，示意要她不要動。

而他自己，轉過身，向著茫茫的濃霧直奔了過去。一面奔著，一面叫：

「你可以現身出來，和我面對面地說，不要用幻象，用你本來的面目！」

他奔了至少超過四百公尺左右，才陡然看到前面現出了一團閃耀不定的光亮。

那種光亮的閃耀，羅開相當熟悉，不過那團光亮之中並沒有數字，只是無數明滅不定的小光點。

那些小光點，看來作有規則的排列，但由於變幻得太快，又不是十分看得真切。

羅開陡然止步。

那生硬的聲音又響起：「好了，我們已經面對面了！」

羅開感到真正的震駭：這一團光亮，就是這個外星高級生物的形體？

道高一尺魔高一丈

他努力盯著看，可是光團看來變幻不定，根本捉摸不出一個正確的形狀來。

他覺得自己喉際發乾：「你……形體上……根本沒有數字？」

那聲音道：「數字只不過是你們這種低級生物想出來的一種愚蠢的符號，我真正的形體上怎麼會有？我只不過是想你們認清我是時間的主宰，使你們容易明白，才使你們看到數字的，就好像皇帝穿上龍袍一樣，顯示我至高無上的身分！」

羅開冷笑了一聲：「這是你口中愚蠢的地球人常做著的夢，看來你也高明不了多少！」

那團光亮陡然亮了一下：

「你是一個很特別的地球人，老實說，本來我無法把你移進這個空間來的。既然你自己進來了，你除了聽命於我之外，沒有第二條路可走，你將永遠被困在這個空間之中！想想看，永遠！沒有了時間的限制，永遠就是永遠，一萬年十萬年的禁錮，我不相信你會受得了，那比你們地球人最懼怕的死亡，不知可怕多少倍！」

羅開的心中，也全然同意那幾句話，這種情形，真是比死亡更可怕！

可是，羅開卻連想也不向可怕的一面去想，他反倒「呵呵」笑了起來：

「是嗎？如果真是這樣的話，那正是我們地球上千百年來所追求的目標了。長生不死，與天同壽，哈哈，真太好了！想不到多少帝王夢寐以求的事，會在我身上實現！」

羅開不知道在如今這樣的情形下這樣講，是不是有用處，可是，他卻十分清楚一個原則，這個原則就是：當敵人用一件事來要使你害怕之際，你就絕不能感到害怕，而且，還要使敵人以為你非但不怕，而且喜歡！

用這個原則來應付敵人，通常十分有效，羅開這時自然而然地運用了出來。

那聲音也跟著笑了起來：

「你以為我是才來到地球的？對地球人的心態沒有了解？地球人喜歡長生，可是同時，他們又要求在長生的過程之中，他們的肉體要能不斷負責他們的歡樂，是不是？在這裡，你永遠出不去，絕對沒有任何歡樂可言，只是無窮無盡的痛苦和焦慮，你能受得了這種境地？」

羅開深深地吸了一口氣，剛才他回答的那番話，還只不過是為反對而反對。可是這時，他在聽了時間大神對地球人的心態的分析之後，他卻是真正有著自己的見解！

他立時發出了一聲冷笑：「虧你還自命不凡！你來到地球已有幾百年了，可是對地球人的心態的研究，還是停留在如此膚淺的階段！」

時間大神的聲音充滿了自滿：「我曾研究過上萬個地球人的思想！」

羅開立時道：「你研究的，我看全是思想停留在低層次的地球人，你對於地球人的高層次思想，一無所知！」

那聲音之中充滿了輕視的意味：「地球人還會有什麼高層次的思想！」

羅開並沒有被激怒，因為他知道，地球人的確是有著高層次的思想的。那種思想方式，在通常的情形之下，以宗教的形態出現、傳播，但不論是什麼樣的形態都好，那是地球人的一種思想方式。

他鎮定地道：「當然有，絕大多數地球人在追求肉體上的歡樂，但是也有少數人追求精神的永恆，擺脫肉體的羈絆。」

那聲音停了片刻，才又傳了過來：「我看這全是廢話，你現在在我特定的空間之中，你就會嚐到無邊的痛苦，你能否認這一點嗎？」

羅開立時道：「我不否認，在開始的時候，我或者會痛苦，但是，我會運用高層次的思想來使痛苦解脫。等我到了這一境地之際，你的特定空間就對我不起作用，我也可以突破空間的限制，自由來去。你別忘記，剛才你自己說過，要使我進你的空間不是那麼容易的事，可見我和普通人已有極大的不同，我就有信心，可以擺脫你的特定空間！」

羅開在這樣說的時候，眼前的那一組光團閃耀明滅，簡直是千變萬化，所發出來的光芒和色彩令得他頭暈目眩。他要全力以赴才能把自己要說的話說完。

等他說完之後，那聲音立即道：「好，至少你現在還未能做到你的思想和肉體脫離關係，我先看看你對肉體上的痛苦，能忍受到什麼限度！」

羅開深深地吸了一口氣，他立時明白，自己和這個自稱「時間大神」的外星生物之間，短兵相接的正面鬥爭就要開始了！

對方所稱，要看看他對肉體上所受的痛苦能忍受到什麼程度的意思；羅開也明白，那並不是對方真的對他的身體會施用什麼酷刑，而是一定運用什麼力量，來影響他腦部神經細胞的活動！

科學家早已證明，一個人的身體受到了刀割、火炙、針刺等等的創傷，會感到劇痛。但是痛的感覺絕不是來自創口，而是來自腦神經細胞的活動，由腦神經細胞發出信號給痛感神經，然後才會感到疼痛。

人身體上的一切感覺，都源自腦神經細胞的活動，如果有辦法可以遏制腦神經細胞活動的話，那麼，人的身體的一切感覺，就都不存在了！

在人類的醫學史上，有過相當罕見的例子：有一種人，是天生的缺陷，腦部細胞對痛感沒有反應，這個人也就不會有疼痛的感覺。

在英國，有一個沒有痛感的青年，在火爐面前睡著了，在熟睡之中，不小心把右腳伸進了火爐之中，等到睡醒，整隻腳都被燒成了焦炭，但是，他仍然一點也不覺得疼痛！

腦部神經細胞的活動產生痛感，這原是人類保護自己生命的本能之一！既然是人類與生俱來的本能，想要遏制它的活動，自然不是容易的事。

羅開雖然在這方面曾經受過相當程度的訓練，而且，他的訓練是依據西藏密宗僧人訓練控制思想的方法來進行的，但是，他也沒有把握可以完全對抗「時間大神」對他腦部活動的影響！

但不論如何，先一步作預防總有好處的。所以，他在深深吸了一口氣之後，立時依照他曾受過的嚴格訓練，盤腿坐了下來。

當他盤腿坐下來之際，他盡量令自己的腦部活動減少，也就是屏住一切雜念，盡可能什麼都不去想！

這種方法，在道家的修煉術和佛家的修為方法中都被普遍運用著。並不是什麼神秘的事情，幾乎每一個人都可做得到，所不同的，只是程度的高下不同而已。

佛家和道家的哲學思想之中，早就明白了一個人思想和肉體之間是分別的兩種存在，把肉體上的一切痛苦和歡樂都視為一種幻象，是通過思想來控制的，也可以通過思想來消除。

而在控制一個人自己的腦部活動的過程之中，自然會有極大的困難。越是想靜止，越是各種各樣的雜念紛至沓來，非有極大的定力和長時期的訓練不可，所謂「道高一尺，魔高一丈」就是這個意思。

而羅開這時的處境更加凶險，因為他要對付的敵人，不單是他自己的腦部活動，還面對著一個可以運用力量影響他腦部活動的高級外星生物。

當他坐下來之際，他已經作了最壞的打算。

可是他還是未曾料到，一切來得如此之快！

他還沒有坐穩，陡然之間，兩腿上就傳來了一陣劇痛，那劇痛之感是如此銳利！

在他的實際生活之中，他不是沒有受過傷，不是沒有感到過痛楚，可是即使是在他受傷最重，有一次在青海草原上，被四頭大隼鷹攻擊；隼鷹銳利的喙和爪，幾乎把他的右肩抓到可以見骨的時候的疼痛，和如今這突然襲來的痛感相比較，還是微不足道的！

一感到了劇痛，羅開第一個自然而然的反應，就是想張口大叫，可是他英勇堅韌的性格，又使得他咬緊牙關，忍受著劇痛。

劇痛越來越甚，醫學上，把人的痛感列為十級，例如被燃著的煙灼炙肌膚是九級，女子分娩時的痛點是十級，而人在痛點超過十級以上時，就會昏過去，使痛覺暫時中止。

然而這時候，劇痛在不斷加深，羅開卻一點也沒有昏過去的意思，他無法想像痛覺可以如此尖銳地折磨一個人。

他咬緊著牙關，身子在劇烈地發著抖！同時，他很快地就感到了冷，那是因為在不到三分鐘的時間之內，他全身已被冷汗濕透了的緣故！

他實在忍不住了，好幾次要張口大聲呼叫，心中所想的，甚至漸漸開始向一點集中，那一點是：只要這樣的痛楚可以消除，做什麼都可以，做什麼都可以！

他十分明白，只要自己一投降，痛楚就會消失。但是投降，等於是自我的消失，從此，他將淪為「時間大神」的奴隸！

比起永遠淪為奴隸來，這樣的劇痛，似乎又不算什麼了！

當他想到這一點時，忍受痛楚的力量，似乎又增強了一些。

剛才，由於痛楚來得實在太快，他根本無法去想什麼，就自然而然集中力量和痛楚對抗著。

但他，「亞洲之鷹」羅開，畢竟是一個堅韌的人，有著堅韌無比的意志，雖然在那樣的劇痛之中，他還是能一點一滴地在想。

當他想到痛楚只不過是來自自己腦際的感覺，並不是一種實際的存在時，他就不再用自然的反應去和痛覺對抗，而開始想到，並且肯定一點：痛覺是來自自己的感覺，若是自己根本不去想到有痛的感覺，劇痛也就不存在！

他一想到這一點，便可以長長地吁一口氣，接著，痛楚的感覺陡然減輕。

他已經可以睜開眼來了，但才一睜開眼之際，他卻看不清眼前的情形，因為他冒出來的冷汗，令得他視線模糊了！

意亂情迷會天使

在睜開眼來之後，他先低頭向自己的雙腿看了一下。

誰知道就在他一看之下，雙腿上的劇痛本來已在迅速減退，這時卻又陡地加強！

那令得羅開怵然，知道自己這一看正是犯了大忌；自己向痛感的地方看去，那是表示自己認為痛覺是一種真實的存在！

當思想上認為痛覺是真實的存在時，痛覺就真的在，必須在思想上根本認為它不存在，它才真正不存在！因為所有的感覺，全都是幻覺！

一想到這裡，羅開的思想更是一片清明，隨著他的「哈哈」一笑，所有的痛楚完全消失！

他眨了眨眼，汗水隨著他眼皮的閃動而落下來。他看到眼前的光團正在迅速縮小，而在剎那間又變大，發出幻麗的光芒和色彩來！

在那一剎間，羅開想起了天使的話。

天使說過，地球以外的高級生物，在能力上，自然比地球人強得多。但也不是像地球人想像的那樣無所不能，在進行活動之際，也需要經過相當複雜的手續；就像地球人已經可以登陸月球，但絕不是人人可去，也不是隨便可以去的一樣！

這一番話，在當時聽了還不怎麼樣，可是這時候，卻給了羅開極大的啟示。尤其當他看到了眼前的光團縮成了那麼小之後又再迅速擴大；這使他想到，不論對方用什麼樣的力量再使他感到痛楚，對方一定也十分費力！

說不定在自己消除了對方的影響之後，對方也要受到一定的損失！

外星生物雖然強，但也不是全然不可對抗的，主要還得看自己的意志力如何！地球人的意志力若是全面發揮起來，一樣可以有意想不到的效能！

羅開這時思路更加明朗，信心也更加增強。

但是也就在這時，一股生自四肢百骸，不，一股自身體之內疾透出來的麻癢之感又陡然產生！

剛才，羅開感到的痛覺如此之甚時，他還可以咬緊牙關挺受著；可是那股癢的感覺才一襲來，羅開便不由自主張開了大口喘起氣來！

一個人要控制自己的思想，必須先控制自己的呼吸；只有在呼吸按照一定程序進行的情形下，思想才能集中，這是「打坐」的基本原則。

羅開不是不知道這一點，可是那種自身體內部癢出來，一直遍佈全身，幾乎連雙眼也在發癢的癢，實在太難以忍受了！

羅開可以忍得住不向自己的身子亂抓亂搔，已經是極不容易的事，可是，他卻無法不大口喘著氣！

而當他一大口喘氣之際，他呼吸的程序就被打亂了！

剎那之間，羅開幾乎瀕於崩潰。他一面氣喘如牛，一面已經要不顧一切跳起來，恨不得把自己全身的肉一起扯破，只希望可以制止那種無可遏止的癢！

羅開幾乎要在意志上崩潰了，肉體上這樣來自身體深處的癢感，真是無可忍受的！

他一面喘著氣，一面用盡了自己的意志力，在心中大聲吶喊：這是幻覺！事實上沒有什麼可以令我感到癢，那只是幻覺。幻覺是我自己產生的，別的力量至多只不過推波助瀾而已！

他不知道剛才自己抵抗痛覺前後花了多少時間，而這時，當他一想及此，他本身的意志力就迅速產生作用。雖然癢感襲來的時候，比痛感還要凶得多，但是去得也快；陡然之間，羅開又看到眼前的光團迅速重複著縮小又擴大的變化。

然而，羅開又感到了極度的寒冷……極度的烤熱……極度的痠軟……種種人類所能感到的痛苦的感覺，一樣接著一樣襲來，但是，一樣比一樣消退得更快！

當最後一次痛苦消退之後，羅開已經可以哈哈地大笑起來：

「你還有什麼花樣？變點新的吧，別老是一個樣子！你知道我已經完全可以對抗你對我腦部活動的影響了！」

他這幾句話一叫出口，眼前那一組光團突然消失，而四周圍的濃霧也越來越濃，濃到了他全身像是被無邊無涯、若有若無的棉絮裹住了一樣！

這時，羅開感覺不到有任何不正常的感覺！

他的第一個念頭是：時間大神已經被自己擊退了！可是他立即又想到：事情絕沒有那麼容易，對方一定還有新的，更厲害的花樣會使出來！

就在他心中這兩個念頭交替之間，他忽然感到一股暖洋洋的微風吹了過來。

那股微風吹上身來，令人產生舒服之極的感覺。

羅開本來一直是盤腿坐著的，可是當微風拂來之際，他不由自主伸直了雙腿，而且高舉雙臂，伸了一個懶腰！心中想：好令人陶醉的微風！古人所謂「如沐春風」，大概就是這個意思了。

在他伸著懶腰，享受著那股微風之際，看到前面濃霧翻滾，一個頎長苗條的人影，正以動人之極的姿態向前走過來。

羅開還未曾看清楚長髮飛揚下的臉龐，已經從那熟悉的、誘人的身形之上，認出了那是什麼人。他陡然叫了起來：「天使！」

他一叫，就聽到了天使發出了「嗯」地一聲。

雖然只是極簡單的一下回答，可是聲音之甜膩和迴腸蕩氣，立時令羅開沉醉。

羅開也立即想起，當自己第一次輕輕咬著天使的耳垂之際，天使也發出了這樣的一下令他全身都為之發熱的聲音！

羅開又叫著：「天使，妳也來了！」羅開一面叫著，一面一躍而起，向前奔了過去，雙臂張開；天使的來勢也快了很多。

羅開立即看到天使的身上披著薄如蟬翼的輕紗。輕紗雖然是深紫色的，可是由於它的輕和薄，一點也掩不住天使賽雪欺霜的肌膚！

她如白玉般的肌膚，在輕紗上若隱若現，飽滿挺聳的雙乳，在她向前急步走過來之際在顫動著，羅開甚至已可以聽到她細細的嬌喘聲！

他和天使迅速接近，轉眼之間，溫香軟玉已經在他的懷抱之中了！

羅開一抱住了天使，就立即知道，在他懷中的是天使，而不是盧洛伯爵的那個情婦。雖然兩個人在外形上是完全一模一樣的，但是羅開分得出來！

羅開也曾經擁抱過盧洛伯爵的情婦，然而在感覺上，那是完全不同的！

盧洛伯爵的情婦，一樣肌膚賽雪、柔滑膩腴，一樣容顏美麗、吐氣如蘭，可是她和天使根本上就不同，是因天使對羅開鍾情；而在盧洛伯爵的情婦的心目之中，羅開只是一個陌生人！

這就大不相同了！每一個男人都有這樣的本能，當他把一個女子擁在懷中的時候，他可以一下子就感覺得出來：自己懷中的那個女人，是愛自己的，或是根本不愛自己的！

一個男人，若是連分辨這一點的本能也沒有，那一定是在智力上大有問題了！

剛才，當羅開奔向前去之際，他心中還有一點擔心，怕向自己迎面而來的不是天使，只是盧洛伯爵的情婦。

但這時，一將妙人兒擁在懷中，他就再也沒有懷疑了，那是天使！

只有天使，靠著他結實的胸膛，在他有力的雙臂的環抱之下，整個嬌軀會那麼自然地輕微顫抖。彷彿他強壯的男性身體充滿了電流，使她感到了莫名的刺激！

也只有天使，才會身子發著顫，挺聳的雙乳緊貼著他的胸膛時，使他可以清楚地感到她乳尖的堅挺！只有天使，由於對他有深切的愛，才會在熱情洋溢之下，自然而然有這樣的反應！

羅開吸了一口氣，低喚：「天使！」

天使在投入他懷中時，把臉埋進了羅開的懷中，羅開一低喚，她才抬起頭來，任由金色的長髮像瀑布一樣地垂向下，雙頰泛著紅暈，眼波媚如春水，向羅開望來。

羅開顧不得再說話了，他輕吻著天使臉上的每一處，每一個輕輕的吻，都令得天使發出一下嬌吟聲來。

而當羅開終於吻到了她的櫻唇之際，天使柔滑香膩的舌尖如靈蛇一樣，輕輕度了過來。羅開完全陶醉了！

這又是另外一種境界，一種在生疏的、還帶著試探的狂歡之後進入的第二個境界，在第二個境界之中，雙方對對方的心意已經完全瞭然。

再也不必通過言語來交流，雙方都知道，即將來臨的歡愉是前所未有的，是全無顧忌的，是需要全副心神來享受，不容溜走一絲一毫的。

他們深深地吻著，兩人的身子也擁得更緊，緊到了一層輕紗也嫌過厚的地步！

天使的鼻孔翕張著，兩個人的動作幾乎是一致的，四片灼熱的唇捨不得分開，可是，雙方卻在探索著，在對方身體上移動。

羅開身上的衣服，和天使身上的輕紗一起褪了下來，他們兩人無處不是熾熱的肌膚，在那一剎間，陡然緊貼在一起！

羅開全身如同煮沸了的薑汁一樣，他左手摟著天使的細腰，天使的頭向後仰，突出了她誘人美麗的胸脯，又發出陣陣嬌吟聲來。

羅開的右手順著天使柔滑的肌膚向下移，天使在一聲嬌吟之下，身子向下倒去，羅開跟著倒下去，自然而然壓在她的身子上。

也就在這時，羅開想到，自己躺下來的地方，在這樣的春風吹拂之下，在這樣的玉人在懷的情形之下，如果是在一片綠茵的草地上，那就真是十全十美了！

他才一轉念間，人也倒下。

也就在那一剎間，他看到了幼嫩如絲的青草，他和天使就是在綠草如茵的草地上！

這本來是他的願望，可是剎那之間，也使他陡地一凜！

與真實一樣的幻象

羅開雖然由於天使的出現，而感到極度的歡樂，可是當他在向天使奔過去，擁吻天使之際，心中一直有一個問題想問天使，只不過由於見到天使實在太令他高興，所以未曾問出來而已。

這個問題就是：「天使，妳怎麼也進來了？」

由於有這個問題橫在心裡，所以儘管他和天使身體上的接觸使他感到意亂情迷；但是，他和天使身在何處，他還是存乎一心，清楚知道的！

也正由於這一點，所以當他陡然之間看到自己和天使擁摟著躺下去的所在，正是細柔幼嫩的草地之際，他陡地一凜！

在他進入那個時間大神的特定空間之後，見到的只是一片灰濛濛，那裡來的草地？而且，自己才一想到最好是躺在一片草地之上，躺下去的所在，就是草地！

羅開自然知道，自己絕沒有令自己願望成真的能力，那麼……

當羅開心念電轉想到這裡時，他整個人如同遭了雷殛一樣，震動了起來！

他自己絕沒有使願望成真的本事，而剛才他不過隨便想了一想，願望就實現了，那自然不是他的能力，那麼，是誰的能力呢？

時間大神！

時間大神捕捉了他的思想，運用能力，盡量去滿足他，使他沉迷在自己想要的境地之中！

這才使羅開如遭到雷殛一樣地震動，因為在那一剎間，他明白了。

從那陣暖洋洋的輕風拂上來開始，一直到現在，一切全是幻覺和幻象！

那正是敵人用來對付他的極厲害的新花樣！

剛才，對方給了他極度的肉體上的痛苦，羅開憑藉著自己的意志力一一化解。但是在不知不覺之中，時間大神卻猝然反其道而行之，非但不會令他再產生痛苦的感覺，反而令他產生十分舒服之感！

這等於是人和人之間的關係一樣，先是威逼，忽然改成甜言蜜語的利誘！甜言蜜語自然比兇狠的行動更容易令人上當！

羅開在那一剎間，已經知道眼前的一切全是幻覺和幻象！自己的懷中根本沒有天使，只不過是時間大神運用了他的能力，使自己感到溫香軟玉滿懷抱，立即可以享受到至高無上的歡娛而已！

羅開雖已想到這一點，可是他心中還在猶豫。

他半轉了身，和天使面對面地互擁著，天使黑眸半開，氣息咻咻，一切全是那麼真實。

羅開的雙手，在天使的腰際、股間緩緩地移動，觸手滑膩柔軟，自天使口中發出來的嬌吟，是這樣蕩人心魄……

這一切，難道全是幻象嗎？

羅開不由自主搖了搖頭，而天使在這時，已把她發燙的胴體貼得羅開更緊，緩緩扭動著，肌膚和肌膚之間的接觸磨擦，令得羅開感到了絕不能再等上片刻。

天使一面輕輕咬著羅開的耳垂，一面膩聲道：

「鷹，給我……充實我的生命！」

羅開已實在不能再考慮別的什麼了！

雖然他知道那是幻象，但既然如此真實，一切的感覺都和真象無疑，幻象和真實又有什麼區別呢？

而且，羅開也完全明白，就算受著時間大神的影響，自己的腦部活動因影響而產生出眼前出現幻象的活動。只要這種幻象不是令自己痛苦，而反倒可以令自己得到無比歡娛的話，那麼，又有什麼害處呢？

一想到不會有什麼害處，羅開連最後的一點牽掛也放開了。

他撐起身來，天使已半轉過身來迎合著他，他把臉埋在天使飽滿挺聳的雙乳間，深深呼吸著乳香。然後，看看在他身下毫無保留地準備奉獻給他的天使，口中發出模糊呢喃的聲音。

這時，天使的神態更媚、更蕩，羅開已經開始完全不理會什麼幻象不幻象了。

但是就在這時候，就在離他不遠處，陡然傳來了一下極其惶急的叫聲。那叫聲不是太清楚，像是有著什麼阻隔，以致聽來像是從老遠的地方傳來一樣！

本來，羅開在這樣的情形下，就算身邊有了什麼驚天動地的聲響，他也難以察覺的，可是那下呼叫聲卻不同，才一入耳，就令得他陡然震動了起來！

因為那一下呼叫聲，他一聽就聽出那是「天使」的聲音！

不但是天使的聲音，而且聲音之中充滿了惶急和憂慮；若不是已到了生死存亡的關頭，是絕不會有那種惶急的呼叫聲的！

天使在羅開的生命之中，既然已經占有那麼重要的地位，她的叫聲又那麼急，羅開自然會感到震動！

那叫聲在叫著：「鷹！鷹！我沒有進來！快擺脫幻象，快，你快擺脫幻象！」

羅開在一震之後，立時循聲看去。看到聲音是從不遠處一隻小小的盒子中傳出來的；那隻盒子，就是天使給他的那具通訊儀。

剎那間，像是有一大桶冰水向他兜頭淋了下來一樣，遍體清涼，已經在極短的時間內從幻象中掙扎了出來。

也就在剎那間，眼前的景象又變得和以前一樣，不但千嬌百媚的天使不見了，連草地也不再存在，四周圍仍然是白茫茫的一片。

羅開連忙向那具通訊儀奔過去，一俯身，拾了起來。還聽得通訊儀中，傳出十分微弱但是更著急的聲音：「鷹，是我，我才是天使，別給幻象迷惑，別……」

接著，就什麼聲音也聽不到了！

在天使把這具通訊儀給羅開的時候，她曾說過，在另一個空間之中未必能和他通訊，但這時，通訊儀中忽然傳來了天使的聲音。

羅開知道，那一定是天使知道他在極度的危急之中不知道使用了多少能量，才達到了通過通訊儀而警告他的目的！

不過，羅開不明白的是，就算自己被幻象所迷惑，又會有什麼惡果呢？

他想了一想，全然不得要領。

他知道自己如果再和天使相見，天使一定會告訴自己的，這時多想也沒有用處！看起來，自己腦中一受到天使的警告，而知道一切都是幻象時，幻象就立時消失，那自然是自己和時間大神的爭鬥之中，又勝了一次！

他才想到這一點，就聽到「轟」地一聲響，接著，眼前光團閃耀！

時間大神的聲音之中，充滿了憤怒：「好，原來你有助手！原來那些八等旋轉星上的怪物也到了地球，哼！」

羅開沉著氣，不出氣，心中則在迅速地轉著念：「八等旋轉星上的怪物。」

那自然是指天使和天使的族人而言，看來，時間大神本來並不知道他們來到地球，只是因為剛才聽到天使警告自己，他才知道的。如此看來，為了使自己不被幻象迷惑，在最後關頭把自己從幻象中拉出來，天使他們所花的代價還真不輕。

被時間大神知道他們也在地球上，自然失去了敵明我暗的便利！

羅開又不由自主地想：就算一直在幻象之中沉湎下去，又究竟會有什麼惡果呢？

自然，他還是想不出來。

羅開在思索間，忽然又聽得一陣令人毛髮直豎的怪笑聲！

接著，又是時間大神充滿了恨意的聲音：

「原來是這樣，哼，原來是這樣！羅開，你可想看看，那八等旋轉星上的怪物是什麼樣子？哼，其中一個雌性的怪物扮成了一個地球人的樣子，哈哈，我給你看看他們原來的樣子，哈哈！」

羅開立時叫道：

「我不要看！不要看！不管她是什麼樣子，她愛我，我也愛她！」

時間大神還在發出可怕的笑聲：

「一定要看看，看看你擁在懷中的是什麼樣的美人！」

羅開知道，那「八等旋轉星」上的高級生物，也就是天使原來的樣子一定可怕之極，所以時間大神為了洩憤，才一定要他看的！

他仍然叫著：「我不看！」他一面叫，一面緊緊閉上眼睛。

時間大神大笑著：「你閉上眼睛，那有什麼用？別忘了，我不是真的有東西給你看，只不過是運用我的能力，刺激你腦部視覺神經的活動，使你看到東西！」

羅開不由自主發出了一下呻吟聲來，他知道，對方若是一定要自己「看」到什麼東西的話，就算自己把眼睛弄瞎了，也是一樣看得到的！

而他，實實在在不想看到那八等旋轉星上的生物的樣子，他知道，一旦看到天使原來的形狀之後，他和天使之間的歡樂就完了。

現在，他雖然知道天使是幻化成一個美女的樣子，不知道原來的樣子是什麼樣的，但那總比真正看到的好！

他仍一面雙手揮動著，一面叫道：「我不想看！」

時間大神「哈哈」笑了起來：「八等旋轉星上的怪物不可能永遠停留在地球上，他們會回去！你既然迷惑於她假的身體，我也可以給你。你剛才的幻象，要不是忽然被她提醒了你而消失，那和真的有什麼分別？」

羅開想起剛才的神情，不由自主喃喃地道：「真……沒有什麼不同！」

時間大神笑聲響亮：「那就是了，你可以永遠得到她，只要你一想她，她就會出現在你的面前，什麼都如你的意思！」

羅開怔了一怔，向前看去，只見濃霧之中，天使巧笑倩兮，又在向他招手！

巨變

羅開不由自主向前跨出了一步。

在那時，那種吹拂上來令人通體舒泰的微風，又吹了上來，叫人醉醺醺地，除了專注於美麗的天使之外，什麼也不想。

所以，羅開又再向前跨出了一步。他的耳際又聽得天使嬌媚動聽的聲音在向他呼喚：「鷹，過來，鷹，我是你的！」

羅開又向前跨出了一步，由於他實在太專注於前面濃霧中的天使了，以致他手中的那具通訊儀，在不知不覺中跌到了地上。

在那一剎間，羅開還是想到，前面的天使是幻象，是時間大神刺激了自己的腦部而產生的！如果再繼續向前去，一定會上當！

雖然後果怎樣還不知道，但是，一定會有嚴重的後果！

這種想法，使他在跨出了三步之後，略停了一停。

而這時，在他面前的天使身子旋轉著，身上披著的輕紗散了開來，開始發出奧妙之極的聲音。

隨著她哼出來的聲音，她的身子柔若無骨一樣，曼舞起來。

每一個舞姿，都是那麼誘人！羅開的視線無法離開她，心靈被她每一個動人的姿勢所吸引。

他急速地喘起氣來，心中又生出了另一個念頭：管她是不是幻象，一切的感覺全是那麼真實！

甚至於他想到，管他有什麼惡果，只要向前去，就能再一次和天使在一起，享受到官能上無與倫比的歡樂！

羅開一想到這裡，陡然發出大叫聲，向前奔了過去！

天使繼續旋轉著，每當她一個旋轉之際，輕紗和她的長髮一起揚起；雪白柔軟的頸，修長結實的腿，纖細而膩白的腰肢一起現出來！

雖然只是一瞥之間，也足以令得羅開向前奔得更快！他心中知道，自己是在奔向時間大神的陷阱。

但由於他全然不知道就算跌進了時間大神的陷阱之中會有什麼後果，所以他心中的顧慮不是真的那麼嚴重。也正由於這一點，他才會在心底深處放棄了對時間大神陷阱的抗拒！

眼看羅開什麼都不顧，只求把曼舞過來的天使緊緊地擁在懷中，把自己的生命擠進她的生命之中！

他和天使迅速接近，兩個人的指尖已經相碰了。一碰到了天使的指尖，羅開已經整個人都有酥軟的感覺。

他正想把天使拉到懷中來時，忽然聽到一下尖銳之極的聲音傳了出來！

隨著這一下聲響，羅開整個人都呆住了！剎那之間，他所感到的那股寒意，簡直是從他骨髓之內直透出來的，令得他全身發顫！

就在那一剎間，他眼前的天使不見了！而替之以一個不知是什麼形狀，一看之下就令人驚恐得全身發顫的怪東西！

羅開絕不是膽小的人，可是這時，他全身的每一個細胞都在顫抖！

那怪東西，勉強要形容它的形狀的話，大體來說，就像是一條巨大無比的蛞蝓——一種沒有外殼的蝸牛。而且是直立著的，面對著羅開的那一面，有著褐綠色的花斑和許多觸鬚不像觸鬚，腳不像腳的東西正在蠕動著。

在那個軟而令人噁心的身子兩邊，空有兩個孔洞。在孔洞之中，有相當長而柔軟的觸鬚伸出來，靈活無比，就像是兩條藏在那孔洞中的兩條蛇，隨時想竄出來一樣！

在頂部，是一排閃耀著可怕之極暗綠色光芒的圓點，自那些圓點中閃出來的光芒令人心悸！

就是這樣的一個怪物，一個沒有一處不令人心中感到極度驚恐和噁心的怪物！

羅開一面發著顫，一面驚叫著，一面不住地後退！

一時之間，他實在不知發生了什麼事。他只是隱約地想到，這個如此醜惡、如此可怕的怪物，可能就是那「八等旋轉星」上的高級生物，也就是天使原來的形體！

但是，時間大神不是又給了他天使的幻象嗎？剛才時間大神雖然曾威脅著要羅開看天使原來的形體，但並沒有付諸實行，為什麼自己的眼前又會出現這樣的一個怪物呢？

當他在後退之際，他的思緒紊亂到了極點！

也就在這時，他陡然聽得身後傳來了一下怪叫聲。

當他轉過頭去看時，只見身後一組大小光團，正在發出絢麗之極的光彩，而那個怪物則發出淒厲之極的叫聲，以極快的速度，向那組光團直撲了過去！

當那怪物向前疾撲而出之際，帶起了一股勁風。勁風在羅開的身邊掠過時，羅開像是聽得有人在對他說：

「那通訊儀，按紅色的掣鈕，對準時間大神！」

羅開一怔，連忙拾起了那通訊儀來，按下了上面一個紅色按鈕。

他才一按下去，自那通訊儀中就射出了一股又細又直的紅色光線，看來就像是雷射激光一樣直射進那一組光團之中！

就在那一剎間，那怪物也撲進了那組光團之中，緊接著，就是一下驚天動地的大震，不但震得耳際「嗡嗡」直響，而且，像是發生了爆炸之後一樣！

一股極強烈的氣浪，陡然之間，排山倒海一樣壓了過來！

那股氣浪的力道之強，簡直是無可抗拒的，羅開身不由主被那股氣浪湧著，向外翻滾著跌了出去。

也就在那一剎間，他喪失了知覺！

他無法知道自己是過了多久之後才醒過來的，當他一開始有知覺之際，只覺得眼睛有點刺痛，眼前是一片暗紅色。

他連忙睜開眼來，發現自己置身於一種強光的照射之下。

那種強光，不但令得他睜開了眼來之後什麼也看不到，而且還有一種相當程度的灼熱感覺。

羅開陡然吃了一驚，身子自然而然向外一個翻滾，避開了那股強光！

當他離開了那股強光的照射範圍之後，他才看清楚那股強光的來源，心中又好氣又好笑！

剛才，他還以為那股強光又是時間大神弄出來的什麼玄虛，等到離開之後，視力立即恢復。他已經看清楚，那股強光自一扇窗中射進來，正是在地球上生活的人，每一個人都再也熟悉不過的太陽光！

剛才之所以有那樣的情形，只是因為他恰好面對著那股陽光時睜開眼來而已！

那窗戶是羅開所熟悉的！

羅開一躍而起時，已經完全可以肯定，那就是他自己的別墅！

一落地，羅開就望向那幅畫。

畫還在，就像他這幾天來望著那幅畫一樣，還在放畫的畫架之上。可是畫上的人像是正面的，那是一幅盧洛伯爵情婦的畫像，畫得十分好，十分傳神，不再是濃霧或背影。

羅開怔怔地望著那幅畫，這時，他盡量使自己鎮定下來，是以曾經發生過什麼，他可以清清楚楚地記得！

從他如何集中意志力，忽然之間，身子進入了畫中開始，一直到在那個空間之中和時間大神的種種對抗，以及到了最後，忽然出現了一個怪物，和手中的通訊儀有一股光線射向時間大神為止。

他低頭看了看，那通訊儀還緊握在手裡！可是，經歷過的一切雖然那樣真實，卻又那麼像是夢幻！

一切經歷全都在他的記憶之中，可是他不知道究竟發生了什麼事！

他只知道，兩種不同的外星人在起爭鬥，而他也在其中，他和其中的一種外星人合作；但是鬥爭已經發生過了，究竟是誰勝？誰敗？

那幅魔像畫，何以又回復了幾百年前的原狀？

羅開被不知多少謎團包圍著。

他再向窗外看了看，一點不錯，他是在他自己的別墅之中。

時間約莫是下午三時，陽光還相當猛烈，自窗中向外看去，可以看到山谷中，樹木掩映之下的盧洛古堡！

羅開知道，那些謎團，單憑自己去想，是不會有結果的。因為外星生物在科學文明上，既然遠在地球人之上，他，「亞洲之鷹」羅開，雖然是一個傑出的地球人，但一樣難以理解。

他先是倒了一杯酒，一口喝乾。

那具通訊儀還在他的手裡，他照著天使教他使用的方法，按下了一個按鈕，然後低聲呼叫：

「天使！天使！發生了很多事，我進去了又出來，我要和妳聯絡！」

可是，一直呼叫了好幾遍，那通訊儀一點反應也沒有。

羅開彷彿感到，有什麼不可測的、可怕的事情發生了！

他照樣再說了一遍，聲音已經十分不自在。

在等了半分鐘仍然沒有回音之後，他以極快的速度衝出了他的別墅，跳上車，以極不適宜的高速，在小路之中盤旋著，直撲盧洛古堡！

當他的車子停在古堡門口時，他一面叫著，一面衝向古堡的門口。

古堡的大門並沒有鎖，他一推就推了開來，直奔了進去！

羅開大聲叫著：「天使！天使！」

他的叫聲，在古堡中激起了陣陣的回聲來。不到三十分鐘，他已經把盧洛古堡上上下下都奔遍了，可是什麼人也沒看見。

羅開只覺得自己的心在向下沉。

他一面自己安慰著自己，勉強笑著：

「天使，妳躲起來了？想嚇我一跳？好了，我投降了！妳不想聽我說進入了那個空間之後和時間大神爭鬥的經過？快出來，別再開玩笑了！」

他一面說著，一面走進了那寬大的書房中——他第一次到這裡來和天使見面的地方。

另一空間發生的故事

羅開第一次走進書房的時候，天使就坐在那張巨大的書桌的後面。

可是這時，羅開再走進去，書桌後卻空蕩蕩地，一個人也沒有。

羅開慢慢地走到那書桌面前，他第一次和天使親熱，就是在那書桌後面。現在，空氣之中似乎還蕩漾著散發自天使身上的那股沁人的幽香！

就在那地方，第一眼的印象是如此冷艷，令人不敢逼視的一個美人，忽然之間變得媚蕩怡人，熱情如火！

也就在這個地方，羅開真正認識了男女之間的歡娛可以達到什麼程度。

可是，現在天使在那裡呢？

羅開陡地大叫了起來：「天使！天使！」

他不住地叫著「天使」，一直叫了三天三夜。

是的，三天三夜，晚上，他蜷縮在書房之中，只要一從朦朧中醒來，他就叫著「天使」！

白天，他像是一個幽魂一樣，在盧洛古堡之中到處遊蕩，不住地叫著：「天使」！

可是，天使一直沒有出現。

盧洛古堡之中顯然只有他一個人！

羅開不斷地按著通訊儀上的掣鈕，直到手指生疼，都沒有任何反應！

如果他不是身在盧洛古堡之中，他對天使的思念程度或者會輕一點。可是這時，他看到的一切，碰到的一切，都是他曾和天使在一起度過那段歡樂的時光時所見到碰到的一切。

空氣之中像是還蕩漾著天使嬌甜的笑聲，可是天使卻不在了！

羅開整個人變得頹喪不已！他一生中從來沒有這樣低沉過。

這時，除了等天使再出現之外，他什麼也不想做！

三天下來，他顯然地憔悴了！

正當他又近乎絕望地，喃喃地唸著天使的名字，心像是一直沉向一個無底的深淵中時，他突然聽到大廳中有腳步聲傳了過來！

那時，羅開是仰躺在書房的地氈上，閉著眼，在回想著當日，天使輕笑著喘著氣，擠在他身邊，用她美妙的胴體貼著他時的旖旎風光。

他一聽得有腳步聲，就直跳了起來，叫著：

「天使！」

一面叫，他已衝了出去。

衝進了大廳，他陡地站住。他看到有兩個人正緩步走進來。

那兩個人，一男一女，看起來極其普通，是在任何地方都可以見得到的普通人，見過之後也不會有什麼印象！

不是天使！

羅開已感到天使可能永遠不會再來了！自己永遠也不能再見到天使了！

當他想到這一點的時候，他整個人竟忍不住輕輕地發起抖來！

那一男一女緩緩向羅開走來。

來到近前，男的才開口：「羅開先生？」

羅開木然地望著他們，沒有什麼反應。

那男的又道：「我們……我們是天使的族人。」

羅開陡地震動了一下，「啊」地一聲，伸手抓住了那男人的手臂！

他聲音緊張得發顫：「天使，天使在什麼地方？我要見她！」

那女的嘆了一聲：「羅先生，你可知道我們原來的形體是怎樣的？」

羅開怔了一怔，沒有回答。

那女人又道：「你在那個空間中，最後看到的那……生物，就是我們原來的形體！」

羅開深深吸了一口氣：「我已經可以猜到……你們原來的形體，對地球人來說，的確……不是很習慣，但相信你們看地球人也是一樣！」

那一男一女笑了一下。

男的道：「是，我們才來到的時候，真被地球人的外形嚇了一跳！」

那女的又道：「羅先生，你見到的那個，就是天使！」

羅開再吸了一口氣：「是她也不要緊，她不必為了我見了她的形態之後，就不肯再見我了！」

那兩人齊聲嘆了一聲，和羅開作了一個手勢，示意羅開到書房去再說。

進了書房之後，羅開又迫不及待地道：「天使在那裡，我要見她！」

兩人互望了一眼，對羅開的問題避而不答。

男的道：「羅先生，事情的一切經過，你是最清楚的了？」

羅開點了點頭。

那男的又道：「我們的計畫是，由你進入那個空間，把時間大神引出來，再由我們對付他，可是在實行的過程中，卻發生了意料之外的情況！」

他停了一停，才又道：「我們一直在跟蹤你的腦電波，你腦電波的活動，通過儀器的分析，使我們知道你在想什麼。即使在你進入了那個空間之後，我們仍然可以接收到你腦部活動所發出來的能量！」

羅開用心聽著……

在他進入了那個空間之後所發生的事，全是他親身經歷的，可是卻還有極多的地方是他難以明白的。

那男的又道：「在開始的時候，我們知道你和時間大神的對抗十分成功，可是後來，你忽然……變得完全順從了對方的意志。」

羅開「啊」地一聲。他知道，那時在溫酥的微風下，他正和天使相擁著躺在草地上！

那男的繼續道：「這是極危險的一種處境。當你的意志在不知不覺間受到了對方的左右時，到了一定程度之後，你就不會再有自己的思想，會完全被對方操縱，永遠在不知不覺間成為他的奴隸！」

羅開心中陡然一凜，他本就意識到會有嚴重的後果，但是也未曾料到，後果會嚴重到這樣的一個地步！

這時，他仍然不免感到了一股寒意。

那男人在繼續著：「於是，在最緊張的關頭，我們向你發出了警告！」

羅開想起自那通訊儀中傳出來的聲音，使自己有一個短暫時間的清醒。

那男人道：「要向在另一個空間中的你發出警告，在我們來說，也只是勉強可以做到而已，我們為了這一行動，所損失的極大……」

那女的接口道：「不必提起了，羅先生是我們的朋友，我們一定要盡力而為的！」

那男的苦笑了一下：「當然，你一接到警告之後，情形相當好，可是沒有多久，你又墮入了極度危險的境地之中！」

羅開回想著當時的情形，嘆了一聲！很是慚愧：「是，我實在……我一直以為我自己極能控制自己的意志，誰知道……」

他難過地搖了搖頭。

那女的道：「沒有人怪你，羅先生，那是由於你對天使的深切愛意所造成的！」

羅開又苦笑了一下。

那男的道：「那時，我們已沒有能力再發一次警告，而你又眼看要被時間大神完全控制，墮入永久為奴、萬劫不復的境地了！在這時候，我們人人都不知怎樣才好，天使她忽然不顧一切，擅自發動了我們所有能量裝置中最強的一環，在能量的協助下，突破了空間的限制，進入了那個空間！」

羅開聽到這裡，急速喘起氣來：「天使……為了救我，而……進入了那個空間？」

那一男一女長嘆了一聲：「是的，而且她明知，我們每一個人都知道，我們能量最強力的一環，可以突破空間……可以往返那空間一次。也就是說，她有機會可以進去了再出來，但如果她要你出來的話，她自己就永遠不能出來了！」

羅開的心頭如同遭到雷殛一樣，僵立著一動也不能動！現在的事實是，他離開了那個空間，那麼，天使她……

羅開實在不敢想下去！

那女的道：「事實上，天使在衝進去之前，已經沒打算自己出來，而只是要令你出來！」

羅開顫聲道：「那麼她？她現在……」

女的沉聲道：「我們的星球，有一樣重要的東西落在時間大神的手裡……」

羅開陡地打斷了她的話頭，尖叫起來：「天使怎麼了？」

女的不理會他，自顧自道：「天使一面對時間大神，就對他展開了攻擊，並且叫你利用那通訊儀中的能量合力攻擊。在攻擊的過程中，她令得那件對我們來說十分重要的東西毀滅，不再歸時間大神所有……這等於解決了我們一個極大的困難，她也使時間大神受了創，而她自己……」

女的講到這裡，聲音變得異樣的低沉：「她自己的生命也消失了！」

羅開的雙眼睜得極大，心中一陣發酸。

在他自己的記憶之中，他不曾流過淚，可是這時候，淚水卻自然而然泉湧而出！

男的嘆了一聲：「這些，本來我們不準備對你說的，可是……你對天使的感情，是如此之真摯，令我們全體都十分感動，所以由我們來解釋過程。你……再也見不到天使了！」

羅開呆若木雞地坐著，一動也不動！

那一男一女又坐了一會，才起身慢慢地向外走去。

羅開的腦中轟轟作響，那男人的聲音一直在響著：「再也見不到天使了！再也見不到天使了！」

他沒有去抹拭眼淚，任由淚水自臉上淌濕了身上，地上……

若干日之後，羅開才知道天使的族人把盧洛古堡弄到了他的名下，成為他的產業。

當羅開把那幅畫像親手掛上牆去之際，他彷彿感到畫像上的美女就是天使。因為天使的生命是消失在那幅畫中的！

羅開沒有對任何人講起那段經歷，連黛娜也未曾說……

黛娜是在一個多月之後，找到了盧洛古堡來，和羅開相會的。

她來的時候，羅開仍然怔怔地坐在那幅畫像之前，凝視著畫像中的美女！

〈完〉

亞洲之鷹

有驚人怪癖的洪保伯爵

很多人都有收集的癖好，普通的收集品是郵票、古董、真玉、昆蟲標本、貝殼、汽車等等，也有人專門收集老爺飛機的，幾乎每一種有許多分類的物品，都可以作為收集者的目標。

但是相信全世界，再也沒有比洪保伯爵收集的東西更古怪的了。洪保伯爵常自誇，他是世界上獨一無二，唯一收集這類東西的人。

洪保伯爵收集的是靈長類生物的頭骨。什麼是靈長類生物，似乎也不必多解釋了，人，在生物學上的分類就屬於靈長類，另外，各種猴子、人猿、猩猩，全是屬靈長類的生物。

洪保伯爵的收集目標，自然也包括了人的頭骨在內。

走進洪保伯爵放置他收藏品的地方，膽子小一點的人，會嚇得手腳冰冷，在一列一列的架子上，幾乎全是特製的、同樣大小的玻璃盒，盒中全是一個一個大大小小的骷髏。

不是對靈長類動物有深切研究的人，看起來每一個骷髏都是差不多的：眼睛當然沒有了，留下了兩個烏溜溜的深洞，鼻子本來的形狀是怎樣的，也不可追究了，在骷髏上留下的又是一個深洞，牙齒還頑固地生長在上下顎上，可是已沒有了掩蔽物，白森森地露在外面，似乎要對人而齜……

參觀洪保伯爵的收藏，絕不是一件令人愉快的事，在超過一千個骷髏之間轉來轉去，就算膽子再大，也會起一種噁心之感。

可是，每當有人來找他的時候，洪保伯爵就一定要拉人去參觀一下他的收藏品，他是著名的動物學家、人類學家、考古學家和醫學理論家，是世界公認的權威。他對靈長類動物頭骨之熟悉，也真叫人吃驚，在普通人眼中看來，幾乎是一模一樣的兩個猴子頭骨，他可以一下就認出，那是非洲馬達加斯加島上特有的吼猴，叫聲可以達到三公里之外，而另一個則是南印度特有的獼猴。

一般來說，在參觀猴類、猩猩類的頭骨之際，還不那麼令人慄然。

洪保伯爵有一個最大的收藏室，收藏的全是人的頭骨，有超過兩百個骷髏，陳列在架子上。

他把人種分得十分仔細，單是黃種人，他就至少可以分到八十種以上，日本北方的蝦夷族人的骷髏和關東平原上的日本人骷髏有什麼不同，一下子他就可以說出來。

甚至於中國西南部，大涼山小涼山上的彝族人，黑夷和白夷，他也分得出，雲南的旱擺夷和水擺夷，北歐的克黑特人後裔和斯堪地那維亞人的後裔，有著明顯的不同等等，聽他講各種不同的人的頭骨差異，他只怕可以講上三年五載。

尤其，當參觀者在勉強耐著性子看完他的收藏品之後，他往往會盯著參觀者的頭部看上半天。他目光銳利，炯炯有神，又配上一個相當高的鷹鉤鼻，所以給人的印象相當險鷙，給他盯著看的人，會感到極度的不自在。

有人曾玩笑地說，洪保伯爵為了得到一個他所未曾收集到的骷髏，甚至會不惜把一個活人的頭割下來，作為他的收藏品。

洪保伯爵不但收藏現存人種的骷髏，化石骷髏更是他珍藏中的珍藏。

大家都知道，化石頭骨之中，最珍貴的是公元一九二七年，中國考古學家裴文中教授所率領的考古隊在中國北京附近周口店所發現的一批化石，包括了性別不同的兩具完整的頭骨。

人類學家和考古學家定名為「北京中國猿人」，在研究人類的進化史上，有極重大的價值。

這批頭骨，在一九四一年之後下落不明，神秘失蹤，誰也不知道在什麼地方，有人出了超過五百萬美元的賞格尋找北京猿人頭骨的下落，也沒有結果。

所以，當羅開，大名鼎鼎的亞洲之鷹，在參觀洪保伯爵的收藏品，到了最後，洪保伯爵鄭而重之打開一隻櫃子，讓羅開看了兩個沒有任何說明的頭骨之際，羅開先是震動了一下，然後卻以十分輕描淡寫的語氣說：

「其實，世人早就應該料到，它們在你這裡！」

洪保伯爵「呵呵」笑著，不承認也不否認，可是神情卻得意非凡，彷彿他擁有的，是全世界最寶貝的珍寶一樣，又鄭而重之地把櫃子鎖上，然後一面和羅開向外走去，一面盯著羅開的腦袋打量。

即使是羅開這樣畢生從事冒險生活的人，被他銳利的眼光在一旁這樣盯著，也顯得十分不自在。他甚至不由自主縮了縮頭，勉強笑道：

「等我死了之後，我遺言把頭送給你好了！」

洪保伯爵居然一點也不客氣，連聲道：「多謝！多謝！」他在謝了兩聲之後，大概也感到羅開的年紀比他至少年輕二十歲，不是很有可能比他早死，所以，又現出一副失望的神情來。

亞洲之鷹羅開，是怎麼會和洪保伯爵這個有著這樣的怪癖的學者在一起的呢？

說起來，也十分有趣，自然，先得約略介紹一下洪保伯爵這個人。

他自稱是歐洲波羅的海沿岸的一個小國，立陶宛王國的王朝親貴，有著世襲的伯爵頭銜。

這個小國在第二次世界大戰之後，併入了蘇聯的版圖，王朝親貴自然也煙消雲散。

他堅持伯爵的稱謂，有一次，在一個國際性的學術會議上，有一個美國生物學家稱了他一聲「洪保博士」，他立時沉下臉來反問：

「我一共有十二個學科不同的博士頭銜，你稱我哪一個博士？還是要把我十二個博士頭銜一起稱齊了？」

當時弄得那位生物學家不知怎麼才好，所以大家都稱他為伯爵，免得他不高興。

人人都很怕得罪他的原因，倒不是因為他極富有——據說，他的上代是皇宮總管，立陶宛王國雖然小，皇室的財富還是十分可觀的，在一次變亂中，他的上代吞沒了保管的財物，在瑞士、奧地利購買了大量地產，經過許多年成了鉅富，不過那只是傳說而已，誰也不敢向他去求證。

人人尊敬他的原因，是由於他在學術上的確有驕人的成就之故。

他一直單身，沒有成婚。

聽說，有一次，有一位極美麗的女演員已經和他熱戀到談婚論嫁的階段了，他照例帶她去參觀收藏品，看到一半，那女演員已經支持不住，可是洪保伯爵還拿起一個骷髏來，和那個骷髏親了一下吻，道：

「妳可知道，這個骷髏先前是一個極美麗的女子？」

美麗的女演員當時就昏了過去，事後對人說：「他每次在吻我的時候，我知道他不是在享受溫柔，而是在想我肌肉腐爛之後，可能比現在更美麗，哪一個女人要是能和這樣的科學怪人在一起生活，那絕對是不可思議的事！」

美麗女演員拂袖而去。

洪保伯爵極其傷心，想來是看透了紅粉骷髏一線之別，所以心灰意冷，從此再也沒有奇聞傳出，年過半百，仍然單身一名。

雖然在歐洲社交界打滾的不少美女都在動他的腦筋，他既有名，又有錢，實在是世界各地掘金娘子的最佳目標，各出手段，勾引他的美女著實不少，可是洪保伯爵一概無動於衷。

其間，有一對孿生的黑髮美女，正當妙齡，明眸皓齒，男人見了罕有不著迷的，而且性技巧之高，更令接近過她們的男人永生難忘，這是高級社交界人人知道的事。

可是，這一對孿生美女向洪保伯爵進攻，發展到了在洪保伯爵的書房之中，燈光柔和，音樂悠揚，醇酒令人半醉的情形下，兩個身形樣貌看來一模一樣的美女，把她們晶瑩柔滑的胴體，在洪保伯爵的面前輕輕扭動，做了許多個令任何男人都足以血脈賁張，不克自制，誘惑性極強的姿態，可是洪保伯爵的目光卻只是在她們的頭部轉來轉去，口中不斷喃喃自語：「同卵子孿生者的頭骨，不知道是不是一模一樣的，收藏品之中，應該多注意孿生者的頭骨才好。」

那一對孿生美女結果知難而退，引為奇恥大辱，大失美女風範，破口大罵洪保伯爵是男人之中最無可救藥的性無能患者！

洪保伯爵還有一個頭銜，是國際警方的高級顧問。

這似乎很奇怪，是不是？其實一點也不，法醫學中，根據一個人的一部分骨骼，還原出這個人生前的身高體型來，根據一個人的頭骨，還原出這個人生前的容貌來，這門科學，如今已被世界各地警方普遍應用，創始人就是洪保伯爵。

國際警方給他這個頭銜，是由於世界上最好的法醫這方面的本領也不如他，在必要的時候，還得靠他幫助之故。

好了，該說說羅開是怎麼和他認識的了。

在離開了比利時之後，「天使」的美麗形象仍然縈迴在他的腦際，羅開，這個被稱為亞洲之鷹，有著鋼鐵一般堅強意志的人，在接下來的日子中，心緒上的失落和憂鬱，簡直就像是一個初戀失敗了的中學生一樣。

他什麼人都不想見，只是獨自在歐洲的一些著名的山中徜徉，常常在參天的古樹下，一躺就是半天，回味著和「天使」在一起時那種特殊的歡娛。

那天，他在日內瓦湖上，先把一艘小船駛離岸，到了湖中心，然後躺了下來，湖水汩汩地打在船身上，四面山影倒映，藍天白雲，輕風徐來。可是這世上最優美的環境，卻並不能令得他心情開朗一些。在他心神恍惚之中，像是彷彿看到美麗動人的天使，正從天際白雲之中冉冉而下，再度投進他的懷抱之中。

也就在這時候，一陣汽艇的機器聲劃破了寂靜，傳入了他的耳中，那一陣聲響打斷了他的幻想，使他感到相當不快。

等候出賣第一次的神秘女郎

羅開轉過頭，不去看噪音傳來的方向，他心中在想：真不應該在日內瓦湖泛舟，應該到西藏的騰格里湖去，在那裡，保證不會有這樣的噪音！

日內瓦湖太多人了，雖然他已儘量找了一個靜僻的所在，但還是免不了被騷擾。

正當他這樣想的時候，機器聲竟然越來越近，看來快艇是直向著他駛過來的！羅開開始警覺起來，半轉過身，他看到一艘快艇，艇首昂起，劃破湖水，潑起老高的水花，正以相當高的速度對準他駛了過來。

羅開心中悶哼了一聲，在這個世界著名、平靜美麗的湖上，這樣高速地行駛機械裝置的船隻是違法的！而且那快艇的速度是如此之高，看來簡直是向他直撞過來一樣，至少，也是一種極不友好的挑戰！

羅開在剎那之間，已經準備了好幾種應變的方法，可是，當那快艇疾馳到了離他約莫一百五十公尺時，機器聲突然停止，來勢也陡然減慢，不過由於剛才的衝力十分強勁，在慣性定律的作用下，快艇仍然無聲地向前滑來，一直滑到幾乎貼近羅開的船隻才停了下來。

羅開不由自主喝了一聲采，他喝采，不單是為了駕艇者的技術高超，計算準確，令得船隻恰好在他的旁邊停下，也為了駕艇者的本身。

駕艇者是一個十分嬌小勻稱的東方女郎，有著蜜糖一般顏色的皮膚，這種顏色的皮膚，使她的肌肉看來格外結實而富彈性。

和一般東方女郎的面型不同，她有著高而挺的鼻子和一雙明亮閃忽的眼睛。她穿著緊身的運動裝，使她均勻的身形得到適度的誇張。

快艇停了下來之後，羅開毫不客氣地凝視著她，但是卻並不開口。那女郎向他甜甜一笑，一開口，是十分流利的法語：「打擾你了。」

羅開早就估計這女郎可能是中南半島一帶的人，可能還有四分之一或者八分之一的歐洲血統，一聽得她用法語交談，雖然在瑞士，那是十分普通的事，但至少也可以證明自己的猜測不錯。

他有點懶洋洋地回答：「還好！」

那女郎十分知情識趣：「還是打擾你了，真對不起，羅先生。」

那女郎的聲音雖然動聽，可是一聽到自她口中吐出了「羅先生」這樣的字眼來，羅開還是不免陡然震動了一下。

當然，那只是他心頭上的震動，羅開有著上乘的自我控制能力，心裡再吃驚，在外表上是一點也不會顯露出來的。

而自從和「時間大神」開始鬥爭以來，羅開曾受制於一個神通廣大的「組織」，自此之後，他對於自己的行蹤十分敏感，可是在不應該有人知道他的行蹤的情形之下，那女郎又分明是特地來找他的，這自然使他震動。

他揚了揚眉：「從什麼時候起，我變成人人都認識的名人了？」

那女郎甜甜地一笑：「是我老闆告訴我的，他說可以在這個湖上找到你，兩天了，在湖上，似乎只有你一個亞洲人？」

本來，羅開已經充滿了警戒，雖然表面上看不出來，但是他可以在十分之一秒內，作出最激烈的反應來。

但這時，他一聽得那女郎這樣說，就「啊」地一聲，立時鬆弛了下來。

他知道那女郎口中的「老板」是什麼人了，三天之前，他曾在百般無聊之際，和浪子高達聯絡了一下，他的行蹤不是全無人知，浪子高達就知道，而這樣嬌俏美麗的女郎，也正適合做浪子高達的部下。

羅開一想到這一點，就道：「哦，浪子可好？」

她撇了撇嘴，作了一個看來充滿稚氣的不屑的神情：「一點也不好，他有大麻煩了！」

那女郎咬了一下下唇：「這次是真的大麻煩，你聽說過南美洲的蜂后黨？」

羅開把眼睛瞇細了一點，湖水反射著陽光，使得光線有點強烈，他那樣子，可以把眼前這俏麗的女郎，看的更真切一點，他答非所問：

「我們非要隔得那麼遠，互相提高聲音，來破壞這美麗的寧靜？」

這是十分別緻的邀請，那女郎輕笑了一下，站了起來，跨向羅開的船隻。當她跨過來之際，她的快艇側了一側，那令得她整個身子全都挨向羅開，羅開張開雙臂，把她輕輕抱住。

她的氣息有點急促，她和羅開的雙腿幾乎交疊在一起，柔滑的肌膚接觸，使羅開很樂於維持這個姿勢不動，而她顯然也沒有變換處境的意思。

於是，他們就輕輕擁著，誰也不先說話，那女郎的長髮，隨著湖風飄動，輕輕地拂在羅開的臉上和手臂上，每一絲頭髮，都像是在對羅開作無言的但是強烈的挑逗。

過了好一會，羅開才在她的唇上輕輕吻了一下，那女郎吁了一口氣，一股淡香自她口中呼出來，羅開感到心曠神怡，他順著吸了一口氣，好把那股淡淡的醉人的芳香全部吸進去，然後，他微笑著問：

「妳不是想告訴我，浪子叫蜂后黨擄去了吧？三天之前，我還和他聯絡過，他好像並沒有提及！」

那女郎低嘆了一聲：「不是他被蜂后黨擄走了，而是他主動要去找蜂后黨的麻煩！」

羅開又哈哈笑了起來。他知道，南美洲的蜂后黨是一個什麼樣的組織。

蜂后黨的首腦，一共七個人，七個美麗得使任何男人見了都會心跳加速的女人，而且，她們都承繼了巨額的財產，是南美洲好幾個國家中經濟上的強人，她們的勢力，甚至滲進了南美洲一些國家的政治和軍事組織之中。

她們聯合在一起的目的，是要證明女人比男人強，女人應該在人類一切事務之中，居於領導地位！

她們的宗旨，和「婦女解放運動」所提倡的，看起來略有類似之處，但是在行動上，她們卻是激烈的、狂野的，在她們的勢力範圍之內，男性全是俯首貼耳的奴隸！

她們每一個人，都「畜養」著許多英俊高大、壯健如牛的美男子，來供她們娛樂，羅開看過一張照片，七個「蜂后」，每個人手中都牽著一個俊男，而俊男的脖子上，像狗一樣套著項圈和鍊子。

鍊子是用純金鑄成的，項圈上鑲滿了鑽石，據說還出自著名的珠寶設計家鐵芬尼的設計！

她們自封「蜂后」，來表示她們的地位，是崇高而不可被替代的，是整個人類生命的泉源。自然，在她們的手下，也有著各種各樣持相同見解的女性，頗形成一股強大的力量。

羅開的手，貼著那女郎的玉腿向下移動著，那女郎柔順地屈起腿來，好讓羅開的手掌從大腿一直移到她纖細的腳踝上。

羅開只覺得事情很好笑，像浪子高達這樣的人，正是蜂后黨所要對付的目標，他不避開，反倒主動去找她們的麻煩，這種事，也只有浪子高達做得出來！

他用十分輕鬆的語調問：「浪子主動去挑戰蜂后？這真有熱鬧可看了！」

那女郎略有恨意地道：「讓他去給那些蜂后螫死！」

羅開有點會意，他輕輕推開了那女郎：「妳……是浪子的——」

那女郎著急了起來：「不，不，別以為全世界的女人都是他的，我是我自己，我是我自己！」

她急急分辯著，有著一種動人的稚氣的固執，當羅開用相當懷疑的眼光望著她時，她更加著急，咬著下唇：「如果你……」

下面的聲音低得聽不見，她雙頰之上也泛起了紅暈，然後，她像是很勇敢地昂起了頭來：「那你就可以得到證明！」

羅開深深吸了一口氣，對方的話，這樣強烈地在挑逗，他還未曾決定該怎麼回答，那女郎已經握住了他的手，把他的手放到了她自己的胸脯之上。

這是全然無可抗拒的邀請，羅開的手指緊了一緊，他握到的，是少女的胸，堅挺而嬌小，那女郎閉上了眼睛，微微喘著氣：

「我其實……也不是他的手下，只不過……」

她無法再講下去，她柔滑嬌小的胸脯，使羅開的手指自然而然有了更強烈的動作，那使得她喘息加劇，再也講不下去，而她的身子，也在自然地扭動，她的那種扭動，完全是自然的，沒有任何做作。

羅開在她耳際低聲道：「我相信了！」

那女郎半睜開眼來：「你……不想要我？」

羅開嘆了一聲，由衷地道：「相信妳保持到現在，不是一件容易的事，還是保留給妳愛的男人吧，我對妳來說，只不過是一個陌生人。」

那女郎直了直身子，坐了起來，她的坐姿十分美妙。她坐了起來之後，樣子像是在沉思。

然後，她搖了搖頭：「任何男人都是一樣的，我會把我自己的第一次，給一個能使我獲得大利益的人！」

羅開皺了皺眉，他看得出這女郎的年紀雖然輕，但是在眉宇之間，有著生活給予她的滄桑，尤其在這時候，她大而明亮的眼睛之中，有著淡淡的憂鬱——尤其是淡然的憂鬱，看起來也就更動人。

她停了一下之後，又道：「是的，我在等好價錢，等好價錢來出賣我最寶貴的第一次。」

羅開仍然沒有說什麼，那女郎向他望過來，直接地問：「照你看來，我還可以賣得好價錢麼？」

羅開以長嘆一聲來代替了回答。

一億美元巨大賞格

那女郎的這個問題，任何有教養的男人都不會正面回答的，羅開自然也不例外。所以，他只長嘆了一聲。

那女郎有點自嘲似地笑了一下：「我憎厭貧窮，偏偏我出身貧民窟，貧窮的生活，到現在還一直在我的噩夢之中出現，所以我——」

羅開做了一個手勢，打斷了她的話頭，他由於要說出相當殘酷的話，所以他沒有勇氣正面望著那女郎，而側過臉去：「任何人，如果立心出賣自己，總可以有買主的，不過，我並不是好買主！」

那女郎的回答，更令得羅開吃驚，她竟肯定地道：「你是——」

羅開轉回頭來，又在那女郎的臉上看到了那種帶稚氣的固執，為了使氣氛輕鬆一點，他輕輕擰了一下那女郎的臉頰，笑著：「為什麼？」

那女郎立即回答：「因為只有你可以幫我得到那筆錢！我本來想找高達，可是他說他沒有空，他要去對付蜂后黨，而他把你的行蹤告訴了我，還說，你現在的情緒，正處於……空虛和苦悶之中，我……至少可以使你獲得暫時的歡娛……雖然一切是有代價的。」

那女郎說得這樣坦率，令得羅開也覺得和她談話不必再掩飾和曲折。他攤了攤手：「詳細的情形怎麼樣？」

那女郎突然激動起來，陡然張開雙臂，把羅開緊緊地抱了一抱：「你真是君子，即使在討論我出賣自己的價錢時，也使用那麼優雅的字眼！」

羅開抱歉似地笑了一下，那女郎用懷著熱切希望的眼神望著羅開：「有兩樣東西神秘失蹤了，誰找到它們，就可以有獎金。」

羅開「唔」地一聲：「獎金一定十分可觀？」

那女郎點頭：「是，是這兩件不見了的東西價值的一半。」

羅開低嘆了一聲：「那是多少？」

他真怕那女郎的回答是他心目中一個低微的數字，那對於這樣玲瓏可愛的一個女郎實在是太褻瀆了！羅開並不是什麼道德君子，他相信每一個人都有價錢，只是價錢的高下而已。

他絕不相信那些在表面上看來，像是情操很高尚，絕不會為金錢而動搖意志的偽君子，因為他知道，越是這樣的偽君子，價錢越低！

那女郎先抿了抿嘴，然後，她動人的櫻唇之中吐出了四個字來：

「一億美元！」

羅開「啊」地一聲，喃喃地道：「一百個一百萬，美元——」他望向那女郎，會為了這個價錢而出賣自己的女人，佔全世界女人的百分之幾！剩下來的，只怕是自己早已擁有了一億美元的了！

然後，他突然想起近日來發生的一件轟動世界的大事來，一億美元，失去的兩件東西價值的一半，他已經知道那女郎所指的「兩件失去的東西」是什麼了，所以，他立時搖了搖頭：「真可惜，那兩件失去的東西，我看沒有人找得回來。」

「妳找不回，我找不回，高達找不回，木蘭花找不回，衛斯理找不回，年輕人找不回，就算把我們所有人全加起來，也找不回來！」

羅開一口氣地說著，那女郎只是怔怔地望著他，一言不發。

等到羅開講完，她才低聲道：「這樣說來，我……是賣不出去了？」

羅開陡然之間，感到自己十分卑鄙，但是儘管有了這樣的感覺，他還是非說下去不可：「我只是說，不會有人能得到那筆懸賞，並沒有說妳賣不出去。一億美元對普通人來說，自然是一個夢幻一樣的數字，但也還有人可以出得起的！」

那女郎笑了一下，笑容之中，有著相當程度的無可奈何：「問題是，我又要那筆錢，又要買主是一個能人所不能的男人。」

羅開「啊」地一聲：「英雄加金錢！」

女郎立即道：「如果是英雄，他就不必拿錢出來，自有得到東西的有關方面付款。」

羅開吸了一口氣，閉上眼睛一會，迅速地想著，他這時想到而可以肯定的一點是：眼前這個美麗嬌小的女郎當然不是如她自己所說，在等待著把她自己出賣那麼簡單！她的目的，顯然是要自己去做那件事，把那兩個失去了的東西找回來！

她是懷著這個特別的目的來找自己的！

羅開在未曾想到這一點之前，對這個年輕女郎的觀感，相當複雜，他甚至不想去證實那女郎是不是未曾有過「第一次」。

但這時，當他一想到這一點時，觀感陡然大不相同了！

她想利用自己！

羅開肯定了這一點，在這種行動之後，這個女郎極可能還有她不可告人的特殊身分！在這樣的情形下，看來她那嬌美的胴體又真的可以給自己片刻的歡娛，那似乎不必再「正人君子」下去了！

羅開的眼光盯在那女郎纖細的腰肢上，他眼光之中含有這樣明顯的目的，足以令得女性氣息急促。

那女郎急促地問：「你答應了？」

羅開笑了一下：「妳好像不是很善於進行交易，如果我說我答應了，妳會怎樣？」

女郎舔了一下唇：「隨你怎樣，你喜歡浪漫一點，就在這裡！」

她說著，不由自主把她的雙腿緊緊地夾了一下，她個子雖然嬌小，可是身體各部分的比例極其完美，所以她的雙腿仍給人以十分修長之感，而小腿的線條又是那麼美麗，當她雙腿有這樣動作的時候，自然更為誘人。

羅開心中暗嘆了一聲，這種誘人的動作，大抵不是一個未經人事的少女所能做得出來的，這年輕的女孩即使真是處女，一定也曾在性技巧、性挑逗上經過嚴格的訓練！

什麼樣的女孩才會接受這種特殊的訓練呢？她的特殊身分也幾乎可以肯定了！

羅開一面想著，一面湊過去，揉開了她的長髮，在她耳際低聲說：「如果我事後不顧而去呢？妳對待只能有一次的第一次，似乎太不小心了！」

那女郎回以十分甜膩的一笑：「不小心？你不是羅開，亞洲之鷹羅開？亞洲之鷹答應了的事會食言？」

羅開笑了起來，那女郎的話聽在耳中自然十分受用，可是羅開當然也知道，這樣的甜言密語，實際上是一個圈套：

只要自己一答應，就非勉力去做不可了！

他迅速地思索著，那女郎並不催他，只是握住了他的手，在她自己身上游移著，最後，把他的手夾在她的雙腿之間。

那令得羅開幾乎無法想下去，但他又必須在答應或拒絕之前，把整件事考慮一下，自己是不是能做得到，要是這時貿然答應下去，而又做不成功的話，那麼他，亞洲之鷹羅開，自然英名掃地。

從此之後，哪裡還會有什麼面目見人？

為了肯定他想到的那件事是不是就是女郎所指的那件事，他的右手在那女郎雙腿之間輕輕搓揉著，左手向著白雲稀疏的天上指了一指。

那女郎立時點了點頭。

羅開低嘆了一聲：就是那件事！

本來，這是不必再求證的，一定就是那件事！有什麼東西不見了，值得用一億美元的賞格去把它們找回來？

大約兩個月之前，美國太空梭在一次飛行任務之中，原定發射兩枚通訊衛星進入軌跡，這兩枚構造複雜，代表著人類現有科學的尖端結晶的衛星，每枚價值，是一億美元之鉅。可是這次發射任務卻連續失敗。

第一次發射，衛星並未進入軌跡，地面追蹤站也無法找到它的蹤跡，這已經令得舉世震驚，可是到了第二天，第二枚發射出去的衛星，也遭到了同樣下落不明的命運之際，舉世震驚的程度何止加了一倍！

兩枚通訊衛星，在計算精確，幾乎不可能有任何失誤的情形之下，就這樣在太空之中無影無蹤，像是溶化在太空之中一樣！

是不是在距離地面三百公里的太空之中，有什麼力量消滅了它們？還是在太空之中，忽然出現了太空小偷或是太空海盜，把這兩枚衛星偷走或搶走了？

那實在是無法想像的事！

羅開知道，在這兩顆衛星失蹤之後，地球上所有可用來追蹤的儀器全都發動了，想找出它們的蹤跡來，可是卻根本沒有定論！

一億美元的賞格並不是公開的，與美國敵對的蘇聯集團希望能得到它們，會出重賞；別的野心集團也想得到它們，也會出重賞，這女郎是替哪一方服務的呢？

而他，亞洲之鷹羅開，有什麼辦法可以把兩顆在太空中失了蹤的人造衛星找回來呢？雖然只要他答應，他立時可以得到如此誘人的酬勞，但他亦承認自己做不到這一點！

他又嘆了一聲，把右手自柔膩滑腴的肌膚之中輕輕抽了出來，講了一句中文：

「真對不起，是不能也，非不為也！」

那女郎櫻唇翕張，羅開不讓她講話，就道：「而且，妳根本找錯人了，浪子做不到，我也做不到。」

那女郎眨著眼，羅開又道：「在妳後面，一定有一個強大的力量在支持，對不對？這個力量本身可以做得到，立刻派太空船上去！」

那女郎低下了頭，答案是全然出乎羅開的意料之外的：

「已經派上去過了！」

來自太空深處的訊息

羅開大大震動了一下，羅開在那女郎的臉頰上輕輕拍了一下：「親愛的，我們應該一開始就說到這一點，我應該怎麼稱呼妳？我的意思是，不單要妳的名字，還要妳的身分。」

那女郎考慮了一下，就道：「卡婭少校。」

羅開吸了一口氣：「蘇聯最高情報局？」

卡婭咬著下唇，點了點頭。羅開想了一想，也點了點頭：「是，我早就應該想到是妳，最高情報局手裡的四大王牌之一。好了，肯打出妳這張王牌來，一定是有作用的，為什麼一定是我？」

卡婭的神情猶豫，她一直都不是這樣，但這時，她卻像是難以啟齒。

羅開道：「放心，我這個人的好處之一，是守口如瓶。」

卡婭低嘆了一聲：「我相信，可是別人未必相信。」

羅開一聽，也不禁懍然而驚，他完全明白卡婭這樣說的意思。那意思是：如果他知道得太多，將來，無論事情成功或不成功，他都會有大麻煩，特務機構的拿手本領之一是殺人滅口！雖然，不知經歷過多少風浪的他未必會怕，但是防不勝防起來，總不是一件愉快的事。

羅開彈了一下手指：「那，我只好拒絕了，真正拒絕的原因是，我沒有為一個勢力服務的習慣！」

卡婭欲語又止，羅開笑了起來：「如果妳願意脫離最高情報局，我倒可以有許多法子。」

卡婭閉上了眼睛片刻，輕輕地嘆著：「想出賣自己，原來也不是容易的事。」

羅開舐了一下口唇，卡婭在這樣說的時候，整個人都軟綿綿地靠著他，柔軟靈活的手指在他的胸口輕輕移動著，當羅開想變換一下姿態之際，卡婭整個嬌小的身軀就自然而然滑進了他的懷抱之中，變得和羅開緊貼在一起。

四周圍十分寂靜，清涼的湖水，在微風下泛起一層層的水紋，羅開倒真願意根本不知道卡婭的身分，和她一起在這樣美麗的環境之中，享受這一份難得的，旖旎的恬靜。

卡婭像一頭柔順的小貓一樣，伏在他的懷中，一動也不動，過了好一會，她才像是全然在自言自語一樣，道：「我們在事後派出了兩艘太空船，去尋找那兩枚失落了的人造衛星。」

羅開在卡婭開始說話的時候，一點反應也沒有，像是根本聽不到卡婭在說話一樣。但實際上，他一面在卡婭結實挺秀的胸脯上輕輕揉撫著，一面也十分用心地在捕捉著吐自卡婭誘人的唇間的每一個字。

卡婭繼續道：「不單是為了那兩枚衛星本身有價值，而是在太空之中，有什麼力量可以使得兩枚衛星失蹤？這種力量如果被某一方面掌握了的話，那麼，太空霸權就已經建立，所以，這是必須……」

卡婭的氣息有點急促，她扭動了一下身子，但是又把羅開的手緊按在自己的胸前。羅開粗大的、強有力的男人的手，在她嬌嫩的胸脯上的搓揉，令得她喉乾舌燥，連話也幾乎講不下去。

她的雙眼，看起來更是水汪汪地誘人，她低嘆了一聲，咬著下唇繼續道：「所以，事情必須查明，三次升空的太空船，都有最好的太空人，可是前兩次，什麼也沒有發現，只看到另外一艘太空船似乎也在進行同樣的搜查任務，當然，那是美國的太空船！」

羅開喃喃地道：「太空戰爭已不是小說和電影中的事，實際已在進行了！」

卡婭舐著櫻唇，看來她不知是繼續說下去好，還是全心全意享受羅開愛撫的好。

羅開其實並無意聽卡婭的敘述，他已決定，整件事和自己無關，他的想法是，卡婭既然要用她自己美麗的身體來利用自己，這時，自己在她嬌美的身軀上得回一點感官上的歡娛，也是很公平的事。

所以，他環抱著卡婭，手掌貼著柔滑的肌膚移動，緩慢而堅決，已經接近卡婭平坦結實的小腹。

卡婭的雙腿夾得極緊，連足趾也呈現著一種彎曲，她水靈靈的雙眼，像是在向羅開求饒，又像是在鼓勵羅開繼續行動。

她簡直是掙扎著才能繼續說下去：

「到第三次飛行，決定那是最後一次了，飛行仍然沒有什麼發現，可是在將要回地球時，卻收到了一組十分奇特的訊號，那組訊號全然是不明內容的，可是卻又強烈無比，當訊號被接收到的時候，太空船的一切儀器幾乎全受到了感應，連地面的控制站都以為在剎那間，整艘太空船已經完全停止了操作！」

羅開的手已經移到卡婭嬌軀中最敏感的部分，卡婭的身子不由自主地發著顫，喘息著：「不可以……你還沒有答應，不可以……不……不……」

她的聲音越來越低，到後來那幾個「不」字，細微到幾乎聽不見。

羅開心中暗嘆了一聲：世事真是難以十全十美，如果卡婭提出來的條件是他可以接受的話，這時他一定毫不猶豫地答應了。但實在那是他做不到的事，他除了放棄這個雙頰發赤，鼻尖已沁出細小汗珠，那麼嬌美動人的美女之外，還有什麼辦法？

他雖然不算是什麼君子，但是也絕不會做無賴的事，他慢慢提起了手，卡婭的小腹對他的手來說，像是有著強大無比的吸力一樣，他要用盡了氣力，還要有堅強的意志去克服那種無形的、強大的吸引力，才能使他自己的手離開卡婭的身子。

卡婭舒了一口氣，調勻了氣息，才能繼續說下去：

「強烈的訊號持續了一分鐘，當時在太空船接收儀的螢光屏上，顯示出訊號是一種頻率極高的聲波，像是來自太空某處的訊息，想通知什麼，變幻成為光波之後，同樣的波形重複了十次！」

羅開「唔」地一聲，不經意地回答：「如果是在傳遞什麼信息的話，這種情形表示，這個信息被重複了十次之多。」

卡婭點頭：「是的，當時，太空船上的電腦把訊號記錄了下來，又立時在訊號過後，把情形向地面控制站報告。控制站命令太空船盡可能搜索訊號的來源，但是探索雷達卻一點也沒有反應，竟不知那訊號是自何而來的！」

沒有了羅開雙手的忞擾，卡婭在敘述時，語調正常了許多。

羅開知道，自己聽到的，是一樁高度的太空機密，他其實並不想聽，所以在卡婭略停了一停之際，他甚至打了一個呵欠。

可是卡婭並沒有停止，她臉上那種帶著稚氣的嬌美的神情，像是在告訴羅開，聽下去，你一定會有興趣，不會後悔的！

她繼續道：「太空船回航，記錄下來的訊號被送到了電腦中心，我們的電腦中心，舉世無匹的！」

羅開笑了一下：「妳才是舉世無匹的！當然，我是指地球為世界而言！」

他這樣講著，心頭不禁黯然，如果以整個宇宙來說呢？那當然是天使，只有天使才無匹敵，可是天使……他不禁輕嘆了一聲。

卡婭甜甜一笑：「謝謝你。訊號經過了電腦的分析，三天之後才有了結果，結果實在是令人吃驚的，使用的，竟然是我國最高情報機構之中絕對秘密的密碼，由於電腦操作人員根本未曾想到這個可能性，所以直到三天之後才知道結果。」

羅開懶洋洋地道：「秘密洩露了，該有多少人被充軍到西伯利亞去？」

卡婭眨著眼，自顧自說著：「訊號被翻譯出來了，的確只是一句話而被重複了十次，那句話是——」

當卡婭說到這裡的時候，羅開恰好又打了一個呵欠。

一般來說，人在打呵欠的時候，耳鼓被一股氣流所衝擊，聽覺在一剎那會不是十分靈敏。但是，羅開還是清清楚楚聽到了卡婭的話：

「那一句話是，只有亞洲之鷹才能解開謎團。」

羅開陡然一怔，張大了的口合不攏來。

他望向卡婭，卡婭也望著他。

羅開感到肌肉僵硬，口仍然張得老大。這時候，他的樣子看來一定十分滑稽，可是他也顧不得了。

實在太意外了，他一直在聽著卡婭的敘述，可是隨便他怎麼想像，他也決計想不到，來自太空深處的神秘訊息會和他有關！

「只有亞洲之鷹才能解開謎團！」

會有這樣的訊號自太空深處發出，使用的又是蘇聯最高情報機構的絕密密碼，這實在是太不可思議了，絕無可能的事！

他並沒有呆多久，上下顎便在極度的驚愕而僵硬的情形下回復了正常，他立即爆發出了一陣大笑聲，一面笑，一面握住了卡婭的頭髮，輕輕搖著她的頭：

「親愛的，妳編故事的本事，實在太大了！」

卡婭的頭被羅開搖得擺動著，看起來，就像是她在搖頭不定一樣。

她道：「一切發生的事，全是記錄在案，不是我編出來的。我們的人，自然知道『亞洲之鷹』代表了什麼？那代表了一個人，一個極其出色，神秘的冒險家，他行蹤不定，全然不知道如何才能找到他！」

羅開定下神來，卡婭不是在說笑話，這就是她為什麼找自己的原因？

卡婭的話，立刻解釋了他心中的疑團：「於是，我們傾全力去找尋他，最後，知道他近期和浪子高達有過交往，浪子高達比較容易找，結果，幸運得很，終於知道了這頭鷹是在日內瓦湖上！」

如夢如幻的歡娛

羅開聽到這裡，苦笑了一下：「浪子出賣了我！」

卡婭垂下了眼瞼，長睫毛閃動著：「不，他見了我，相信我可以使你苦悶的情緒有所改善，所以才讓我來見你的。你剛才問為什麼要找你，現在你明白了，不是我們要找你，若不是要找兩枚人造衛星失蹤的原因，怎麼也不會想到你！」

她講到這裡，頓了一頓，才又道：「可是，來自太空的神秘信息卻清楚指點我們，只有你，才可以解開這個謎，所以我們要不惜任何代價，請你幫忙——」

她又停了一停，才把臉埋向羅開的胸膛：「而我也有了真正值得我出賣自己的機會，我……不知怎麼說，真是十分樂意……十分樂意把我自己給你！」

羅開輕輕擁住了她，這時，情況又大不相同了！

他首先想到的是：有關來自太空的訊息竟然提到了他，這件事，是不是真實的？看起來，應該是真實的，因為若不是真的，像卡婭那樣，蘇聯最高情報機構的王牌，絕不可能千方百計地找到他的！

那真是不可思議之極的怪事！

卡婭又低嘆了一聲：「並不是要你參加我們，相信你自己也有好奇心想弄清楚這件事，我……只是酬勞的一部分，你可以隨便提出別的條件來，只要你答應……只要你答應。」

羅開已經有了決定，他沉著聲，聲音聽來堅強如岩石：

「好，我答應！」

卡婭陡地抬起頭來，望定了羅開，然後，深深地吸了一口氣，像是自己在告訴自己，這一刻，她生命中十分重要的一刻，對於一個少女來說，可能是一生中最重要的一刻，終於來到了！

在那一眼之後，卡婭和羅開兩人沒有再說什麼話，在那種情形下，說話實在是多餘的，羅開也把所有要想的事全都拋開，盡情享受卡婭能給他的歡娛。

當羅開強壯的身體幾乎整個要擠進卡婭嬌小的身軀之際，卡婭先是緊緊咬著下唇，不使自己發出呼叫聲來，她蹙著眉，用含糊的呻吟聲，來表示她正在竭力承受，後來，她用力嚙咬著羅開的肩頭，在羅開的肩頭上，留下了一個小巧整齊的牙印。

當他們終於各自長長吁了一口氣而靜下來之後，羅開輕輕地抹去了卡婭眼角的淚珠，卡婭低聲道：「我不是難過，是高興！」

羅開撫摸著她嬌美的身軀，蜜色的柔膩的皮膚上留下了不少紅印，他把卡婭的手放在唇邊輕吻著，問：「我是不是很卑鄙，等不及就攫取酬勞！」

卡婭的聲音之中，充滿了由衷的激動：「不，對我來說，遲早是有這一刻的，我真高興是你！真的！」

她把臉整個埋進羅開寬闊的胸膛之中，深深地吸著氣，羅開可以感到她的心跳，甚至可以感到她全身每一個細胞都在散發著愉快、高興的氣息。

他們在湖面上，一直靜靜地躺到天色漸漸黑下來，兩人才一起坐起來，互望著，卡婭用她靈巧的手指，在漫天晚霞之下輕輕撫摸著羅開線條分明的臉，忽然又十分甜膩地笑了起來，柔聲說著：

「每一個少女都會有綺思，幻想自己的第一個男人是什麼樣的。我和普通的少女不同，我從小就接受嚴格的訓練，也清楚知道自己沒有權利選擇自己的第一個男人——」

她講到這裡，深深地吸了一口氣：「所以，我特別想得多，究竟我生命中的第一個男人是什麼樣的，就算命運安排我要給一個猩猩，我也不能抗拒——」

她一直說著，聲音聽來如夢如幻：「命運之神待我真不薄，竟然給了我一個那麼出色的男人！夢想之中的也不能更好了！」

羅開輕撫著她：「別這樣說，卡婭，謝謝妳給了我那麼大的歡樂。」

卡婭欠起身，在羅開的耳朵上輕輕咬了一下，然後，用嬌羞無限的神態說：

「我雖然曾受過訓練，但畢竟從來沒有過……實踐，就像一個背熟了『如何游泳』的書本而實際上未曾下過水的人一樣。我……相信，自此之後，我會一次比一次更令你歡娛！」

羅開被她這種近乎稚氣的「保證」逗得笑了起來，緊緊地摟著她，一直到暮色四合，他們才捨得分開，各自駕著快艇，並排地，劃破平靜的湖水，駛向岸上。

上岸之後，羅開指著不遠處的一幢精緻的白色小屋子：

「我就住在那裡，妳——」

卡婭用力緊握著羅開的手：「我先要去處理一些事，你等我。」

羅開知道，卡婭可能要向上級報告，去安排他的行程等等，想到這一方面的事，是十分掃興的，羅開只是點了點頭。

卡婭快步向前走出了幾步，跳進了停在岸邊的一輛鮮黃色的敞篷車之中，駕著汽車駛走了。

羅開在岸邊站著，燃著了一支菸，深深吸著，這時，他開始想。他首先想到的，自然是這個神秘的問題，何以在太空之上，會有提及他名號的信息發出來？

發出信息的是什麼力量——他不想到是「什麼人」，而感到是「什麼力量」，那是由於他不認為有什麼人可以在太空中做到這一點。

這個發出信息的力量，是不是就是令兩枚人造衛星失蹤的力量？為什麼只有他才能解開這個謎團？為什麼信號發給了蘇聯的太空船，而不發給同樣也在進行搜尋任務的美國太空船呢？

問題實在太多了，而幾乎沒有一個問題是可以有答案的。

不但沒有答案，連作一下設想都無從，看來只有等待事情一步步的發展，才能使這些問題逐步獲得答案。

羅開也考慮到，自己既然已答應了下來，那就會和蘇聯的太空研究機構發生一連串緊密的聯繫。也必然會登上一艘蘇聯的太空船，進入太空！

當他想到這一點時，他抬頭向天上看去，天色已迅速黑了下來，繁星和朗月已在天際出現。

他想到自己過去的冒險生涯，雖然內容多姿多采之極，但是，即使他曾在空氣稀薄的喜馬拉雅山頂中度過超過三十天，但是海拔兩萬九千公尺的高度，和三百公里外根本沒有大氣層的太空來比較，自然差了不知多少！

這將是他冒險生活的一大邁進，他會進入太空去！

而且，何以太空之中會有信息知道他這個地球人？是不是其他星球上的高級生物知道他的存在，要和他作某種程度的接觸？

這種種，都是他毅然答應卡婭的要求的原因，至於是不是能得到卡婭，對他來說，實在不是很重要的。

當時的情形，卡婭只要稍有猶豫，他便會興致索然，出乎他意料之外的是，卡婭感到命運之神安排了這樣的男人給她，使她感到了歡慰！而且，卡婭所接受的訓練顯然不是白費的，她的挑逗，使得生理正常的男人絕對無法避免自然而然的行動！

羅開回想著剛才在艇隻中的情形，心情十分輕鬆，已經有相當久沒有這樣輕鬆心情的感覺了！

（等一等！等一等，不是要說羅開怎麼會和洪保伯爵這樣的怪人在一起麼？怎麼說了那麼多，還一點沒有提及呢？）

（不要性急，事情總得從頭敘起，而且，敘及的事，每一件都是和整個故事有著千絲萬縷的關係的，都不是題外話。）

（這就說到羅開和洪保伯爵是怎麼會走在一起的了，但自然也還不是羅開就在湖邊緬想的時候，就遇上了洪保伯爵。）

羅開在暮色中，慢慢轉過身，向他在湖畔的那幢精緻的屋子走去。

能在瑞士日內瓦湖畔擁有別墅的，自然全是世界各地的豪富和非凡的人物，羅開的習慣是在世界各地都有自己的屋子，他不喜歡住在人家的屋子之中，照他自己的說法是：我既然被人稱為亞洲之鷹，鷹總是有自己的巢的！

他走出了沒有多遠，就聽得身後傳來一下又一下的「托托」聲，一時之間，很難設想那是什麼聲響，聽起來很有規律，而且聲響在移動著。

羅開這時走得相當慢，那在向前移動的「托托」聲，很快就接近了他。

羅開略讓開了一些，就看見了一個裝有木腳的獨腳人正向前走來。

看到這樣的獨腳人，羅開真有時光倒流之感。現代的義肢製造和使用已到了幾可亂真的地步，那裡還會有人使用這種古老的木腳？那只有在「金銀島」之類的小說電影中，才可以看到有這樣的木頭獨腳人！

羅開打量了一下那個人，那人看來六十上下年紀，而且顯然生活極度潦倒，長衫破爛。在這一區中，竟見到這樣的人，也是罕見的現象。

羅開已經決定，如果那獨腳流浪漢向他開口求助的話，他一定要幫助那獨腳人一下。

果然，那獨腳人來到了羅開的面前，停了下來，有點難以啟齒地道：「先生，你可以幫我一個忙嗎？」

羅開揚了揚眉，那獨腳人指著一幢相當大的房子，又揚了揚手，這時，羅開才注意到，他的手中，提著一隻方形的木盒子。

獨腳人指的那幢房子，離羅開的房子不是很遠，不過羅開和鄰居並無往來，他也不知道那屋子裡住的是什麼人，而獨腳人還未曾開口講話，他自然不知道他要求幫些什麼忙。

那獨腳人的神情看來相當詭祕，又想了片刻，幾番欲言又止。

重金購買骷髏頭

羅開看到獨腳人這樣的神氣，忍不住嘆了一口氣：「朋友，看來你可供浪費的時間不會太多，有什麼話，請儘快說吧！」

那獨腳人這才十分不好意思，又指了那屋子一下：「我有點東西，要賣給那屋子的主人，但是……我這樣子，屋子的司閽不會讓我接近，先生，你是不是能幫我……去一下？」

羅開笑了起來，搖著頭：「什麼東西，賣給我吧！」他一面說，一面指了指對方手中的木盒。

獨腳漢搖頭：「先生，你對這東西是不會有興趣的，只有洪保伯爵這樣的怪人才會有興趣。」

一聽到了「洪保伯爵」，羅開就「啊」地一聲。

像羅開這樣出眾的人物，記憶過人，腦中所儲存的記憶自然也驚人豐富，也就是說，必須要有豐富的知識，才能適應他的冒險生涯！他當時記起洪保伯爵是何許人，也知道只有洪保伯爵感興趣的是什麼東西：動物之中，靈長類動物，包括人類在內的頭骨！

羅開不想和這一個看來像是流浪漢一樣的人多糾纏下去，他自然不會答應對方的要求，拿一個不知道是什麼猴子的頭蓋骨，去向一個自己從來不認識，而且又明顯有著古怪脾氣的人去兜售。

所以他採取了最簡單的辦法，道：「你可以先賣給我，等我有機會的時候再轉售給他！」

那獨腳人想了一想：「也好！」他一面說著，一面把手中的那隻方木盒舉了起來，神情像是很不捨得，同時道：「洪保伯爵會願意花一萬瑞士法郎購買它，你付我八千好了！」

羅開怔了一怔，八千或一萬瑞士法郎，對他來說，自然是微不足道的數目，可是在他打算至多只花上一百法郎的時候，陡然聽到了這樣的一個數字，自然不免愕然：「八千？你那木盒中是什麼東西的頭骨？」

那獨腳漢道：「一個人的頭骨。」

羅開已準備轉身走開去，這個獨腳人的神經可能有問題，他何必在這種人身上浪費時間？一個人的骷髏值一萬瑞士法郎，那是難以設想的事，他便作了一個手勢，已經轉過身去。

可是那獨腳人的動作卻十分敏捷，一下子來到他的身前，急急地道：「先生，這不是普通的骷髏，絕不是。」

羅開看他那種焦切的樣子，也只好停下來盯著他，那獨腳人一面說，一面已經把那隻方形木盒的蓋子打了開來，向著羅開。

羅開就著湖邊路燈的燈光向盒子中看去，那外表十分殘舊簡陋的木盒子中，居然有著白色緞子的襯裡，看起來還鑾華貴。

在白緞子襯墊上，是一個骷髏，毫無疑問，那是人的骷髏，任何人，就算未曾真見過人骷髏的，也必然見過模型或圖片，何況是羅開，自然一看就可以認出來，但羅開卻一點也看不出那骷髏有什麼特異之處。

羅開悶哼了一聲，獨腳人神情十分失望：「你看不出來，是不是？先生，因為你不是專家。洪保伯爵一看就可以知道它的特別之處的，我想，一萬法郎是他的最低出價，如果你能幹一些，他會出更多——」

對於喋喋不休，羅開一直不耐煩，這時他一揮手：

「那你就自己去賣給他吧！」

獨腳漢呆了一呆，長嘆了一聲，合上盒蓋，雙手抱著木盒，靠著電燈柱慢慢坐了下來。羅開走開了幾步，回頭向他看了一眼。

人生，有時就是這樣的，剎那間的一個無意識的動作，或是剎那之間的一個念頭全然是不經意的，在當時看來，只是小之又小的一樁小事，但是卻有可能因之引發一件大事，有時，引發的大事，甚至可以影響一個人的一生！

羅開這時的情形就是那樣，若他是一直向前走去，根本不回頭看那人一眼，自然以後的事情也就不會發生。可是他卻回頭看了一下，當時，那全然是一個不經意的小動作，也沒有什麼目的。

他看到，那獨腳人坐著，把下頷抵在那個方木盒上，臉上現出一種極其愁苦的神情來，那種深切之極的愁苦，簡直非任何字眼所能形容，令得一看到這種神情的人都不免為之震慄，心中不期而然地想：「這個人究竟為什麼那樣愁苦？」

羅開並不是一個慈善家，他主張任何人都應該用自己的努力而取得代價，不主張無條件地去幫助別人。可是這一剎間，他想到：不過是八千瑞士法郎而已，就讓這滿面愁苦的流浪漢快樂一下，又有何不可？

所以，他轉身走向燈柱，取出支票簿來，簽了一張面額八千法郎支票，一句話也沒有說，交到了獨腳人手裡。

獨腳人掙扎著站了起來，把木盒交給了羅開，口中喃喃地道：「先生，你不知道，這……實在是無價之寶，真正的無價之寶！」

羅開接了過來，照他的意思，真想立時將之扔掉算數，但是他又怕會增添當地警方的麻煩，所以他把那方盒子夾在脅下，快步走了開去。

回到了他湖畔的那小屋子中，他把方盒子順手扔進了樓梯下的雜物間，絕沒有打算再去多看它一眼。

他那幢小屋子中，有著可以想像到的一切現代化設備，上了樓，他先給自己斟了一杯醇酒，慢慢呷著，卡婭一定會盡快趕來——

當他才想到卡婭很快會來時，已經聽到汽車停在屋子門口的聲音，羅開吸了一口氣，按下了一個遙控器的按鈕，大門自動打開，他已經準備好，先和卡婭一起享受熱水按摩浴。

然後……

他聽到了腳步聲，雖然在屋子中到處都鋪著厚厚的地氈，但是有人走動，還是可以聽到腳步聲的，尤其是像羅開這樣，在各方面的感覺都極其敏銳的人。他一聽到腳步聲，就陡然怔了一怔：走進屋子來的人，不是卡婭！

身形嬌小玲瓏的卡婭，不會有這樣的腳步聲！不是卡婭，來的是什麼人呢？羅開才站起來，他不必再猜測了，因為一個動聽的聲音已傳了過來：

「鷹！」

羅開吸了一口氣，黛娜！

黛娜和他的關係是那麼親密，自然知道他的行蹤，他剛應了一聲，黛娜已出現在門口。

身形高大，金色短髮的黛娜，有一種逼人而來的艷麗，她顯然刻意地裝飾過自己，重新流行的短裙，把她的美腿修長豐潤，表現無遺，她用舞蹈家似的步伐，輕盈地走了過來。

當她來到羅開身前的時候，深深地吸了一口氣，胸脯挺聳，口唇半開，羅開立時輕摟著她，灼熱的唇交貼在一起。

那是分別了好久之後的戀人才有的長吻，黛娜的雙頰紅得像是鮮血要從她白嫩的肌膚之中滲出來一樣，嬌艷欲滴，羅開並沒有緊貼著她的臉頰，但是也可以感到自她臉頰上透出來的那股熱力。

當長吻結束之後，黛娜喘息著叫著：

「鷹！鷹！我真的……不能再等了！」

羅開深深地吸了一口氣，他絕沒有理由讓黛娜再等多一秒鐘的！

可是，卡婭若是在這時候來了，那怎麼辦？

自然，卡婭和黛娜都不是普通的女人，不見得會爭風吃醋，事實上，羅開這時想到卡婭要來，也不是為了這一點。

他所想到的是，黛娜是北大西洋公約組織的高級情報人員，而卡婭卻是蘇聯最高情報機構的特務，這兩個人，代表著世界上水火不能相容的兩大勢力！

這兩個人就算從來未曾見過面，也必然在相互見到對方第一眼之後就可以知道對方的身分！

羅開隱隱感到，自己這幢小房子有可能成為第三次世界大戰的戰場！

黛娜的身子緊靠著他，羅開摟住了她的腰，把手中的半杯酒用嘴度給了黛娜，酒精一加入血液之中，黛娜的身子更熱，她甚至已扯開了自己和羅開的衣服。

當她豐滿的雙乳彈跳著，緊貼住羅開的胸口之際，羅開也感到了被她壓擠得要炸開來一樣！

然後，一切全是那麼狂野和原始，只有羅開這樣的男人和黛娜這樣的女人在一起，才能有那樣的狂野和原始，雙方都要有過人強健的體魄和無窮無盡的精力。

黛娜短髮聳動著，毫無掩飾地用聲音來表示她所感受到的極度歡娛，羅開給黛娜嬌軀的挑逗而變得粗野，他們全然不去想任何事，只是完全沉浸在人類與生俱來的肉體的歡樂之中。

他們的身子漸漸為汗水所濕，到了後來，汗水甚至令得他們的視線模糊，終於，在黛娜蝕人心魄的嬌呼聲中，地球像是陡然炸開了一樣，雙方的手指都深陷進對方的肌肉之中，兩個人一起顫抖著，汗水在顫抖間四下散了開去。

接著，便是極度的靜，靜得他們都同時聽到兩個人的心跳聲。

很久，黛娜才長長地吁了口氣，挪動了一下身子，向並沒有關上門的房門指了一指，嬌羞無限地道：「我真是太想……你了，不但房門沒有關，連屋子的大門也沒有關就衝進來了，要是剛才有人進來——。」

羅開也吁了一口氣：「要是剛才有人進來，他就會看到男女之間的歡娛是應該怎樣的！」

黛娜半仰起了頭，瑩白如玉的胸脯展現在羅開的眼前，汗珠像是白玉盤上承受著露珠一樣，令人目眩神馳。

羅開一面吮吸著充滿了體香的汗珠，一面心中在想：卡婭是不是來過了呢？他無法肯定，因為在那段時間之中，除了他和黛娜之外，發生了任何事，他都無法知道的。

羅開撒了一個謊

羅開和黛娜相擁著進了浴室，在巨大的浴缸之中，他們仍然緊擁在一起。

羅開仍然在想：卡婭來過了沒有！

不論如何，能夠使卡婭和黛娜不要見面，就不要令她們見面。

黛娜騰出手來，把噴泉式的水珠灑向她晶瑩動人的胴體，在水聲之中，她道：

「鷹，明天一早跟我到總部去，有極重要的事。」

羅開呆了一呆。

黛娜用這樣的語氣向他說話，那令得他十分不習慣。

他「亞洲之鷹」的稱號，多半是由於他獨來獨往，不受拘束的不羈性格而來的。

他不習慣接受任何指令，也不習慣去聽從什麼人的指示。

這就是當時間大神控制了美國國防部的大電腦之後形成的那個組織曾一度控制他，使他感到必須盡一切力量去與之對抗的原因。

雖然黛娜這時的姿態是那樣動人，自水聲中傳出來的聲音也是那麼好聽，可是黛娜的話，卻觸及了他性格之中最易引起敏感的那一面。

當下他用手撥著水，沒有立時回答。

黛娜顯然沒有覺察到羅開對她的話已經有了輕度的反感，反而使羅開的反感加深，她上身向後略仰，讓水花濺向她挺秀白膩的胸脯：「水銀將軍有重要的事要見你。」

羅開雖欣賞著黛娜那撩人的姿態，一面卻嘆了一聲：「我不知道我什麼時候起成了北大西洋公約組織情報機構的僱員？」

黛娜低下頭來，水珠順著她的臉向下滴，她笑了起來：「對不起，鷹，我不是這個意思，我是說，有一件重要的事情，很想聽聽你的意見！」

羅開在她俯身下來之際，手背在她的雙乳上輕撫著：「要是我說沒有興趣呢？」

黛娜笑得更甜：「鷹，你不會的！」

羅開的回答來得相當認真：「我會！」

黛娜呆了一呆，在浴缸中坐了下來，緊貼著羅開，膩聲道：「如果是我的請求，你也拒絕？」

羅開閉上了眼睛一會，黛娜已經湊過來，用她的舌頭在羅開身上輕輕舐著，羅開一面撫摸著她：「我不能立即給妳答覆！」

黛娜又輕微地震動了一下，停止了她的挑逗，把額前的頭髮撥開一邊，然後，凝視著羅開：「有一些我不知道的事發生了，是不是？」

羅開一點反應也沒有，黛娜勉強笑了一下：「還是為了天使？謝謝你把你和天使之間的事全告訴了我，可是天使已經不存在了！」

羅開伸出手指在黛娜的鼻尖上按了一下：「親愛的，當妳想要一個男人的歡心時，千萬別問任何問題，任何問題都會只有破壞，沒有建樹！」

黛娜深深吸了一口氣，由於她和羅開貼得很近，羅開立時感到了她胸脯的壓迫，黛娜果然沒有再問什麼，只是道：「我何時可以得到答案？」

羅開側著頭：「明天，好不好？」

黛娜抱住了他，點著頭，噴泉式的水一直灑向他們的身體，黛娜移動了一下位置，可是羅開卻托起了她的下頷來：「我還有一個約會。」

黛娜的臉頰靠在羅開的胸口，有點幽幽地說：「我知道你不喜歡別人干涉你的任何行動，可是有一件事，我一定要說。」

羅開「嗯」了一聲，黛娜道：「據我所知，蘇聯高級情報局有一個十分厲害的特務到了瑞士，目標可能是接近你！」

羅開心中「啊」地一聲，暗忖：妳的警告已經來得太遲了！那個十分厲害的蘇聯特務，非但已經接近，而且是那樣的「接近」！

黛娜低嘆了一聲：「尤其，當這個特務向你提出什麼要求的話，我求你不要答應。」

羅開心想：遲了，昨天晚上如果黛娜這樣說，那麼他就一定會拒絕卡婭。可是現在，實在已經太遲了！他不但已經答應了卡婭，而且，什麼事都沒有做，就已收受了卡婭的「報酬」！

在如今這樣的情形下，他絕對沒有法子再反悔的！

他沒再說什麼，只是心中想著，一面輕撫著黛娜，待黛娜又望向他時，他才給了黛娜答覆：「沒有人可以要我做什麼，除非是我自願的。」

黛娜有點不放心地笑了笑：「你的約會——」

羅開道：「就在十五分鐘之後，妳再也想不到，我和人種學家洪保伯爵有約，有人託我賣一個人頭骷髏給他。」

羅開撒了謊。

他不是隨意撒謊的人，可是這時，他卻撒了謊。他根本沒有和洪保伯爵有什麼約會，連他自己也不明白何以撒謊。他只知道，自己意識之中不想黛娜和卡婭見面，那就必須使黛娜離去，或者，自己離開黛娜。

然而，單是為了這一點，他不想和黛娜多敘一會，還是另外有別的原因？這連羅開自己也不是十分明白。

既然連他自己也無法確定究竟想怎樣，所以他只好隨口撒了一個謊。

羅開，亞洲之鷹，雖然一直以果斷、勇敢、堅決馳名，可是任何人，在男女情戀的糾纏方面，天性總是脆弱的，亞洲之鷹遇上了情絲牽結的事，在本質上和一個普通人不會有太大的分別，這是人的天性，好像沒有什麼人可以違拗這種天性的。

黛娜的神態看來很自然：「啊，是的，聽說這位有怪癖的學者，他的收藏品全放在日內瓦湖畔，他的那幢大屋子之中。」

羅開點了點頭，黛娜道：「你去赴約，我在這裡等你，等你回來……！」

黛娜的語音有點含糊，可是她話裡的意思，羅開自然明白，他略想了一想，想不出任何理由可以使黛娜改變她的決定，他只好希望卡婭如果來的話，有足夠的機靈，可以知道他不在屋子之中，所以，他輕輕推開了黛娜，跨出了浴缸。

十分鐘後，他已經衣著整齊，脅下夾著那個方木盒，在和披著浴袍的黛娜熱吻之後，駕著車，向距離並不是太遠的那幢大屋子駛去。

他沒有留下什麼信息給卡婭，卡婭如果來了，也只好讓應發生的事發生吧！

他一面駕著車，一面想著，而就在他的車子轉了一個彎之際，一輛鮮黃色的敞蓬車自前面的橫街中駛了出來，阻住了他的去路，嬌小的卡婭駕著車，轉過頭來，向他笑著。

羅開停了車，向卡婭作了一個手勢，然後，兩輛車一起駛進了橫街，停了下來。

車一停，卡婭便靈活地跳下了車，一下子鑽進了羅開的車子，在羅開的身邊坐了下來，向羅開作了一個鬼臉，在她嬌俏而又帶有稚氣的臉上現出這種神情，可以使看到的人感到心曠神怡。

她在作了一個鬼臉之後，立時道：「烈性炸藥，真是烈性炸藥！」

「烈性炸藥」是黛娜的外號。羅開一聽得她這樣講，就知道她已經去過自己的那幢屋子了！

他只好笑了笑，卡婭把頭仰靠在羅開的肩上：「什麼門都沒有關，我還以為你是在歡迎我——」

她說到這裡，略頓了一頓，才又佻皮地望了羅開一眼：「看了你們……才知道我以前所受的訓練，簡直不算是什麼——」

她的聲音越來越低：「鷹，你可不能……這樣狂暴地對我……我真的……我想我真的會受不了！」

卡婭的話，充滿了一個嬌弱女性的心聲。

羅開明知她的身分，但作為男性的本能，他還是為卡婭的話而感動，輕輕地握住了她柔軟的手。

卡婭十分滿足地吁了一口氣：「很感謝你還記得出來看我，已經安排好了，明天中午，你到巴黎機場，會有人和你聯絡。」

羅開搖著頭：「我不喜歡在預定的時間，預定的地點出現。」

卡婭「哦」地一聲：「對不起，我忽略了這一點，那……那怎麼辦呢？」

她用水靈靈的大眼睛望定了羅開，一副焦急得不知如何才好的樣子。

羅開心中暗嘆了一聲，這個嬌小美麗，那樣善解人意，溫柔得令人心醉的小美人，實在可以成為一個理想的小妻子的！雖然這一切，都可能只是她受過嚴格訓練之後的偽裝，全是假的，但是假面目如果一直不揭穿，又和真的有什麼分別呢？

羅開輕拍著她的臉頰：「我想，一次太空旅行是避免不了的？」

卡婭咬著下唇，點點頭。

羅開道：「那麼，告訴我起飛基地的地點，我自己會去，不能限我時日。」

卡婭深深吸了一口氣：「那是在中亞細亞——」

羅開笑著：「我的外號是什麼？我熟悉亞洲的每一處地方，一定能找得到的。」

卡婭輕摟著羅開，在羅開的耳際，用極低的，但是極清晰的聲音，說出了一個地名來。然後，又挑戰地望著羅開：「你一在那地方附近出現，我們一定可以立刻發現你。盡快來！」

羅開笑了笑，沒有替自己爭辯什麼，他自然知道卡婭的意思。

骷髏果然異特

卡婭告訴他的那個地名，羅開略想了一想，就知道那是蘇聯的土庫曼共和國中部的一個小地方。

這種小地方，在地圖上也不容易找得到，但既然被用來作為一個太空基地，只怕當地原來的居民早已被遷走，而在那地方的，自然會是和太空基地有關的人員，而且，一定駐軍密佈，戒備森嚴，任何陌生人只要一闖進了警戒的範圍之內，自然立即被發現！

羅開並不需要在這時為自己爭辯，因為他決定儘快前去，到時，他想，自己的表現一定可以使得蘇聯人大吃一驚！

卡婭在說了「盡快來」之後，雙手捧住了羅開的臉，在羅開的唇上迅速地印了一個吻。

她的動作是如此敏捷靈活，當她一吻之後，羅開一伸手，想把她緊摟在懷中，可是卡婭卻已經在那一剎間推開車門，出了車外。

這不禁令羅開大感意外。

他立時覺得，卡婭的外貌看來那樣討人喜歡，甚至自然流露出一股惹人憐愛的稚氣，這很容易使人低估她的能力，連他也低估了她！

羅開雖然不是一定要阻止卡婭離去，只是輕輕一摟，但是他，亞洲之鷹羅開，是受過多麼嚴格武術訓練的一個人，動作之快，當真是出手如風，可是卡婭的動作更快得不可思議，竟然會叫他摟了一個空！

如果剛才的行動不是打情罵俏，而是敵對行動的話，那麼，羅開的這下失手就可能鑄成大錯！

卡婭到了車外，輕推上羅開的車門，又作了一個鬼臉：「快回去吧，有人在等你！」接著，她就輕盈得像小鳥一樣，跳上了她自己的車子，一面向羅開揮著手，一面已駕車疾駛而去，轉眼之間就看不見了！

在卡婭離去之後，羅開仍呆呆地在車中坐了兩分鐘。

在那兩分鐘之中，他的思緒十分紊亂，一種他有生以來從來也未曾有過的感覺，自他心底升起，那種感覺，和他與黛娜在一起時不同，甚至也和他與天使在一起時不同。

自然，那還是一種男性對異性的感覺，可是羅開卻感到，新的感受之中，有一股捕捉不到的迷惘，外型那麼嬌小，甚至給人以楚楚可憐之感的卡婭，究竟在她的嬌軀之內能有多少難以估計的力量？

那肯定是有的，可是在湖面上，在快艇中，她又是那樣嬌弱，那樣不勝，這一切，難道也全是偽裝出來的?!

他嘆了一口氣，只好承認，不論是高估還是低估了卡婭，至少，自己對她知道得太少！

這個嬌俏的小美人，簡直整個人就是一團謎，一團有著巨大吸引力，可愛的大謎團，引得人要把它一層一層去剝開它！

羅開想了兩分鐘，答應了的事，是一定要做的，問題是做了以後呢？以後，他和卡婭還會維持著什麼樣的關係？

單是這樣想想，也相當有趣，一個蘇聯高級情報機構的高級特務竟會有這樣惹人憐愛，叫人見了就不期而然想挺身去保護她的外形，雖然明知她本身自衛能力可能在全世界屈指可數，是全世界厲害人物的十名之內！

單從剛才她離開車子的身手來說，若說她未曾受過東方武術的嚴格薰陶，那就是難以想像的事！

羅開知道，自己內心深處產生了對卡婭的極度興趣，這種對待異性的態度，他以前從來也未曾有過，即使對天使也未曾有過，他對天使是迷戀，但現在對卡婭，只想要去了解她，去深入她的內心世界！

羅開無法解釋自己何以會如此，他也知道，那根本不需要解釋，只要知道，確然已有這樣的情形發生，那就夠了！

他在離開的時候，曾告訴黛娜，是到洪保伯爵那裡去的，甚至將那個骷髏也帶了出來，但那只不過是為了證明給黛娜看而已。

他當然不會真的去，而這時回去又嫌早，所以，他想了一會之後，就離開了車子，準備在寂靜的夜色之中，作沒有目的的漫步。

他才離開車子，只走了幾步，就發現在街角處有人在注視著他，那人距離他大約有十公尺，對普通人來說，在十公尺這樣的距離之外給人注視，是不容易感覺得到的，但是羅開的感覺卻相當敏銳，他可以毫無疑問地感覺出來有人在注視他。

他也去注意那個人，一時之間，倒猜不透那人的身分，那人身形高而瘦削，衣著十分得體，握著一根手杖，但是看來他並不需要依靠手杖才能走路，手杖尖並不著地，只是在他的手中搖著。

雖然街燈的光線不是很明亮，但是那人的雙眼看來仍然炯炯有神。羅開心中在想：那是什麼人？是黛娜的手下，還是卡婭的手下？

不過，他又立時否定了這個想法，因為一個特務若以這樣態度去注意目標的話，那未免太不夠資格了！

他和那人互望了約有一分鐘，那人忽然向他走了過來，雙眼一直直視著他，而且，羅開注意到，那人的視線一直停留在他的頭部。

當那人來到他近前的時候，羅開笑了起來，因為陡然之間，他已明白那人是什麼人了！試想，還會有什麼人對一個陌生人的頭部這樣有興趣的？

這個人，自然是洪保伯爵了！

那人來到羅開的面前站定，還沒有開口，羅開已經笑著道：「對不起，我的頭還長在我的脖子上，很難成為閣下的收藏品，伯爵！」

那人怔了一怔，笑道：「我不知道自己那麼出名，請原諒我對你的注視，從尊駕的頭骨結構來看，你出身於一個高山民族？」

羅開不禁由衷地佩服：「可以說是，我是半個西藏人，祖先長期在海拔三千公尺以上的高山生活！」

洪保伯爵仍然盯著羅開的頭，自言自語地道：「嗯，亞洲高山生活的人和南美洲阿爾卑斯山脈上的高山人頭骨結構相類似，但是和歐洲的高山居住者不同，可能是由於亞洲和南美洲的高山空氣更加稀薄的緣故！」

羅開本來是不準備去見洪保伯爵的，可是既然巧遇了，他也順口提了一下：「有一個人要向你兜售一個骷髏，他說你一定有興趣。」

一聽到羅開提及了骷髏，洪保伯爵立時眼中射出異樣的光芒來，神情一如虛榮的女人聽到了金錢一樣，連聲問：「什麼骷髏，在哪裡？」

羅開伸手向自己的車子指了一指，同時走了過去，洪保伯爵連忙跟在後面，羅開俯身，自車中把那個木盒拿了出來，放在車頭上，洪保伯爵迫不及待地過去，把盒子打了開來。

羅開已經知道盒子中放著一個骷髏，看起來一點沒有什麼特異之處，所以也未曾期望洪保伯爵會有什麼特異的反應。

可是，當盒子一被打開，洪保伯爵的視線和骷髏接觸之際，他的反應強烈之極，那情形，就像是珠寶商看到了「希望之星」，集郵者看到了「圭亞那紅一分」，貝殼搜集者看到了「貝氏翁戎螺」一般，那是一種極度入迷，完全不能控制興奮情緒的神情！

由於洪保伯爵的反應如此強烈，而羅開又確知他真是這方面的專家，所以他心中立時想：這骷髏難道真的有什麼特異之處？

當他這樣想之際，他又多看了那骷髏兩眼，可是一樣看不出什麼特別來！

過了好一會，洪保伯爵才吁地吸了一口氣，合上了盒蓋，把手按在盒蓋上，停了一停，抬起頭來連聲道：「你這人，你這人，本來就準備來找我的！」

羅開搖頭：「你錯了，我沒有這個意思。」

洪保伯爵呆了一呆，然後露出狡猾的笑容來：「算了，你只管開價好了！」

羅開知道他誤會了，以為自己表示不想見他，是在趁機抬高價錢，所以他立時道：「我不開價——」

洪保伯爵陡然一怔，剎那之間，現出了極度失望，而且大有不知所措的神情來，像是遭到了什麼極大的打擊一樣，羅開不禁好奇心大作：這骷髏必有異於尋常之處，不然洪保伯爵不會有這樣的神態！

他略停了一停，作了一個手勢：「你要，只要答應我一件事，它就屬於你的。」

洪保伯爵張大了口，喘著氣：「除了不能拿我的頭來換之外，什麼都可以！」

羅開「哈哈」大笑：

「哪有這麼嚴重，我只想你告訴我，這骷髏有什麼特別之處！」

洪保伯爵現出幾乎不可信的神色來，呆了足有半分鐘，才陡然一下子把木盒子緊緊捧在胸口，大聲道：

「我一定會告訴你的，一起到我住所去，我一定會告訴你！」

羅開當時只是好奇心起，想知道那骷髏有什麼特別之處，照他的想法是，那多半只是人種學上的價值和特異而已，絕未想到，以後事態的發展和他所料的完全不同！

這時，他反正沒有什麼重要的事，而且，能和洪保伯爵這樣的學者進一步認識，是十分愉快的事，所以羅開請他上車。

一路上，洪保伯爵一直把木盒子緊抱在懷中，抿著嘴，神情十分緊張。

羅開自己報了姓名，自我介紹，他才道：「羅先生，請別見怪我暫時不說，因為我在想應該如何說才好！」

羅開心中有點疑惑：難道這骷髏的特異之處，甚至不是三言兩語可以講得完的？

那更要聽一聽了！

他們到了洪保伯爵的那所大房子，一進去，洪保伯爵就引著羅開去參觀他的收藏品，一直到看到了世間都認為早已失了蹤的北京猿人的頭骨。

在帶引羅開參觀他的收藏品時，洪保一直抱著那隻木盒子，等到羅開第八次禮貌地暗示他不能再耽擱時間了，洪保伯爵才把他帶進了書房之中。

三個怪人頭

洪保伯爵的書房寬闊無比，是一個典型的大學者的書房，他和羅開對面坐下，把木盒子放在几上，打開，把盒中的骷髏捧了出來，再合上盒蓋，而把骷髏放在木盒子之上。

然後，他向羅開望來：「一般人看起來，骷髏就是骷髏，你可知道整個人頭骨，有一個正式的名稱？」

羅開笑了一下：「顱骨。」

洪保伯爵大為高興：「你能講出顱骨內組織部分的單一名稱嗎？」

羅開又笑了起來，這種普通常識，自然難不倒他，他指著那骷髏：

「顱骨、頂骨、枕骨和顳骨，合稱頭蓋骨，也稱顱腔，那是容納腦部的，然後是鼻骨，上頜骨、下頜骨、顴骨——」

洪保呵呵大笑了起來，他的神情十分高興：「我知道你能講出來的，可是，你知道不知道，整個顱骨有什麼特點？」

羅開反問：「你是指哪一點而言？」

洪保道：「指它們和其他骨骼與骨骼之間的關係。」

羅開有點不耐煩，因為到這時候為止，洪保還沒有講出那骷髏有什麼怪異之處來，但是他還是勉強耐著性子，和洪保繼續討論下去：

「整個顱骨，除了下頜骨和舌骨，因為需要咀嚼、說話的用途，是可以活動的之外，其他部分都緊密結合在一起！」

洪保吸了一氣，「是，其餘各部分的結合是如此緊密，以致人類歷史上第一次把它們分開來，是利用了種籽發芽的力量才獲得成功的！」

羅開剛想問：這個骷髏究竟有什麼特別之際，洪保已陡然吸了一口氣，彷彿歷史上最重要的一刻已經來到了一樣，他一手扶住了那骷髏的頭蓋骨，一手向上一提，就把頭蓋骨提了起來，現出了顱腔，當然，骨頭還存在，腦子早已沒有了。

然後，他一件一件，把那骷髏拆了開來放好。

羅開看了這等情形，心中更是疑惑：「哦，原來這不是真的骷髏，只是一個模型，教學用的？」

只有模型，才可以輕而易舉一件一件拆開來，方便教學之用，真正的骷髏，由於骨與骨之間結合得十分緊密，要分開它們，絕不是容易的事，所以羅開才會有這樣的想法。

洪保伯爵的雙眼閃耀著極其興奮的光芒來：

「這就是這個骷髏的特異之處，它不是模型，而是真正的骷髏，這個人，在生時，由於顱骨組織的奇特，許多部分是可以活動的，他可以動他的鼻子、耳朵，甚至於可以使頭變得大，我甚至相信，他可以三百六十度轉動頭部——」

洪保不斷說著，羅開越聽越是訝異：「那是什麼樣的人？根本沒有這樣的人！」

洪保吸了一口氣：「應該說，地球上沒有這樣的人！」

羅開一時之間幾乎不能相信自己的耳朵，他指著那些頭骨——這時，洪保正把頭骨又湊了起來——道：「你是說，這……是一個外星人的骷髏？」

洪保呵呵笑著：「我有這樣說嗎？在沒有肯定之前，我是不會這樣說的，我只是假設有這個可能，因為它的外形看來雖然和地球人的顱骨一樣，但是結構卻有著根本上的不同。這種結構的顱骨，使這個人頭部的靈活性強大到了使人吃驚的地步，能進行許多地球人所不能進行的活動，這是進化過程中的超越，所以，可以假定那是一個外星人的骷髏。」

羅開呆了半晌，他又想起「天使」來，天使是來自外星的高級生物，「時間大神」也是，可是他們的形體，和地球上的人類有著天南地北的差異，可以說沒有一點點相類之處！

他喃喃地道：「我還以為外星人和地球人在外形上是完全不同的！」

洪保揚了揚手：「可以截然不同，也可以完全相同，不過這具骷髏看起來和地球人的相同，實際上，由於結構不同，和它靈活性的需要，這個人在世的時候，他的五官、皮膚、肌肉必然和普通的地球人大大不相同。」

羅開「嗯」地一聲：「是的，我幾乎忘了，閣下是根據骨骼來還原人生前面貌法的始創者了！那麼，照你看來，這個人的生前，應該是怎樣的呢？」

洪保現出十分狡猾的笑容來：「本來，我至少要花一個月的時間才能計算出這個人生前的模樣來，但現在，我立即可以告訴你！」

羅開的心中更不明白，這時，又有新的問題湧了上來，例如，洪保縱使是專家，但是何以一眼就可以看出這骷髏的特異之處，知道是屬於那種古怪的人的呢？

羅開並沒有問，洪保已然道：「我給你看一張圖片，你就明白了！」

他說著，走近一個書架，取下了一本巨大的畫冊來，打開，翻動了一下，就指著其中的一幅，示意羅開去看。

羅開看到，那是一幅照片，拍的是一個山洞之中的一幅淺刻，淺刻顯然不是高明藝術家的手筆，線條簡單而粗糙，可是倒也不失生動。

在那幅淺刻上，有著三個人，那三個人的造型真是怪異莫明，難以形容，真要找一個能比較貼切一點的形容的話，只有當人在照「哈哈鏡」的時候，才會出現這種怪模怪狀的頭臉。

那三個人的臉上披著一層又一層的皮膚，其中一個，雙眼根本看不見，隱沒在皮膚之中，只是鼻子翹得十分高，而上額部分卻拉得相當長。

另一個，雙眼凸出在皮膚之外，凸得極出，像是眼後面有觸角狀的器官將雙眼推了出來一樣。

還有一個，樣子更是怪異，頭向後仰看，後腦幾乎碰到了他自己的背部。

羅開看了一下，向洪保投以懷疑的眼色，洪保道：

「這是在西非洲岡比亞河上游山區的一個山洞中發現的壁刻，發現壁刻的是我的一個老朋友，專事研究西非的歷史和文化的進展，著名的岡比亞河文化就是他所提出來的。他在發現了這幅壁刻之後，立即拍成照片，通知我，我看了之後，趕到那個山洞之中——」

他說到這裡，略停了一停，向羅開望來：「我是不是說得太詳細了一點？」

羅開忙道：「不！不！看來事情十分奇特，你說得越詳盡越好。」

洪保搓著手：「那是多年之後的事了，我在那山洞之中，對著那幅壁刻足足待了三日三夜，我是一個人種學家，又對人類頭部的結構熟悉無比，實在想不出人的頭部何以會有這樣的怪形狀。

「當時，我和我那老朋友討論，他說：『這當然是原始藝術家的藝術誇張，不會真有這樣的人的！』

「我道：『我不以為那是誇張，原始藝術家通常都照實物來創作，不會有那樣怪異的想像力！』

「我那朋友道：『你可別看輕原始藝術家的創造力量，如果這樣的人是真實存在的，那麼，這種人的頭骨結構應該是怎樣的？』

「對於這個問題，我當時未能給他答案，但是在兩個月之後，我就有了答案。

「我寫了一封信給他，告訴他：真有這樣的人的話，他的頭骨不是緊密結合著，而是可以活動的，所以他的頭部甚至可以隨意變換形狀，正因為這個需要，所以頭臉上的皮膚才需要許多層，以供伸張的時候不妨礙活動，而且，這個人的鼻骨部分，一定有一個半圓形的凹槽，以供另外一塊骨頭與之發生作用，使鼻子可以在臉上隨意轉動。」

洪保講到這裡，羅開已不由自主發出了「啊」地一聲來。他對自己的觀察力不夠精細，多少有點懊喪。

自然，他可以有許多理由為自己辯護，例如，他不是專門研究人頭骨的專家，他也不是每天都有機會去觀察骷髏，等等。但是他卻並沒有這樣做，他還是自己責備自己的觀察力不夠強！那具骷髏的鼻骨部分果然有一個半圓形的凹槽，不是很大，但也是其他骷髏所沒有的。

洪保伯爵自然一下子就看到了這一點，這自然也是他當時一看之下就雙眼發光的原因——多年前自己的設想忽然得到了證實，這哪能不令一個學者欣喜欲狂！

洪保繼續道：「當我那位朋友收到我的信之後，他就邀請我去參加他正在進行的考古發掘工作。他說：『考古發掘已經掘出了不少人骨來，但未見有我所描述的那種頭骨，希望我去了可以有所發現』云云。

「我接受了他的邀請，在那裡，足足住了半年，在這半年的發掘之中，發現完整的顱骨超過三百個，但全是典型西非人的顱骨，絕對沒有我所設想的那種在內。

「我那位老朋友時時把我的設想當作笑話來說，而且一口咬定，那壁刻中的三個人只是原始人和後來的人在開玩笑。由於沒有事實支持，我自然也無話可說，可是不多久，在當地土人中流傳的一個神話之中，我卻找到了我假設的有力支柱。」

羅開眨著眼，如果是亞洲的什麼偏僻地區的神話傳說，那麼他一定可以知道那是什麼了，可是，西非洲部落的神話傳說，他卻不甚了了。

他只知道，非洲大陸上的部落種族極其複雜，語言也多種多樣，由於長期以來沒有文字的發展，所以有關歷史全都用口頭傳述來保存，久而久之，各種各樣的傳說越來越多，有的經過了口述者的誇張，漸漸就變成了神話。非洲大陸上各種各樣的神話極多，也就是這個原因。

這時，洪保竟說他在神話中找到了支持他設想的根據，這未免太虛無縹緲一些了。

傳說中的怪客

羅開當時「嗯」了一聲：「從神話中去找證據，這……可靠麼？」

洪保正色道：「非洲大陸上，許多歷史上的大事，都是以神話的形式保存下來的！」

羅開作了一下手勢，請他講下去，洪保道：

「這個神話故事，流傳在岡比亞河上游的十幾個部落之中，內容雖然有點出入，但是大同小異。傳說在很久很久之前，有一天，天上突然出現了兩個月亮，所有的人都不知道發生了什麼突異，那多出來的一個月亮，有著奪目的光彩，而且還發出可怕的聲響；那個多出來的月亮，比原來的月亮要大得多！」

羅開「唔」地一聲，這一類的「神話」相當普遍，各地都有，不足為奇。

洪保繼續說：「那時，所有的人都驚恐無比，唯恐是對月神的祭祀有不周到之處，惹得月神發怒了。所以，所有的人都聚集在一起，商議如何進行盛大祭祀，而就在這時，三個月神的使者，自那個大月亮中降落在所有人之間——」

洪保講到這裡，停了一停，羅開笑道：「聽起來，像是有一艘太空船在半空——土人誤以為那是多了一個月亮；至於所謂月神使者，自然就是那艘太空船之中的宇宙航行家了！」

洪保一揮手：「當然應該作如此理解！神話故事繼續說，土人正在惶恐之極的時候，那三位月神使者卻十分友善，只是他們的容顏十分怪，所以人們仍然十分害怕，月神使者的五官甚至可以在臉上自行移動，他們的頭可以轉到背後去看東西！」

羅開直了直身子：「這倒正是你所設想的了！」

洪保道：「可不是，我那朋友聽到這裡，也覺得奇妙無匹，可是再聽下去，更加奇妙！那三個月神使者出現之後，四處走動，行動如飛，快捷無比，逗留了好幾天，並不享用土人供給他們的最好的食物和最美麗的少女。到他們臨走的時候，他們告訴土人，他們來過，並且已在一個山洞的洞壁上留下他們的畫像——這就是那山洞中有壁刻的由來，壁刻是這三個人自己刻上去的。」

羅開皺著眉聽著，喃喃地道：「又一種不同形體的外星人！」

洪保問：「你說什麼？」

羅開苦笑了一下：「沒有什麼，我只是忽然想起了另外一些事！」

洪保繼續道：「我們在聽了當地十幾個部落大同小異的傳說之後，再回到那山洞中去研究那幅畫，首先發現，洞壁的岩石是典型的花崗岩，十分堅硬，沒有適當的工具不能刻出畫來，而壁刻的線條都十分平整，深淺如一，顯然是一種先進機械所留下來的。更重要的是，我們發現了一行文字，你看這裡！」

他指著圖片，在三個人像下面，有著一組看來像是簡單圖形組成的一行，當然，若要說它是一種文字也無不可，但看起來更像是沒有意義的組合。

羅開疑惑：「文字？你能懂外星文字？」

洪保道：「當然不懂，但是你看這種結構、形式，難道不是一種文字嗎？而西非洲的土人，是一直到現在都沒有文字的！」

羅開道：「的確極其奇妙，這一行圖紋是不是文字，還待證明，但是一切都奇妙之極了！嗯，你對這個骷髏為何會出現有沒有概念？」

洪保睜大了眼睛，瞪著羅開：「這正是我要問你的問題，你是從那裡得來的？」

羅開苦笑了一下，如實地把他如何在湖邊遇上那獨腳人的經過講了一遍。

洪保伯爵忙道：「我立刻託人去找他，他手頭可能還不止一個！我想，外星人也有生命盡頭的，可能是其中幾個死在地球上，骷髏就留了下來，偶然被人發現，所以才被保存起來的。」

羅開想了想，除了這個設想之外，似乎也沒有別的解釋了。

他站了起來：「我還有事，要告辭了，謝謝你告訴我那麼有趣的事。」

洪保連聲道：「那裡，那裡，我應該感謝你才是，那筆錢，我現在就加倍還給你！」

羅開笑道：「不必了，你一定會將這個怪頭顱還原的，是不是？」

洪保道：「當然，我立刻開始！」

羅開道：「還原之後，照樣送我一個模型，我就很高興了！想想看，把一個外星人的頭拿來作擺設，這多麼有趣！」

洪保感激莫名地搓著手，連說：「一定，一定！」

他鄭而重之將那骷髏放進了木盒，捧著，送羅開到了門口，像是怕那骷髏會逃走一樣。

羅開絕未想到，一件看來完全是偶然發生的事，在偶然又偶然的機緣下，竟會變得這樣有趣！

當他駕著車回去之際，由於他不以為那骷髏和他將要進行的事有任何關連，所以他也不再去想它，只是在想：如何推辭黛娜的邀請，他根本不想去見黛娜的上司，那位水銀將軍，他要儘快趕到中亞細亞去！

他將車子停在門口，才來到門前，門就打了開來，他跨進門去之後，就聞到一陣幽香散佈在整幢屋子中，當他抬頭向上看去時，看到了黛娜。

黛娜正站在樓梯上面，身上披著薄如蟬翼的睡袍，看起來，像是她整個美妙動人的胴體籠罩在一重輕霧之下一樣。

羅開又吸了一口氣，反手關上了門，黛娜向下走來，他向上走去，兩人在樓梯的中間相遇。

黛娜伸手扶住了樓梯的扶手，上身微微向後仰著，聲音甜膩得化不開：「親愛的，你去了真久！」

羅開喃喃地道：「真是太久了！」

這樣的活色生香，使他由衷地感到，自己真的離開得太久了。

他一面說著話，一面輕輕抬起了黛娜修長晶瑩的右腿，黛娜的身子不由自主顫動了一下，她自然知道接下來會發生什麼事，所以身子向左側，把重心倚靠在樓梯的扶手上。

羅開在這時候想起了卡婭剛才對他說的那種近乎「討饒」的話，眼前的黛娜是不會對任何動作感到驚怕的，她能享受任何狂暴！

當她的嬌軀顫抖著，扭動著的時候，羅開和她又一次進入了爆炸的境地，然後，他們互相擁著，就從鋪著厚地毯的樓梯上滾了下來，癱在地上，除了喘息之外，什麼也不做。

過了好一會，黛娜才慢慢撐起身子來，咬著下唇，滿足的歡娛使她看來更是容顏煥發，艷光照人，她轉動著碧綠的眼珠：「鷹，我們會有一個客人要來！」

羅開把自己的臉頰在她挺聳的胸脯上輕揉著：「有客人？那是典型的不速之客，我不歡迎！」

黛娜嘆了一聲：「我也不歡迎，可是他一定要來，我也無法拒絕！」

羅開一聽得她這樣說，坐直了身子，望著大門：「水銀將軍？」

黛娜點了點頭，羅開大是不滿：「這太過分了——」

黛娜用一隻手指輕輕放在羅開的唇邊，示意他不要再說下去。

羅開一張口，在她的手指上咬了一口，咬得黛娜發出了一陣嬌吟聲，身子又震動了一下。

她嘆了一聲：「還有半小時，他就要到了，你看來不是很願意去見他，他只好用最快的方法趕來見你！」

羅開輕嘆了一聲，突然托起了黛娜，把她倒轉著負在肩上，向樓上走去，黛娜在羅開的肩上，身子柔軟地彎曲著，並不掙扎，頭垂了下來，卻不斷地輕咬著羅開的胸口，又發出動聽的笑聲。

進了臥室，羅開一聳肩，把黛娜拋到了床上，立時一揚手，「拍」地一下，在黛娜豐盛腴白得令人目眩的臀部重重打了一下。

那一下還真打得不輕，立時現出了一個紅色的手印。黛娜一個挺身翻過身來，目光流盼，望定了羅開。

羅開沉聲道：「妳要是不和他聯絡，他怎會知道我不願意去見他？」

黛娜幽幽地嘆了一聲：「那有什麼辦法？我必須完成我的任務！」

羅開在床邊坐了下來，背對著黛娜。

任務！任務！他心中煩躁地在想，為什麼那麼美麗的女人全都有任務在身？黛娜有任務，卡婭有任務，甚至來自外星的天使，也有任務！

她們好像都不是為了自己而活，是為任務而活著的！

尤其是卡婭，要是任務需要她把自己的第一次交給一個三百磅體重的阿拉伯酋長，只怕她也絕不會考慮，而會為了任務咬牙忍受！

羅開嘆了一聲，黛娜在他背後的輕撫反令他更加煩躁，黛娜坐了起來，整個人靠著羅開。

羅開嘆了聲：「既然快有客人來了，我們又不是天體營──」

黛娜笑了一下，在床上跳了起來，就在床上直上直下彈跳了幾下，羅開轉過頭來看看她，作為一個純白種人的美女，黛娜真是無懈可擊地完美，沒有一處地方不是充滿對異性的誘惑力，沒有一處地方不散發著美女的魅力！

羅開一面看著她，一面穿上了衣服，黛娜用舞台上的誇張動作穿上衣服，當他們一起來到書房之中，各自端著酒杯，才呷了一口之際，門鈴響了。

黛娜走出去開門，然後，和滿頭銀髮的將軍一起走了進來，將軍才和羅開握手，就道：「鷹，要不要賺一億美元？」

將軍的話，令羅開感到無比的錯愕，因為卡婭也是用同樣的話開始和他交談的。

重要的是那股神秘力量

卡婭提及一億美元，水銀將軍也提及了一億美元，難道他們兩人都說的是同一件事？

羅開錯愕的神情顯然引起了將軍的注意，可是將軍卻無法知道他為什麼而錯愕，將軍呵呵笑了起來：「怎麼啦？一億美元雖然是一個大數目，可是也不應該令你那麼吃驚！」

羅開忙道：「不，我想起了另一件事！」

將軍和黛娜互望了一眼，兩人的神情都有點緊張，將軍問：

「有人向你作過同樣的提議？」

羅開沒有承認也沒有否認，只是道：

「我倒有興趣知道一億美元如何賺取它？」

將軍和黛娜又互望了一眼，黛娜不顧將軍在旁，把她的身子緊貼在羅開的背後，雖然說正常的體溫都是相同的，但是羅開卻感到一陣一陣的灼熱自黛娜柔軟的嬌軀散發出來，侵入自己的體內。

將軍則用銳利的眼光注視著他：「是尋找失物的一筆獎金！」

羅開心中苦笑了一下，果然就是那件事！

在兩枚按照計畫放射出去的人造衛星失蹤之後，蘇聯曾派出太空船去尋找，美國自然也有過同樣的行動，而今將軍來找他，是不是美國的太空船也收到了同樣的強烈的訊號，說只有他，亞洲之鷹才能解開這個謎團呢？

羅開的好奇心被引發到了頂點，他實在無法作任何設想，為什麼在浩淼無涯的太空之中，會有一種神秘的訊號一再提及他的名號呢？

他思緒翻波，但是在表面上看來若無其事，反倒反手環住了緊貼在他背後的黛娜纖腰，看來全然不經意地道：

「什麼失物那麼名貴，英國王室的珍寶整個都不見了？」

當他自以為裝成完全不知道是什麼事情，而且自以為裝得十分成功之際，他忘記了將軍和黛娜是多麼精明的角色了！

他的話才一出口，將軍和黛娜就同時嘆了一口氣，黛娜就在他的背後，氣息吹向他的後頸，令他有一種酥軟的快感。

兩人一嘆息，羅開立刻知道自己偽裝得太過分了。

果然，將軍在嘆了一聲之後，緩緩搖著頭：

「鷹，一億美元的酬金和尋找失物這兩件事加在一起，你應該立刻知道那是什麼事，你卻偽裝不知道——」

他講到這裡，略頓了一頓：「黛娜，我想我們是來遲了一步！」

黛娜又低嘆了一聲，在羅開的耳際低聲問：「是嗎？」

她的聲音之中帶著失望，但更多的，是一種難以形容的悵惘！

羅開十分平靜地道：「是！僅僅是慢了一步！」

將軍的神情變得十分難看，沉聲道：

「誰？對方派出誰？給了你什麼條件？」

將軍可能是因為發覺自己來遲了一步，而變得相當急躁，說話的語氣也變得十分僵硬，這令得羅開相當不快。他，亞洲之鷹，一向是不能接受任何約束的，他是一頭自由自在，翱翔在天際的鷹！

將軍的話才一出口，他就冷冷地道：「我有必要向你報告麼？」

將軍其實不必等羅開的這句話也知道自己做錯了什麼了，所以，他並沒有回答羅開的話，只是急速地來回踱著步。

羅開以為黛娜會向他說什麼，可是黛娜卻什麼也沒有說，只是仍然緊貼著他，把她的臉偎在他寬厚的背上，一動也不動。

將軍在踱了足有三分鐘之後，才站定了身子：「鷹，這是一件大事。」

羅開立時答：「不管是大事還是小事，我只按照自己的意願行事！」

將軍嘆了一聲：「重要的不是那兩枚人造衛星——」

羅開接下去：「我知道，重要的是使那兩枚衛星消失的神秘力量！」

將軍又要說什麼，但羅開已輕輕推開黛娜站了起來，道：「既然重要的是要去弄清楚這種神秘力量是什麼，而又只有我能去解開這個謎，那麼，我是應誰的邀請而去，又有什麼關係？」

將軍吸了一口氣，神情更加嚴肅：

「大有關係，誰能利用這股力量，就大有關係。」

羅開陡然笑了起來，那是真正的轟笑，是他真正感到了可笑！

在將軍目瞪口呆的神情中，他勉強收住了笑聲：「將軍，你們互相想壓過對方，想得實在太多了，以致精神方面都變成不正常。」

將軍的面色鐵青：「請你解釋！」

羅開揮著手：「你想想，那股力量能使衛星失蹤，能知道你們最機密的密碼，那是超過人類力量不知多少倍的力量，你們都想利用它，把它據為己有，這不是癡人說夢嗎？」

羅開所說的，其實是最簡單的道理，可是看將軍的神情，他在這之前，顯然未曾想到過這一點，所以他「啊」地一聲，張大了口，說不出話來。

羅開又笑了兩下：「這就像兩個人打架，都想搬起一座山來，把對方壓在山下，可是，有力量把山搬起來嗎？」

將軍又「啊」了一聲，口還是張得老大。

羅開繼續道：「只是去弄清這件事，我看不出有什麼分別來！」

將軍第三次發出「啊」地一聲來：「聽起來……好像很有道理。對不起，打擾你們，我告辭了！」

他說來就來，說走就走。羅開倒十分欣賞他這種行事的作風。

他和黛娜留在書房裡沒有動，將軍的腳步聲一直遠去，直到傳來了關門聲為止。

黛娜慢慢地來到羅開的身前，把臉埋在羅開的胸前，聲音中帶著惆悵和幽怨：

「她……她比我好得多？」

羅開低嘆了一聲，輕柔地撫摸著她的金髮：「不要把自己和別人比較，每一個人都是一個獨立的個體，每一個都是不同的！」

黛娜抬起頭來，碧藍的眼睛之中還是有著疑問。

羅開又道：「對男人來說，每一個女人都是不同的，不能比較，也不必比較！」

黛娜低嘆了一聲：「對女人來說，只有她真正愛的男人才是獨一無二的，有比較，而且有最好的！」

羅開吸了一口氣：「也許男女心理上有所不同，但，妳愛我嗎？」

黛娜震動了一下，又垂下頭去，沒有回答他。

她和羅開在一起，有著極度的歡娛，可是，她愛他嗎？這樣簡單的一個問題，她沒法回答出來，和羅開在一起的歡娛，就等於是愛情嗎？當然不是，愛情，還應該有許多許多別的，不單是肉體上的享受和歡娛。

自然，愛情也需有雙方肉體上的歡娛，但還要有別的。

她愛羅開嗎？還是更愛她自己，更愛她的工作？

過了好一會，她才低嘆了一聲，仍然沒有回答，再過了一會，她才用十分誘人的姿態，掠了掠頭髮，抬起頭來：「是，我不應該怪你！」

羅開淡然笑著：「我根本不以為自己做錯了什麼，自然，妳有怪我或不怪我的自由。」

黛娜看來已經完全恢復了常態，甚至還有幾分輕鬆，她高舉雙手，把自己的頭髮撥向上，又鬆開手，讓頭髮披下來，她的金髮並不是太長，但是在她這樣的動作之下，金髮仍然泛起層層的波浪。

她道：「你一定是急於動身的了？」

羅開笑了起來：「也沒有那麼急！」

他說著，雙手已摟住黛娜的腰，用力向上一提，把黛娜提了起來，放在書桌上，黛娜發出了一下嬌吟聲，腰向後仰去。

當她的腰向後仰去之際，小腹卻向前挺出，以致她整個人看來就像是線條極美的塑像一樣！

羅開不由自主發出一下讚歎聲，他先是欣賞著，然後，雙手就緊貼著她柔膩的肌膚開始移動……

當羅開在倦極而睡，睡了不知多久，又醒過來之際，他立時可以知道，屋子中只有他一個人。黛娜已經在他熟睡的時候離去了。

羅開心中也不禁有一份悵然之感，這次相會之後，下次相會，會在什麼時候，什麼環境之下？

他苦笑了一下，一躍而起，充分的休息之後，使他又恢復了無比精力。

半小時後，他已經在機場，兩天之後，他已經離開了外蒙古的烏蘭巴托，向唐努烏梁海地區進發。

他決定採取陸路前往，只是為了要親近亞洲的土地，他對亞洲的大地山河有特殊的感情。

當天晚上，他躺在一個小型的蒙古包中，在寂靜的夜裡，可以令人聽到大草原上青草生長時所發出的輕輕的劈啪聲，那麼低悄悄的聲音，像是情侶在密語一樣。

大草原是極動人的，一望無際的綠，略一抬頭，則是一望無際的碧藍，仔細看去，夾雜在草叢中的各種野花，有著任何可以看得出來的嬌艷的顏色。

羅開只是割下了一些草，鋪在地上，他躺在草上，青草發出的清香，整個包圍住了他，使他每一次呼吸都是深呼吸。

他喜歡青草那種原始的，毫無顧忌的氣味。

然後，他聽到了有物體移動的聲音，當聲音才一入耳之際，他不能肯定那是什麼物體在移動，是一頭小心的野兔呢？還是一隻雉雞？

但是，有什麼東西正在接近他，這是可以肯定的事！

三天神仙旅程

羅開維持著躺著的姿勢不動，物體移動的聲音越來越近，終於停在他蒙古包的門口。

蒙古包的門只是一幅垂下來的氈簾，羅開這時已經可以肯定——「移動物體」實在是一個人。

羅開不出聲，在這樣的草原上，什麼人會這樣靜悄悄地走過來呢？他在想。而那人來到了蒙古包前面之後，也一直沒有出聲。

足足過了三分鐘之久，羅開在和任何人比賽耐力時總可以獲勝的，這次也不例外，在外面的那個人終於先開口了，那是一個極其甜美的聲音：

「我的腳步再輕，你也一定早已警覺了，怎會還不請我進來！」

那聲音才一傳進羅開的耳中，他心頭就狂跳了起來，他立時叫：「卡婭，我不知道是妳，快進來！」

羅開一面叫，一面坐了起來，氈簾掀開，卡婭嬌小的身子閃了進來，羅開一伸手，已抓住了她的手，輕輕一拉，卡婭已經跌進了他的懷中！

他緊摟著她，不斷地吻著她：「妳這小壞蛋，原來妳一直在跟蹤我！」

卡婭被羅開吻得嬌軀不住地顫動，那是女性在接受自己喜愛的男性親吻時的熱烈反應。

羅開的唇上就像是帶著強烈的電流一樣，每一下和她肌膚的接觸，都使她如同接受了電殛一樣，身上可以顫動的肌肉都因之而跳動。

她一面顫動著，一面急速地喘著氣：「你又不是隱形人，要跟蹤你不是難事……不過……不是我跟蹤你，我只是知道你在這裡，想……你……」

羅開的手已在她挺秀豐滿的胸脯移動，卡婭顫動得更劇烈，喘息得更急促：「女人……有了第一次之後，就像幼獅第一次嘗到鮮血之後一樣……」

她把自己整個投進羅開的懷抱之中。

羅開喃喃地道：「這是生物的本能，女人和幼獅全是生物，所有的生物都有牠的本能！」

卡婭的全身都在發抖，當她發出嬌吟聲時，她儘量使自己嬌小的身子緊貼在羅開的身上，草葉在他們的身下簌簌作響，在這個廣大的草原大地之上，只怕從來也未曾有過如此充滿歡樂的歡娛聲過。

羅開緊抱著卡婭，滾動著，自蒙古包中滾了出去，滾到了草原上。

月色極好，整個草原上像是塗上了一層柔和的、透明的銀漆一樣。而當他們一離開了蒙古包之後，銀漆也均勻地灑向他們的身上。

卡婭的聲音聽來有一種異樣的興奮：「我……覺得快樂……在膨脹、在爆炸……在流出體外……」

羅開長長地吁著氣：「就讓我們的快樂交流！」

他們擁得更緊，卡婭發出蕩人心魄的嬌吟聲來，然後，一切又靜了下來，他們兩人互相欣賞著對方的心跳聲，羅開翻轉身子，雙手抱住了卡婭的細腰，手臂突然挺直，把嬌小的卡婭托了起來。

他托著卡婭，欣賞著她美麗的胴體，細小的汗珠本來是凝聚在她的胸脯上的，這時，一滴一滴落了下來，落在羅開的胸前。

羅開托著卡婭，卡婭用一個十分美妙的姿勢，維持著她嬌美的身軀微微彎向上，好使她胴體美麗的線條更加突出。

在這樣的月色下，這樣欣賞一個愛人，羅開感到了如飲醇醪一樣的陶醉，在這一刻，這寂靜的草原，簡直就是人間的天堂。

羅開舉著卡婭，好久，才把她緩緩放了下來，卡婭立時抱緊了他，把臉貼在他的胸膛上，呢喃著道：「我喜歡現在，不喜歡過去和將來。」

羅開在她嬌嫩的臉頰上輕撫著：「其實，時間對每一個人來說，都只是現在！」

他在說出了「時間」這個詞之際，陡然之間，不由自主震動了一下。

由於他們兩人貼得如此之緊，自然任何一方身體上最小的動作，另一方都可以感覺到，卡婭立即問：

「想到了什麼？」

羅開深深地吸了一口氣，因為吸氣動作而擴張的胸膛壓向卡婭柔軟的胸脯，令得卡婭又發出了一下呻吟聲。

羅開沒有回答，卡婭也沒有再問下去。

時間，當羅開說出「時間」之際，他無可避免地，閃電也似想起了「時間大神」！天使的族人說，當天使犧牲了她自己的同時，也使時間大神受了創傷，那也就是說，並未能使它消滅，它還存在著，當它的創傷痊癒之後，會發生什麼事情？

在這種歡樂的時刻，是實在不應該去想及這種不愉快的事情的。羅開再把卡婭從自己身上輕輕推下來，卡婭就伏在草地上，任由羅開欣賞，而且，她開始扭動身子，柔軟而緩慢地，表現出許多不同的，動人的姿態來，看得羅開目眩神馳。

在月色之下，卡婭的皮膚上閃著銀光，她的眼神又是那麼誘人，每一個姿勢都是那麼挑逗，彷彿是從她動人的紅唇之中在吐出這樣的字句：

「我能給你快樂，能給你快樂，我是一個女人，一個成熟又美麗，知道自己是女人的女人！」

有卡婭作伴，接下來的三天旅程，自然說不出的快樂。

在那三天之中，卡婭顯然是知道有現在，不知道有將來，她把她自己整個人都沉浸在歡樂之中，完全忘記了她的身分。羅開也不去想她的身分，「少校」這樣的軍銜，和如今在她身邊那個嬌小俏麗的女人根本沒有任何關連。

卡婭是那樣地柔順可人，那樣充滿了愉快地聽著羅開的每一句話，每一個要求，甚至連羅開的汗珠，在她靈巧的舌尖舐起來，也像是仙露一樣！

路程並不太長，但他們足足走了三天，真要是放慢來走，三十天也不夠，譬如說，在那個湖水清澈得如同水晶一樣的小湖中，他們就只嬉戲了兩小時，若是由得他們心意，單在那個小湖邊，就可以留戀不知多久。

三天之後的下午，他們經過了蘇蒙邊境，一個軍官就走過來，向卡婭行著軍禮：

「少校同志，局長已經等了妳兩天了！」

卡婭的眼神之中閃過了一絲憂鬱，在那個軍官的帶引之下，他們走向一輛停在邊哨檢查站旁的巨型卡車，那卡車有著比普通貨櫃車更巨大的車廂。

當他們走進車廂之際，羅開發現車廂內裝置之齊全和豪華，簡直就是一個舒適無比的居住單位。

局長是一個兩目陰森的男人，說話也冷冰冰，看到卡婭就道：

「妳來得太遲了！」

羅開立即道：「全是我的主意，如果你嫌我來得太遲了，我可以退出一切！」

局長怔了一怔，立時滿臉堆下笑來：「對不起，羅先生，我想不必耽擱時間，請你立即到我們的訓練基地去接受訓練！」

羅開有點愕然：「訓練，我要接受你們的什麼訓練？」

局長道：「太空飛行的訓練！」

羅開笑了笑：「我想不必了，我可以作很好的太空飛行，如果有一個曾接受過訓練的人作伴——」

他講到這裡，轉問卡婭：「妳當然曾接受過訓練的了？」

卡婭迸發著高興，連連點頭。

局長的神情相當為難，只有強遏抑著怒意。

羅開不等他再開口，就直指著他：

「有一件事，還是先弄清楚的好，我來了，並不是說我會接受你們的指揮，相反地，你們所說的，我半個字也不聽，完全要照我的意思行事！」

局長的面色更難看，羅開陡然提高了聲音：「聽清楚了沒有？」

局長這才勉強道：「那麼，你的意思是——」

羅開一點也不耽擱：「立刻通知基地，準備一切，開始倒數，我和卡婭一到，就可以登船，發射！」

局長沒有遲疑，按下了一副通訊儀上的一個紅色的掣鈕。

火箭高高地聳立在發射架上，在太空船船艙的羅開和卡婭是看不到的，因為太空船附在三節巨大火箭的頂端，他們看出去，只能看到一片黃濛濛的黃土平原。

他們都把自己固定在座椅上，在他們的面前，是一排排的儀表，卡婭用最快的方法向羅開簡略地介紹了一遍，然後，她用靈動的目光望著羅開，低聲說了一句：「多謝你邀我作伴！」

羅開回了一句：「在失重狀態之下，我們如果親熱，不知是——」

然而他的話沒有說完，指揮室的聲音便傳了過來！

「自十到零的倒數開始！」

他們一起吸了一口氣，挺坐著，眼看著儀表上的數字逐漸減少，然後便是一陣異乎尋常的震動，震得似乎每一根骨頭都要散裂開來一樣。

羅開向卡婭看了一眼，發現她所受的訓練真是有效，因為在這樣的震動之中，她甚至還保持著甜美的微笑！

火箭以極高的速度把太空船送向太空，在第一節火箭脫落之後，震動已經減弱，當第二節火箭脫落之後，甚至可以說平穩了。

然後，是最後一節火箭的脫落，卡婭沉聲道：

「我們進入運行軌跡了！」

羅開雖然有過不少奇異的經歷，但是置身於一艘進入了太空航行軌跡的太空船之中，卻也是他生平第一次。

卡婭開始了一連串和地面指揮站的聯絡，同時也開啟了專門接收高頻波的接收儀——指定要羅開來解決謎團的訊息，就是用這種高頻電波傳送過來的，這時，如果再有這種高頻電波傳來，可以立即翻譯出來。

不辜負上帝的創造

在卡婭作完和地面指揮站的例行聯絡之後，羅開道：「從現在起，我們會切斷和地面的一切聯絡！」

地面指揮官又驚又怒：「這不好吧，至少保持聲音的聯絡！」

羅開堅決地道：「不，切斷一切聯絡，想和我接頭的力量既然指定我，就由我作主！」他一面說著，一面向卡婭作了一個手勢。

卡婭連半秒鐘都沒有考慮，手指靈巧而熟練地接連扳下或按下了十七、八個掣鈕；然後鬆了一口氣：

「現在，不論我們說什麼，做什麼，都不會有人知道了！」

羅開望著深藍殷殷的太空，那是一種深邃得不要說難以測度，連想想它究竟有多深也不可能的深藍，道：「不，只能說我們做什麼，說什麼，在地面上不會有人知道，在這裡——」

他伸手指向外：「我來了，要我來的力量，應該知道我來了！」

在聽得羅開這樣說時，卡婭的俏臉上閃過一絲十分難以捉摸的神情。看起來，她像是專心一致地在操縱著太空船，但是一直在留意著她的羅開，卻捕捉到了她那種難以形容的神情。

當然，她一定在那一剎間想到了什麼事，才會有這樣的神情出現的，但是，她想到了什麼呢？

羅開自然無法知道！他心中低嘆了一聲，感到世上最困難的事，莫過於要了解另一個人的心中在想些什麼了。

太空船以極高的速度在軌跡中航行，可是身在太空船中的人幾乎是感覺不到的。當羅開鬆開了安全帶之後，他的身子就自然而然向上飄了起來，那是他們已脫離了地球的萬有引力之故。

羅開的身子向上飄，這是一種十分奇妙的感覺。他可以從一個在地面上不可能到達的角度去欣賞卡婭。

卡婭仍然在靈巧熟練地操作著，她的手指細巧而靈活，想到那麼誘人的手指曾在自己的身上輕柔地愛撫，羅開心中更有了一股異樣之感。

他令得自己的身子在半空中打了一個轉，又令得身子下沉了些，撥起了卡婭的頭髮，在她的後頸上親吻了一下。

卡婭的身子縮了一下，先發出了一下如同呻吟般的聲音，接著就道：「四十分鐘之後，我們可以進入收到高頻信號的區域了！」

羅開道：「那就是說，我們可以有四十分鐘的時間？」

卡婭仰起頭來，水汪汪的眼波之中媚態橫生，她扳下了太空船自動控制飛行的掣閥，咬著下唇，解開了安全帶的帶扣。

解開了的安全帶向上揚了起來，卡婭的身子也漸漸向上浮了起來，浮得和羅開一樣高度。羅開握住了她柔軟的手，把她拉得接近自己，他們立即緊擁在一起！

這時，他們的身上還都穿著厚厚的衣服，可是那種在無重量狀態下的緊擁和熱吻，卻給他們同時帶來新鮮無比的感覺。

他們可以自由在空中翻滾、沉浮，而完全沒有負擔，這種環境，令得他們的心理上產生了一種極度的輕鬆感。

隨著重量的消失，心理上的一切約束也似乎同時消失了。

對羅開來說，心理上的壓力本來就不是很重，但是對卡婭來說，心理壓力的沉重是可想而知的，由於她的身分，她甚至全然沒有自己！

但是這時，她完全像是變成了另一個人一樣，她嬌喘著，雙頰紅艷得像是要滴出血來一樣，眼波之中蕩漾的情意和媚意幾乎令得羅開窒息！

當她的身子向下沉的時候，一頭秀髮一起向上飛揚，那令得她看起來就像是一個從天而降的仙女，一個真正無拘無束，活潑自在的仙女一般！

羅開雙手輕按在她的腰肢上，卡婭開始解開衣服上的複雜的鈕釦，然後把她晶瑩的、柔膩的嬌軀，整個呈現在羅開的眼前。

她的呈現是這樣大膽，大膽到了超過放縱的程度，線條眩目的胴體在空中自由自在地表演著各種蕩人心魄的姿態。

當羅開也解除身上的束縛，一把拉住了卡婭，把她緊擁著的時候，羅開陶醉在異樣的情懷之中，喃喃地道：

「上帝應該看看我們，祂創造了人類，把人分成男女，給予我們相愛的能力和賜給我們這種歡樂，他應該來看我們如何不辜負祂的創造！」

卡婭一直在嬌吟著，她的嬌吟聲越來越高，也越來越令人興奮，她像是擺脫了枷鎖的女奴一樣，用她的叫聲，用她嬌軀的扭動，來表示她內心的無比喜悅。

汗珠自他們的身上飛濺出來，一顆一顆，像是細小的，會飛翔的珍珠一樣，散向太空艙的每一個角落。

等到終於靜了下來之後，他們兩人的身子都站在太空艙的頂上。

他們互望著，卡婭容光煥發，彷彿她體內奔騰著的血液，每一個血液細胞都充滿了歡樂！羅開一點也不用費力，就把她的身子翻轉著任意顛倒，然後一起回到了椅子之上。

卡婭忽然笑了一下：

「如果那種力量是由外星人所控制的，我們是不是就這樣出現，也好讓外星人看看地球人本來的形體？」

羅開笑了一下：「妳期待見到外星人？」

卡婭抿著嘴，沒有回答。

羅開輕輕扳過她的臉來，直視著她，「你們初步研究的結論是什麼？」

卡婭垂下了眼瞼，低嘆了一聲：「鷹，我是有任務在身的。」

羅開諒解地道：「我知道！」

卡婭這時又緊擁著羅開，叫：「可是我是真的喜歡你，真的！」

羅開深深吸了一口氣，他說的還是那句話：「我知道。」

卡婭嘆了一聲：「我們的初步結論是，那兩枚人造衛星是一種神秘力量令之消失的，而掌握這股神秘力量的，是來自外星的高級生物。」

羅開「嗯」地一聲，根據發生的事實而達成這樣的結論，那是十分自然的事。

卡婭道：「而外星人指定要你和他們接觸，這是地球人首次和外星人的接觸——」

羅開輕拍著卡婭的臉頰：「不，不，絕不是第一次，不知是第幾次了？」

卡婭道：「我的意思是，是地球上一個國家的代表，首次和外星高級生物的接觸，說得明白一點，外星人如果能成為我們的朋友，那我們在對付敵人的行動中——」

卡婭還沒有說完，羅開就伸出手指來按住了她的唇，不讓她再說下去。

在那一剎間，羅開在最初就像聽了水銀將軍所說的話一樣，真想爆發出一場轟笑來的，可是在轉念之間，他卻笑不出來了。

他非但笑不出來，還感到了悲哀，一種深切的、極度的悲哀。

在這種悲哀情緒的影響之下，他連聲音也變得低沉了：

「妳……你們以為外星上的高級生物，也和地球人一樣的那麼愚昧，會為了一些毫無目的的事而互相殘殺，分成友、敵，不斷進行鬥爭？他們若是也這樣愚昧，就不會有那麼高的成就！就像地球人若不是在開拓文明的同時，又伴隨著那麼多的黑暗、野蠻、專制、殘殺和戰爭的話，地球人的科學文明就有可能比今日超越一百倍，一千倍！」

羅開越說越激動，卡婭用一種近乎崇敬的目光望著他。

羅開繼續道：「別以為可以利用外星人的力量來擴展自己的勢力，外星人絕不至於愚蠢到了這一地步！」

卡婭靜了好久，才道：「我明白你的意思，可是我上面的那些將軍、元帥、部長、主席，他們能明白麼？」

羅開苦笑了一下，這真是無可奈何的事，地球上，權力掌握在少數人的手裡，而這少數人，是最最不明白這種淺顯的道理的！

他沉聲道：「讓他們去不明白，卡婭，妳要記得，當我們和外星人——如果有外星人的話，正面接觸的時候，我們要儘量表現地球人智慧的一面，而不要表現地球人愚昧的一面！」

卡婭苦澀地笑了一下：

「如果有外星人，我相信他們早知道地球人是如何愚昧的了！」

卡婭的話才一出口，突然，高頻波接收儀的螢光屏上出現了閃耀的電波，同時，儀器也立時將之翻譯了出來，還原成為聲波，於是，他們聽到了一個聲音在說著：

「地球人是智慧和愚昧的矛盾體！」

一聽到另外有聲音發出來，羅開和卡婭都陡然吃了一驚，自然而然伸手抓下在空中飄浮的衣服來，遮住了身子。

那聲音停了極短的時間，又傳了過來：

「亞洲之鷹先生，我們很高興你來了，為了某種理由，我們必須面談，請你的太空船繼續保持軌跡飛行，有任何變化，不必擔心，全是我們相見的必要過程。你不必回答我們，因為我們無法接收到你的任何信息！」

羅開和卡婭互望了一眼，迅速地把衣服穿好，太空船仍在向前飛著，突然，在他們的面前，出現了一股巨大的光柱，把太空船完全罩住。

這股光柱，籠罩住了他們的太空船，那情形就像是一個強烈的探射燈射中了一隻在空中飛行的甲蟲一樣，甲蟲想要擺脫光柱的照射，那是絕無可能的事！

光柱才一出現之際，卡婭現出了驚惶的神色來：「我們離開了原定的軌跡！」

羅開十分鎮定：「一定是他們在接引我們！」

太空船的速度明顯加快，在光柱之中，直飛向前。

我們沒有找錯人

羅開低嘆了一聲：「他們有這樣的能力，令得兩枚人造衛星失蹤，那真是輕而易舉之至了！」

卡婭抿著嘴，用充滿了疑惑神色的目光望向羅開。

羅開道：「別問，因為連我也不明白，他們既然有這樣的能力，為什麼還非要和我這個地球人見面不可！」

這個疑問，一直存在於羅開的心中，羅開知道，無論自己如何去設想，都不會有答案的，所以他只是存疑於心，並沒有多浪費精力去想。如今，這個疑問就快有答案了，他的心情在興奮之中也不免有點緊張。

太空船的速度一直在加快，那道光柱，看來像是永無盡頭一樣，卡婭驚嘆著：「這是什麼樣的能量？」

羅開道：「我估計是巨大的激光光束，我們已經有了用激光光束導引的飛彈，但他們的激光光束，卻具有更強大的力量。」

卡婭吸了一口氣：「激光，在理論上是可以無限制地成直線前進的，要是這股光束射向地球，而又具有破壞力量的話——」

她說到這裡，不由自主現出驚怖的神色來。

羅開的聲音卻十分平靜，他先是接著卡婭的話，道：「那就可以輕而易舉毀滅地球上任何目標。」接著，他又道：「不過，我相信他們絕不會那樣做，我相信絕大多數的外星人，並無侵略、佔領地球的意圖，而少數有這種意圖的，卻又並不是那麼容易達到目的。」

卡婭沒有再說什麼，這時，太空船不需要控制，也不是由自動航行系統所控制，完全是被光柱一端所發出的強大吸引力吸過去的。

在光柱出現之後，大約半小時，眼前陡然一黑，接著，便是一個極短暫時間的極度黑暗，然後，光線恢復柔和，那聲音又響起來：

「你們已到了我們的基地，可以打開艙門出來了。我們所呼吸的氣體和地球上空氣的成分相差不是太大，就是氧的比例多了百分之四點七，這會使你們感到心情振奮，但未達到有害的程度，而基地模擬的地心吸力，只是較地球略小，所以你們可能感到身子輕了些，也完全可以適應！」

卡婭和羅開互望著，解開了皮帶，雙手互握了一下，先由卡婭打開艙門，兩人先後跨了出去。

正如那聲音所說的那樣，空氣呼吸起來有一種清新之感，像是早晨的森林一樣。而他們覺得步履輕鬆地下了梯級，四面看去，全是柔和的光輝，看來是一個相當大的空間。

那聲音剛才曾提及了「基地」這個字眼，那麼他們這時應該是置身於一個建築體之內了。

建築體可以給人以那麼寬闊，一望無際的感覺，這實在也有點匪夷所思。他們回頭看他們的太空船停在那裡，相形之下，真是渺小得可憐！

他們腳踏到了實地，可是不知該向那一個方向行進才好，就在這時，一道發著淺藍色光芒的光帶，出現在他們的腳下。

而他們根本不必舉步，光帶就帶著他們向前移動，不一會，就到了另一個較小的空間，看來是一間房間之中。

那空間中有著簡單的、發光的陳設，看起來像是椅子，可是那種椅子，就像是由光線投射組成的虛影一樣，叫人懷疑人是不是可以坐上去。

羅開正在疑惑間，那聲音又響了起來：

「請坐，那真是可以坐的椅子！」

羅開和卡婭試著坐下去，果然，看來像是光和影的組合，十分柔軟地承托了他們的身子。然後，突然之間，在他們的身前出現了一個人。

那個人的外形，看來和地球人是一模一樣的，對著他們站立著，身上所穿的衣服，看來質地相當柔軟，式樣也不算十分怪異。

一時之間，羅開想起天使對他說過的話，以為那也是借了地球人的形體的一種現象，可是那人一開口，羅開才知道自己想錯了。

那人仍然背對著他們，道：「我們的外形看來很相似，但是組織結構大不相同，所以，我們的樣貌在你們看來可能很怪，請先作好心理準備。」

羅開和卡婭一起吸了口氣。卡婭緊緊握著羅開的手，表示她的心情十分緊張。

羅開也相當緊張，雖然天使曾和他有過那麼親密的關係，但是天使是以地球人的形態和他相見的。

雖然後來，他終於在時間大神設置的那個空間牢獄之中見到了天使的原來形體，但那也只不過是一瞥之間的事，而如今要面對著一個不知是什麼模樣的外星人，要和他交談，全然是兩回事！

羅開和卡婭屏住了氣息，那人緩緩地轉過身來。

當他終於完全轉過身來之際，卡婭發出了一下低呼聲，立時把臉埋進了羅開的懷中。羅開直視著那人，也不由自主發出了「啊」地一下低呼！

他倒並沒有被那人的怪形狀嚇住，只是覺得十分驚詫！

那人的頭部看來和地球人相等大小，可是整個臉上卻全是鬆軟的，一層一層打著皺摺的皮膚，這樣的皮膚，把他臉上的五官全都遮住了，可是他雙眼之上的層層皮膚，這時卻正向上伸展——是他的額頭部分正在向上伸著，把鬆軟的皮膚拉緊，使他的雙眼可以顯露在皮膚的外面。

他的雙眼，是一種悅目的銀灰色和深黑色的組合，眼珠是深黑色的，比地球人的眼珠大得多，幾乎佔據了整個眼眶。

羅開之所以感到驚詫，是因為他對於這種形狀的人，可以說並不陌生！這種人，就是西非洲那個洞穴之中刻劃著的那三個人像，也就是羅開送給洪保伯爵的那個怪頭！

這時，卡婭才敢抬起頭來望向那人，那人道：「我們的身體構造，是骨與骨之間可作任何意想不到的伸延，我想，不必我作表演了！」

卡婭怯聲道：「不……不必了！」

羅開吸了一口氣，道：「我知道你們，你們曾到過地球，你們中的三個，在地球上，西非洲岡比亞河上游的一個山洞中留下了他們的畫像！」

羅開在這樣說的時候，是以為對方對自己的行為自然更加清楚，他這樣說，只不過是想說明他對對方的形態並不陌生而已。

可是那人聽了羅開的話之後，反應之強烈，真是出乎意料之外，先是他發出了一下類似驚呼的聲音，接著，他的整個頭部像是急速充了氣的氣球一樣，一下子擴大了好幾倍，所有鬆皺的皮膚全都變得十分平滑。

那真是十分駭人的現象，羅開不知道發生了什麼事，連忙一躍而起，擋在卡婭的面前，他自然知道，對方若是要向自己展開攻擊，他是絕對沒有抵禦能力的，但是他還是自然而然那樣做。

接著，那人又高聲叫了一句話，音節十分快，當然是他們的語言，羅開也全然沒有法子聽得懂，隨著那一聲叫喚，眼前突然又多了兩個同樣的人，根本看不清他們是怎麼來的，就像是他們早已站在那裡，光一亮，就可以看到他們一樣。

那兩個人的頭部也迅速膨脹著，但是轉眼之間，三個人的頭部形狀又回復了原狀。

那個人的聲音有點急促：「對不起，我剛才太激動了，我剛才叫的那句話是：我們沒有找錯人。亞洲之鷹先生，請你把剛才所說的話重複一遍！」

羅開這時已可以肯定對方是沒有惡意的了，只不過是因為聽到了他的話，感到了極度的興奮所作出的異常反應而已。

他又把那番話重複了一遍，那三個人互望了一眼，其中一個一揚手，在他們之間，突然出現了一個巨大的地球儀，直徑足有兩公尺。

那地球儀，羅開立時發現它不是地球儀，而是地球的立體投影，它會轉動，而且隱隱可以看到海水就在流動，那一定是地球真實的立體投影！

地球的投影才一出現，那人就問：

「你所說的岡比亞河上游，是在什麼地方？」

羅開踏前了兩步，由於卡婭一直緊握著他的一隻手，所以卡婭也走前了兩步，羅開指著西非洲岡比亞河所在的位置：「就在這一帶，正確的位置，自然不可能在縮小了那麼多倍的投影上指出來。」

那人「嗯」地一聲：「請你再說詳細一些。」

羅開的心中十分疑惑，但是他還是將洪保伯爵告訴他的一切全都詳細說了一遍，最後，他道：「有一個骷髏骨一定是你們的同類的，是由我送給一個專收集頭骨的人類學專家的！」

羅開本來只是隨便提一提，可是他的話，又引起了一陣異樣的激動的反應，地球的投影消失，眼前又多了三個人，一共是六個人了。

羅開令自己鎮定一下：「似乎不單是讓你們問我，我也可以問幾個問題。」

那人道：「當然，我們還要你的幫助，所以會把一切經過說給你聽。首先，我們知道你的存在，是齊亞爾星人告訴我們的。」

羅開怔了一怔：「我可不認識什麼齊亞爾星人！」

那人「哦」地一聲：「你當然認識的，他們之中的一個曾化成地球人的形態，愛你，並且為你犧牲！」

羅開明白了，也心頭泛起一陣絞痛：

「天使，天使的族人！」

那人點了點頭，他點頭的動作，十分奇特。

和外星人的會晤

點頭，是整個頭部的點動，動點是在頸子上，可是那人點頭，動點卻是在整個頭部的中間，以至看起來像是他的頭在陡然之間摺成了兩半一樣，怪異莫名。

但羅開總算明白了他這個動作是代表點頭。

那人又道：「齊亞爾星人說，你曾和一個自稱為『時間大神』的外星人作過多次鬥爭，而我們也正要找這個萬惡的個體星體人！」

羅開拉著卡婭，又退回到看來是光影組成的椅子上坐了下來。

時間大神！事情難道又和時間大神有關？

他「嗯」了一聲：「是，聽說這個萬惡的個體星體人受了創傷，在那之後，我未曾再和他接觸過。」

那人嘆了一聲：「我們第一批到達地球的人，和他——幾乎是同時到達的，我們的人立時發現了他的野心陰謀，所以和他展開了鬥爭，使他無法在地球上施展他的能力，這鬥爭，持續了好幾百年——」

羅開「啊」地一聲，他心中久存的一個謎團，直到這時才解開！

在此之前，他一直不明白，「時間大神」早在公元一六三一年就來到了地球，何以那麼多年來，未聞有什麼特別的活動。原來同時有另一批外星人在阻止他的行動，而這批外星人，就是眼前有著怪頭的同類。

羅開由衷地道：「你們真是幫了地球人的大忙，請問你們星球的發音是——」

那人道：「斯波達，你可以叫我們斯波達星人。」

羅開把這個星球的叫法重複了一遍，其實，那是沒有意義的事，名稱只不過是一個代表，這個斯波達星，在浩瀚宇宙的什麼地方，離地球有多遠，羅開一點概念也沒有。

但是為了感激斯波達星人曾長期阻止「時間大神」在地球上的作惡，羅開還是由衷地道了謝，並且介紹了自己和卡婭的名字。

當他介紹卡婭的名字之後，卡婭已經有足夠的膽子，伸手出去和斯波達星人一一握手，並且甜甜地笑著：「你們真是地球人的好朋友！」

那斯波達星人哼了一聲：「時間大神有著十分高強的能力，而且，他是不受時空限制的……這一點，你們可能不是十分明白，只知道就是了。由於他不受時空的限制，所以，他有能力獲得不同時間、不同空間之中無窮無盡的能量。這也是不少星體上的高級生物對他的破壞都恨之切骨，但又拿他無可奈何的緣故。」

羅開十分認真地道：「是，天使的族人曾告訴過我，星際曾有對付他的聯合行動，可是也無法把他消滅。」

那人點了點頭（仍然是那種怪異的姿勢）：「是的，我們也曾參加過那次聯合行動……這是很久之前的事了。說回我們在地球上和他對抗的情形，我們一共是三個人，一直在和他對抗著，也和我們的星體有聯絡，可是，不多久之前，那三個人突然失去了音訊，我們是被派來尋找我們的同伴的！」

羅開「啊」地一聲，三個斯波達星人和他們的星球失去了聯絡，而他又曾見過一個斯波達星人的骷髏，那麼，這三個斯波達星人自然凶多吉少了，至少，其中的一個已經死了！

當他想到這一點，發出了一下低呼聲之後，不說什麼，所有在他身前的斯波達星人，也都發出了一下如同嘆息般的聲音來，顯然他們也想到這一點。

靜默了片刻之後，那人才道：「我們在這裡，建立了基地——離地球相當遠，超過五十萬公里，大約相當於地球到月球的距離的兩倍——」

卡婭聽到這裡，又低呼了一聲：「可是……我們太空船航行的軌跡……只不過離地球幾百公里——」

那人道：「你們是被激光引來的，當你們飛向我們基地的時候，速度是光速的三分之一。」

卡婭深深地吸了一口氣，她吸氣的動作十分撩人，令她嬌小又豐滿的胸脯倏然高聳。

但斯波達星人對她美妙的嬌軀顯然不感興趣，而羅開這時正面對著另一個星體上的人，正經歷著他一生之中最奇妙的經歷，自然也分身乏術了。

那人頓了一頓，又道：「我們曾多次降落地球，可是卻找不到失去聯絡的同伴，也找不到時間大神。直到最近，天使的族人——齊亞爾星人，在回轉他們星球的回程之中，經過了我們的基地，說起時間大神，才知道他最近的情形，可是我們還是無法找到他，而我們又必須知道那三個同伴的下落，因為那三個人之中，有一個是我們星球上十分重要的人物。」

他講到這裡，又停了一停，才道：「他是一個十分偉大的科學家，我們不能失去他。」

羅開苦笑了一下，作了一個手勢：「我……既然有一個骷髏被發現了，只怕……」

斯波達星人又沉默了片刻，還是那個一直在說話的道：「齊亞爾星人向我們推薦你，說你是一個非凡的地球人，在幾次和時間大神的鬥爭之中，憑藉著堅決無比的意念，而使時間大神的陰謀不能得逞！」

羅開苦笑了一下：「可是，他比我強大得多了！」

那人道：「這不能怪你，他比我們任何人都強大。重要的是，你明知他比你強大，可是你仍然百折不撓地和他對抗，這需要無比的勇氣！」

羅開揮手：「你再讚揚我，我會臉紅了！」

那斯波達人笑了一笑：「果然，我們沒有找錯人！當齊亞爾星人推薦你的時候，我們也不知如何才能找到你，所以只好玩了一點小花樣——」

羅開失聲道：「那兩枚人造衛星——」

那人道：「是，我們把它引到了基地附近，知道地球上強而有勢的部門一定大為緊張，會派太空船出來尋找，我們就把訊號輸送過去，讓他們代勞來尋找你，比我們自己去找方便多了！」

羅開和卡婭互望了一眼，兩人的心中，都有一股說不出來的滋味。

斯波達星人只不過為了要引羅開露面，才令得兩枚人造衛星失蹤的！而他們的行動，引得蘇聯特務機構派出了卡婭來和羅開接觸，結果，卡婭向羅開獻出了她自己！

這一連串的後果，只怕是斯波達星人再也想不到的！

那人又道：「你果然提供了這三人的下落，我們相信，其中一個……當然已不幸去世……他的頭骨被人發現，最後落入了洪保伯爵的手中，還有兩個……我們希望他們還活著！」

羅開有點愕然：「要是他們還活著，為什麼不和你們聯絡？」

那人道：「可能由於環境不許可……總之，和你見面，收穫已經出乎意料之外，謝謝你，亞洲之鷹先生，以後的事，我們自己會進行；至於那兩枚人造衛星，在你們回到地球之前，一定早已進入它們原來的軌跡在運行了。」

羅開沒想到事情那麼快就會結束，他反倒有點悵然：「有什麼我可以幫助的地方——」

那斯波達人道：「如果有，我們一定會找你的！」

羅開站了起來，和那六個斯波達星人一一握著手，他發現他們的手十分柔軟，像是根本沒有骨骼一樣。

送羅開和卡婭回太空船的，是那個一直在講話的斯波達星人。

等他們上了太空船，那股激光光柱又送他們前進。

他們知道，在光柱的帶引之下，太空船行進的速度竟達到了光速的三分之一！也就是說，以這樣的速度行進，從地球到太陽，只需要二十四分鐘就夠了！

速度雖然如此之高，可是他們一點也沒有覺得什麼不適，可知斯波達星人在科學上，比地球人進步了不知道多少。

卡婭保持著沉默，看來她正在思索著什麼。羅開則回味著剛才奇妙的遭遇。

不一會，光柱突然消失，卡婭忙碌地操縱著儀器，使太空船又在軌跡上飛行。

當卡婭最後要去開啟通訊系統時，羅開按住了她的手。

卡婭轉過頭來，深邃的美目望向他，羅開問：「妳準備怎樣向妳的上級報告？」

卡婭先不回答，然後才低下頭來：「我接受的訓練中，沒有欺瞞上級這回事。」

羅開嘆了一聲：「我無意干涉妳的信念，但是為了使妳今後的日子愉快一點，我建議妳向上級說，什麼也沒有發生過！」

卡婭仍然垂著頭：「不能。」

羅開沒有再堅持，只是攤了攤手。

卡婭忽然抬起頭來，發出調皮而極誘人的一笑，同時，現出害羞而又興奮交織的極動人的神情：「不過我並不反對，我們遲些時候才開啟通訊系統！」

這簡直不是什麼暗示，而是明顯地挑逗了。

羅開一下子抓住了她的手背，用力向上一振，把卡婭振得直向上飛了上去，在卡婭的嬌呼聲中，他也騰身而上，兩人緊摟在一起，在無重量狀態之中翻滾著，無拘無束的就像是兩條深海中的魚兒一樣。

太空船在蘇聯亞洲部分，土庫曼地區的平原上降落，卡婭在出太空船之前，握住了羅開的手，神情有點憂鬱：「鷹，我如果想見你，怎樣和你聯絡？」

羅開深深地吸了一口氣，他絕不喜歡自己的行蹤被人知道，連黛娜要找他也不是一下子就可以找得到的。可是見著卡婭那麼動人的俏臉和她那種楚楚的神情，羅開竟然硬不起心腸拒絕她的要求，他心中自己問自己：或許根本是我捨不得和她分開？

失蹤的骷髏

羅開的心情有點惘然，他道：「我在日內瓦湖畔的別墅等妳電話，大約三天之後我會離開，那時妳如果想見我——」

他說到這裡，頓了一頓：「可以和浪子高達聯絡！」

卡婭咬了一下下唇：「你不怕我和浪子——」

她的語言和神情是如此充滿了挑逗性，羅開搖著頭：「不會，浪子不會碰我的女人——如果妳認為自己是我的！」

卡婭嘆了一聲：「我認為有什麼用？重要的是，你是不是認為我是你的！」

羅開在一時之間竟然無法給以直接的答覆，在呆了半分鐘之後，他和卡婭才一起嘆了一聲，結束了這段沒有結果的對話。

卡婭雖然有依依不捨的神情，但是她顯然又急於向她的上司作報告，一輛軍用車駛過來。卡婭向羅開揚著手，飛了一個吻，就跳上車去。

一個身形高大的軍官來到羅開的面前，行了一個軍禮，羅開不等他開口，就道：

「送我到最近的民用機場去。」

那軍官十分有禮貌地答應著，一揮手，又一輛車駛過來，羅開上了車，當他知道離最近的民用機場也要駛上三小時之際，他閉上了眼睛。

他本來想休息一會的，但是連日來的遭遇實在太奇特了，在一個遙遠的太空基地上，和斯波達星人見了面，這可以說是他一生冒險生活之最了。

他當然無法睡得著，他把整件事從頭到尾想了一遍，斯波達星人雖然沒有要求他做什麼，但是他倒感到自己可以主動地去做一些事！

所以，當兩天之後，他又到達了日內瓦，第一件事，並不是回到他那舒適的小別墅，而是來到了洪保伯爵的住所之外，按響了門鈴。

管家打開門，讓他進去，洪保伯爵在書房之中大聲叫著他。

他一進去，看到洪保伯爵的臉色難看之極，一看到他，就用力一拍桌子：「真豈有此理，我這裡也會失竊！」

羅開「啊」地一聲：「不見了——」

洪保伯爵失聲道：「當然是最珍貴的，就是你給我的那個骷髏！我估計那是外星人的骷髏，這是我的收藏邁出地球的第一步，可是偏偏在絕無可能失竊的情形之下不見了！」

羅開深深地吸了一口氣。

洪保伯爵接下來又說了一些什麼，他根本沒有注意去聽。他只是迅速地在轉著念：那個骷髏的失竊，只有兩個可能，一是卡婭或她的夥伴下的手，但洪保伯爵的收藏室有著十分完善的保安設備，這個可能性不大。

那麼，另一個可能，就是斯波達星人知道了他們失蹤的三個同伴，其中一個的頭骨在洪保伯爵處，所以就將之弄走了。以斯波達星人在科技上的成就，地球上的所謂防盜裝置自然不在他們的眼中，所以這個可性比較高，洪保伯爵再生氣，也無法再把骷髏弄回來了！

羅開想通了事情的經過，他吁了一口氣：

「真可惜，真是——」

洪保伯爵望了羅開一會，壓低了聲音：

「給你骷髏的那個……一個獨腳人？不知是不是能找到他？他手頭可能還有同樣的骷髏！」

羅開不由自主搖著頭，他絕不希望那獨腳人手上還有什麼骷髏，因為如果還有的話，那就表示三個失蹤的斯波達星人，又有一個是死去的了！

洪保伯爵自然不知道羅開搖頭是什麼意思，他道：「請你幫我留意一下，價錢再高十倍都不要緊，唉！」

羅開敷衍地答應著，他再逗留下去也沒有什麼意思了，就告辭回去，當他來到自己別墅門口時，他真希望一開門進去，卡婭會在裡面等著他。

不過，他失望了！

他只好自己安慰自己：人生總是這樣的，在草原上有卡婭突然出現的意外之喜，自然也會再失望！

他進了屋子，反手想將門關上之際，忽然聽得身後傳來了「得得」的聲音，聲響才一入耳，羅開心中便已陡然一動。

緊接著，他就聽得有人叫著：

「先生！先生！」

那人只叫了兩聲，聲音便陡然停止，羅開早已轉過身來，他看到就在他的門口，那個獨腳人正被兩個身形十分高大的壯漢，一邊一個挾著他，把他提離了地，而且其中一個還用手捂住了那獨腳人的口。

那獨腳人在拚命掙扎著，可是那兩個壯漢比他強壯不知多少，他的掙扎徒勞無功。

一看到這種情形，羅開連半秒鐘也沒有考慮，身子一躍而起，當他身子騰空之際，人已斜斜地向外疾射而出，越過了那幾級石階，同時雙腳揚起，疾如流星，正確無誤地把雙腳踹中了那兩個壯漢的面部！

那兩個壯漢看來也不是泛泛之輩，但是他們做夢也想不到，人的動作可以這樣疾如鷹隼，他們根本還未曾明白發生了什麼事，眼前一閃，接著「拍拍」兩聲響，金星亂迸，想要開口叫，可是一張口，自鼻孔之中湧出來的血便已嗆得他們發不出聲音來。

他們不由自主鬆開了那個獨腳人，獨腳人身子一個踉蹌，羅開這時已落下地來，伸手扶了獨腳人一下，讓他站穩。

那兩個人中的一個伸手在臉上亂抹，抹了一手血，另一個雖然一樣血流滿面，但看來他比較兇悍，所以已經伸手入懷取出手槍來。

羅開見此舉動，他即躍前一步，在那個抹臉的人臉上補了一拳，那人搖晃著倒了下去，同時，他左手向外一圈，一下子抓住了拔槍那人的手腕，一反一壓，在清晰可聞的骨折聲中，那人發出了如同狼嗥一樣的叫聲來，手中的槍也跌到了地上！

那人捧著斷折了的手腕後退了幾步，睜大眼睛望著羅開，從他的神情可以看出來，在他的眼中，羅開根本不是人，而不知道是什麼妖魔鬼怪！

羅開只是冷冷地看著他，那人連一秒鐘也沒有耽擱，又發出了一下驚怖之極的呼叫聲，一腳踢開那個跌倒在地的人尖叫道：

「快走！」

那人掙扎著爬了起來，兩個人比受了驚的野兔奔得還快，轉眼之間，就轉過屋角消失無蹤了！

羅開緩緩地吸了一口氣，轉過身來，那獨腳人忙道：「先生，你又救了我！」

羅開向他作了一個手勢，示意他先進屋子去再說。

獨腳人遲疑了一下，跟了進去，餘悸猶在地道：

「我身邊……錢已用得差不多了，為什麼……還會有人要綁架我？這湖邊上有的是富人，為什麼要綁架我？」

羅開當然知道，那兩個壯漢要綁架獨腳人的目的，絕不是為了錢，但是他也不向他說明，只是道：「我正想找你，問你一些事！」

獨腳人驚魂甫定，有點坐立不安。

羅開把一瓶酒塞進他的手中，他打開瓶塞，大口喝了幾口，現出訝異莫名的神情來，咂著舌：「這是什麼……這是酒？我喝酒幾十年了……怎麼從來也不知道酒有這種好味道？」

羅開自然懶得去向這種一輩子只喝劣酒的潦倒漢，去解釋他手中的那瓶酒是法國干邑區所產的極品，超過了兩百年的昔拉涅克牌子中的最高一級。

獨腳人對於好酒味還是能夠品嚐的，他又大大喝了一口，嘆道：「這酒像緞子一樣……我不是嚥下去，它是自己滑下去的！」

他一面說，一面用感激之極的目光望定了羅開。彷彿剛才羅開救了他不算什麼，這時羅開才真正成了他的大恩人！

羅開開門見山：「上次你賣給我的那個骷髏——」

獨腳人的神情立時變得十分警覺：「那……不關我的事，是給我的那兩個人說可以賣給洪保伯爵，值很多錢的！」

羅開本來是想說「那種骷髏，是不是還能找到一個」的，可是獨腳人迫不及待的分辯，他思緒何等靈敏，立時想到了事情的經過：有兩個人把骷髏交給他，要他去找洪保伯爵的！

這兩個人是什麼人？就是還活著，但無法和他們自己人聯絡的斯波達星人？

羅開故意「哼」地一聲：

「好，那我就去找那兩個人，你是在什麼地方遇到他們的？」

獨腳人又貪婪地喝了一口酒：

「我在錫蘭流浪……是在色妙達拉湖邊遇到他們的，他們看起來也像是流浪人，錫蘭的流浪人很多，他們住在一個隱蔽的山洞裡，整個頭都用麻袋包著，講起話來有氣無力，我也看出他們行動很不方便，又不像是僧人……」

獨腳人說著，羅開聽得心中怦怦亂跳！那兩個人，極有可能是斯波達星人！是不是和時間大神的鬥爭中，他們受了傷呢？

羅開知道色妙達拉湖，那是錫蘭（斯里蘭卡）東南部的一個大湖，被未曾全部開發的山陵和森林所包圍，不過要到達那裡也不是難事。

羅開先不去想那兩個人如果是斯波達星人的話，把他們夥伴的一個骷髏交給一個獨腳流浪漢是什麼用意，他只是沉聲道：

「告訴我正確的地點！」

獨腳人又吞下了一口酒：「從一個叫窩狄達格拉的小鎮出發向北走，在到達湖邊之前，有許多山陵，他們就在其中的一個山洞之中居住。」

羅開深深地吸了一口氣：「他們沒告訴你，為什麼要你把骷髏弄到瑞士來找洪保伯爵？」

獨腳人眨著眼：「他們說了一些話，可是……我一點也不明白。」

羅開還想再問，突然門被打開，一陣香氣伴著嬌笑聲捲了進來。

不會允許妳完成任務

羅開甚至不必轉過頭來，就可以知道：卡婭來了！

他曾期待卡婭早就在這屋子中等他，可是這時，他實在不希望卡婭出現，他以並不轉過頭去看，來表示他的這種心意。

卡婭的聲音隨著笑聲響起：「你只管複述一下那兩個人的話，我們或許會懂！」

羅開看到獨腳人盯向門口，眼都發直了，一面吞著口水，一面喃喃地道：「天，竟有這樣的美人！」

他說著，又大大喝了一口酒。

羅開緩緩轉過身去，當他看到了卡婭之後，他也不禁呆了一呆。

他自然不是第一次見到卡婭，可是他卻從來也未曾見過經過精心修飾打扮的卡婭。同樣是一個女人，感謝神奇化妝師，竟然可以變得如此不同，把本來的美麗變得內容更豐富、野性和優雅、誘人和含蓄、挑逗和深情，可以那麼融洽地複合成一個整體的美麗！

這時的卡婭，簡直就是女性美麗的代表！那是自然和人工的高度結合！

羅開緩緩地吸著氣，卡婭十分甜蜜地笑著，細腰擺動著，來到羅開的身邊，輕柔地偎依在他的身邊，像是將自己的柔情融進了羅開的強壯之中。羅開輕撫著她的秀髮，然後，不可抵抗地摟住了她的纖腰。

獨腳人一直目瞪口呆地看著，直到卡婭催他，他才如夢初醒一般，道：「是，是！那兩個人給了我那骷髏，又給了我不少錢，使我可以舒舒服服到瑞士來，然後他們說……說……其中一個說：希望洪保伯爵向全世界發表這消息，那至少我們在什麼地方……可以傳出去。另一個道：希望如此，但也有壞處，要是敵人先知道了？他們說的時候，聲音像是十分悲哀，靜了一會之後，另一個嘆著氣說：我們只好這樣，沒有別的辦法了。」

獨腳人講到這裡，頓了一頓：「他們說的話就是那樣，我一點不知道是什麼意思！」

獨腳人不明白，但是羅開立即明白了，卡婭也明白了，他們兩人都不約而同地吸了一口氣，互望了一眼。

卡婭明亮的眼光之中充滿了熱情，她靠得羅開更緊了一些，向獨腳人揮手：「你可以走了！」

獨腳人好像有點不捨得，羅開皺著眉：「你放心，不會再有人找你麻煩，而且，你可以把你手中的酒帶走，快走！」

當羅開最後喝斥那個獨腳人快走的時候，有一股極度的威嚴，那獨腳人吃了一驚，連忙答應著走了出去。

門才關上，卡婭就半仰起頭來，朱唇半合，舌尖自殷紅動人的唇中微微露出來，襯著她雪白整齊的牙齒，構成了一幅誘人之極的畫面。

羅開在她的唇上輕輕吻了一下，卡婭的雙臂環抱，勾住了他的頸，眼中水汪汪地，顯然她不滿足於一個淺吻，而要求更熱烈的親吻。但是羅開卻強迫著自己不和卡婭的目光相接觸。

不過，要抗拒這樣的誘惑，並不是容易的事，所以他要使自己急速轉著念，他像是在自言自語：「事情的經過，已經漸漸明朗了！」

卡婭咬了咬下唇，仰起身，在羅開的耳垂上輕輕咬了一下，立時又縮回身來：

「一定要現在就討論麼？」

羅開坐了下來，嘆了一聲，向卡婭作了一個手勢，示意卡婭坐到他的膝上來。

當卡婭嬌小的身軀坐到羅開身上時，羅開緊摟著她，卡婭順從地把臉貼在羅開寬厚的胸膛之上。

羅開又重複了一遍剛才那句話，卡婭接了下去：

「是，逐漸明朗化了。三個斯波達星人在和那個時間大神的鬥爭之中受了創傷，其中的一個死了，活著的兩個人，躲進了錫蘭一個湖邊的山洞之中。」

卡婭所講的一切，正是羅開所作的假設，而且，卡婭的聲音是那樣動聽，他的手背在卡婭凝膩的臉頰上輕輕撫過：

「說下去，寶貝，說下去！」

卡婭的呼吸有點急促，她把羅開的另一隻手拉過來，放在自己的胸前：「他們和斯波達星失去了聯絡，或許是由於創傷太甚，他們只好在那個山洞中躲著，又怕時間大神再找到他們——」

羅開聽到這裡，喃喃地道：「那一定是時間大神開始在地球上肆虐之前的事！」

卡婭閃動著明媚的眼波：「你說什麼？」

羅開道：「沒有什麼，他們把那骷髏給了流浪漢，自然是希望骷髏到了洪保伯爵的手中之後，洪保會公佈這件事，那麼，他們還活著，在什麼地方，就可以被別的斯波達星人知道了！」

卡婭發出膩人的「嗯」的一聲：

「誰知道洪保沒有向世人公佈的打算，而這時候，急於尋找同伴下落的斯波達星人找到了你，在你口中，知道那三人曾在西非洲岡比亞落腳，他們當然到那裡去找同伴了，不過不會找得到，活著的兩個斯波達星人，不在西非洲，在錫蘭的色妙達拉湖畔。」

羅開也「嗯」地一聲，卡婭又深深吸了一口氣：「而我們知道，我們可以先一步找到那兩個受了傷的斯波達星人！」

羅開保持著沉默，卡婭嘆了一聲：「我已經把一切都報告上級了。」

羅開一動不動，也不出聲。

卡婭繼續著：「上級打算聯絡斯波達星人，而最好聯絡斯波達星人的方法，是把那兩個受了傷的找出來——」

羅開直到這時才悶哼一聲：「作為要脅！作為向斯波達星人要挾什麼的條件。」

卡婭沒有說什麼，身子在微微顫動，看起來像是在哭泣，羅開緩緩鬆開了環抱著她的手，卡婭轉過頭來，果然滿面淚痕，她用十分淒怨的聲音問：

「我……做錯了什麼了？你……你……」

羅開搖頭：「妳沒有做錯什麼，不過，我不會和妳一起去找那兩個傷者，也不會允許妳上級的意圖得到實現。」

卡婭聽了，閉上了眼睛一會，這時，有兩顆晶瑩的淚珠流過她長而濃密的睫毛落了下來。

這種情景是十分動人的，勝過千言萬語的哀求。

但是羅開的語氣，還是那麼堅決：

「妳上級的意圖，是一種極卑鄙的行徑，我要做的是，盡快和斯波達星人聯絡，告訴他們的夥伴在什麼地方！」

卡婭仍然緊閉著眼睛，又是兩顆晶瑩的淚珠滾跌了下來。

羅開看得又是不忍又是煩躁：「妳別再流淚了，而且，妳這次絕對無法完成妳的任務，那個骷髏已經失蹤，自然是斯波達星人取走的，他們一定有人就在附近，只要我一聯絡上他們——」

羅開本來是想告訴卡婭，要聯絡上斯波達星人不是什麼困難的事，而一旦取得了聯絡，斯波達星人知道了自己同族人的下落，以他們的能力而論，自然可以趕在卡婭前面把人帶走！

可是，他的話還未曾講完，陡然，一下悽厲之極的慘叫聲，在外面不是很遠處傳了過來。羅開怔了一怔，卡婭也立時睜開了眼睛來。

羅開立時道：「你的人？」

卡婭的神情有點慌亂：「不！不！不會是我的人，他們受了你的教訓，我已嚴厲命令他們不能再生事，那下慘叫聲……是那個獨腳人？」

羅開悶哼了一聲：「還會是什麼人？」

他抱著卡婭站了起來，然後放下卡婭，來到窗前，拉開了一點窗帘，向外看去。

他看到，附近所有的屋子中，都有人向外面看著，也看到有不少人向一片草地奔去，草地上，一動不動地躺著那個獨腳人。

卡婭也來到了羅開的身邊，低聲問：

「斯波達星人？」

羅開緩緩搖著頭，他知道，不會是斯波達星人，他們生性十分平和，而且為了阻止時間大神的惡行，曾和時間大神經過長時期的鬥爭，怎麼會去殺害一個無辜的地球人？而且還只不過是一個流浪漢。

不是卡婭的手下，也不是斯波達星人，那麼，是什麼力量令獨腳人致死的呢？

一想到這裡，羅開陡然之際感到了一股寒意！

也就在那股寒意陡然升起之際，在他的身後，傳來了「嘿」的一下冷笑聲！

羅開這個人，就是有這種異乎尋常的能力，當他陡然想起那個念頭之際，他真的感到害怕，所以才會有那股寒意。

但是，當那下冷笑聲自他身後傳來，他立時知道自己所感到的是事實時，他反倒在極短的時間內，迅速鎮定了下來！

事情發生了，就得盡一切可能對付，沒有可供害怕的間隙——這一直是他，亞洲之鷹應變的原則！

他陡地轉過身來。

那一下冷笑聲，陰冷而兇殘，他是再熟悉也沒有的了。

那就是「時間大神」的聲音。

當他轉過身來的一剎間，他心中已經在想，這一次時間大神是以什麼形態出現呢？是一組閃耀的線條，是一隻跳動著數字的鐘，還是灼亮的光團？

而當他轉過身去之後，他呆住了。

一時之間，他幾乎不能相信自己的眼睛，他聽到的是不斷的笑聲，時間大神的笑聲，笑聲之中，充滿了陰險和詭詐、醜惡和兇殘，令人聽了，有一種說不出來的震撼之感，也可以斷定，地球上再醜惡的生物，都不會這樣笑！

腦子被佔據了

羅開怔呆的是，他清清楚楚地看到，在他眼前之高處，懸立在半空之中，不斷發出那種可怕的笑聲的，是一個骷髏！

那骷髏在發出笑聲的時候，上顎骨和下顎骨誇張地掀動著，羅開也立即就認出了，那骷髏就是那個斯波達星人的骷髏！

他一看到這種奇詭莫名的景象時，首先想到的是：斯波達星人的骷髏為何會發出時間大神的笑聲來呢？

卡婭看到了這種情形，她也呆住了。

雖然她曾經在這基地上見過斯波達星人，斯波達星人的樣子也十分詭異，但那畢竟還是一個人的形體，至少，是一個生物的形體。而如今，卻是一具骷髏，一具會發出奇妙可怕的聲音來的骷髏！

她緊靠著羅開，雙手緊握住了羅開的手臂，她握得如此之緊，以致手指幾乎陷進了羅開的手臂之中。

不管羅開的心中是多麼驚駭慌亂，但是在外表上看來，羅開的鎮定甚至是無懈可擊的，他一面拍著卡婭的手背，一面道：

「卡婭，我的這位老朋友，形體變化萬千，我第一次見到他的時候，他是一具有數字跳動的鐘，他也曾是一些雜亂的光線，現在，不知道他為什麼會利用人家的枯骨！」

當羅開才一說話之初，那可怕的笑聲一直在持續著，但等到羅開說到一半時，笑聲已停了下來，同時，在那具骷髏的雙眼之中——應該說，在那兩個深溜溜的眼洞之中，突然冒出了藍殷殷的，閃動的光芒。

那種光芒由於是在骷髏的眼洞之中發生，所以給人以骷髏突然有了眼睛的感覺，同時，也使人覺得眼神十分之怨毒。

那種光芒，越來越是強盛，給人不寒而慄之感。

羅開仍然勇敢地與之對視著。卡婭早已把臉埋進了羅開的胸中，不敢再看。

羅開一再與之對峙著，一再勉力鎮定心神，集中意志，與之對抗。

在他多次和時間大神的對抗之中，他知道，時間大神的能力再強，但是對於地球人堅強的意志，他也無可奈何。

對峙的時間並不長，但是在感覺上，羅開卻像是過了不知多久一樣，他只是站著一動也不動，可是不單手心在冒汗，額上也由汗珠變成了汗水，順著他的額角蜿蜒向下流了下來。

骷髏的口部又開始誇張地掀合，同時發出了轟烈的聲響：

「你開始害怕了，亞洲之鷹，你開始害怕了，哈哈，你開始害怕了！」

羅開的心中不是「開始害怕」，而是一聽到身後傳來聲響，肯定了是時間大神又出現之後，他就已經害怕，簡直害怕之極，和他看起來十分鎮定的外表恰恰相反！

一個人，要不是內心感到了極度的恐懼，又怎會站在那裡一動不動，而又汗流浹背呢？

可是，本來極度恐懼的羅開，在聽得自那骷髏的口中不斷吐出說他開始害怕了的語句之後，他心中陡然一動：為什麼對方要這樣說呢？

他，作為一個地球人來說，在時間大神面前，力量的強弱對比是如此之顯著，對方絕無不知之理，那也應該早已知道他會害怕，絕不應該到這時候還要用語言來使自己害怕！

這種現象表示了什麼？表示了時間大神自己的內怯！

而他為什麼要內怯呢？剎那之間，羅開的思緒十分紊亂，但他還是迅速地理出了一個頭緒來。

在「天使」拚著和時間大神同歸於盡的時候，「天使」犧牲了，但並未能消滅時間大神。

不過，據天使的族人說，也給了時間大神十分嚴重的創傷！是不是時間大神的重創根本沒有恢復，所以才會這樣內怯呢？

一想到這一點，羅開陡然精神一振，哈哈笑了起來，他迅速想深一層，知道自己找對了！

要是時間大神還有著和以前一樣能力的話，怎會附在一個骷髏上和他對答，早已盡他的力量施展他兇殘的手段了！

羅開一面笑著，一面心中的懼意已去了大半，他一面笑著，一面道：

「我害怕？我何必害怕一個受了重創，幾乎無法生存下去的太空怪物？你來得正好，給我有機會可以徹底消滅你！」

那骷髏的各部分骨骼本來就是可以活動的，這時，每一個可以活動的部分都在動著，彷彿是他在生氣一樣。

羅開繼續道：「怎麼？你已經到了無法單獨生存的地步？從此之後，你只能附在骷髏上活下去！哈哈，你不能再害人了，只能嚇嚇小孩子！」

那骷髏陡然張大了口，發出轟然的聲響：

「你只猜對了一半！」

當他講出這一句話之際，雙眼之中藍色的光芒大盛，閃耀著，轉動著，看起來十分聲勢驚人，而羅開在一時之間還不知他這樣說法是什麼意思時，突然脅下一涼，他低頭看去，只看到一根細長的金屬管子抵在他的脅下。

那金屬管子相當長，足有五十公分，金屬管子的另一端握在卡婭的手中，那另一端是一個柄，柄上有著按鈕，卡婭的一隻手指正按在那按鈕上。

毫無疑問，那是一件武器，只要卡婭的手指稍一用力，自那細長的金屬管子之中就會有什麼東西射出來，射進他的體內。

羅開在剎那間所受到的震動，真是難以言喻，由於震駭是如此之甚，他連外表的鎮定也無法維持了。他勉力向卡婭望去，只見卡婭的神色一片茫然！

剎那之間，羅開明白是怎麼一回事了！

他知道，時間大神雖然受了重創，喪失了大部分能力，但是他至少還有能力可以影響一個地球人的意志，使一個地球人進入被催眠的狀態之中！看這時卡婭的情形，分明已經被時間大神開始控制她的意志了！

羅開立即也知道，那是由於自己的疏忽，才造成如今這樣的局面的！他一見到時間大神，就全神貫注去對付，忘了警告身邊的卡婭！

卡婭並不是一個意志力不夠堅強的人，只要她有防備的話，她也可以戰勝時間大神對她發動的意志上的侵襲。但是她卻一點沒有準備，而時間大神一定也看穿了這一點，一上來就向她猛烈進攻，所以才使她進入了被催眠的狀態之中。

羅開的心念轉得何等之快，他明知這時如果處理得稍有不妥，卡婭的意志已不由她自己控制。只要她手指向下輕輕一按，誰知道那細長的金屬管中會射出什麼東西來，可能是一枚毒針，也有可能是一枚微型的火箭！

但是，羅開還是陡然一提中氣，發出了石破天驚的一下呼喝聲，那是破壞催眠術的有效方法，是西藏密宗功夫之中的「當頭棒喝」。一般來說，被催眠的人在「當頭棒喝」之下，會立時清醒過來，回復自己的意志。

這時，羅開疾聲一喝，卡婭的身子突然震動了一下，本來呆滯而沒有光彩的眼神，在那一剎間也突然有了靈光一閃。

然而，那一切只是極其短暫之間發生的事，也幾乎就在同時，兩團深藍色的，閃耀不定的光芒倏然而至，一下子就罩到了卡婭的頭上。

當那兩團藍光罩上來時，羅開曾想不顧一切揮手將之格擋開去，但是他念頭才起，連手指也未來得及動一下，兩團藍光倏然不見，來得快，消失得更快，同時，卡婭發出了「哈哈」一笑，身子向後退去。

那笑聲分明是卡婭的聲音，但是又絕不是卡婭的聲音！在那一剎間，羅開只覺得遍體生寒，整個人像是浸進了冰水之中一樣！

他知道，「時間大神」已經整個侵入了卡婭的腦部，控制了卡婭整個身體！

聲音聽來仍然是卡婭的，因為時間大神利用了卡婭的身體結構，利用了卡婭的發音器官在發出聲音來，所以聽來是卡婭的聲音，但真正在講話的，卻又是時間大神，所以又絕不像是卡婭的聲音！

看來，時間大神所受的創傷真不輕，這大抵是他僅有的伎倆了，但就是這一點伎倆，由於事先未曾料到的情形下，卻也使他佔了上風！

羅開電光石火之間所想到的是：卡婭死了嗎？還是當時間大神離開她時，她可以恢復正常？

接著，羅開想到的是：他佔據了卡婭，目的是什麼呢？

他在那一剎間所受的打擊是如此之甚，以致他只是像泥塑木雕一樣地站著，盯著卡婭看。

乍一看來，卡婭的外形還是那樣美麗，是一個無懈可擊的美女，但是只要看仔細一點，就可以知道完全不同了！

雖然以前，卡婭的身分和行動並不令羅開喜歡，但是她的神情，無論是嗔是喜，總是那麼充滿了生命的光輝，活生生的生命光輝，在她身上每一處流轉。

但這時，自卡婭眼中射出來的光芒是陰森的，她的冷笑是邪惡的，在美麗的外形之下隱藏著無比的凶狠和惡毒，簡直就是邪惡的化身！

她在冷笑了一聲之後，在一張沙發上坐了下來，看了看手中那細長的金屬管，道：「這算是什麼？」

她一面說，一面伸手在那按鈕上按了一下，「嗤」地一聲響，一枚約有十公分長的利針陡地射了出來，整個插進了天花板之中。

她又冷笑一聲：「這也算是武器，太落後了！」說著，順手將之拋了開去，閃著藍殷殷邪毒光芒的雙眼，又轉向羅開。

羅開真的不知如何才好了！

時間大神最弱的時刻

羅開真的不知如何才好，他要是撲上去，他知道，時間大神會控制著卡婭和他搏鬥，就算他打贏了，受傷的是卡婭，他一點也傷不到時間大神，時間大神可以離開卡婭的身子！

羅開心跳劇烈，他不斷告訴自己：鎮定！鎮定！在如今這樣的情形之下，唯一有幫助的是鎮定，只有在鎮定的境地之中，才能夠隨機應變。

他站著一動也不動，「卡婭」又惡毒地笑了起來：「你想不到辦法來對付我了吧？」

羅開只覺得自己喉頭像有烈火在烤炙一樣，以致一開口，他的聲音是乾澀的：「你殺了她！」

「她」哈哈笑了起來：「不，只是暫時佔據了她的腦部，就像強烈的信號搶走了微弱的信號一樣，我一走，她還是她，可是現在，她就是我，你是不是想來消滅我？我看你無法下手！」

羅開搖了搖頭，他甚至現出了不屑的神情來：「堂堂可以不受時空限制的時間大神只剩下了這一點伎倆，也夠可憐的了！」

「卡婭」雙眼之中兇光大盛：「我很快就會恢復全部能力，你必須聽命於我，使斯波達星人幫助我恢復能力！」

羅開冷笑了一下：「我想不出我要聽你命令行事的理由！」

「卡婭」也跟著冷笑了一下，突然伸手指了指她自己，聲音變得十分尖厲：「她就是理由，我可以輕而易舉令她死亡！」

這真是一種詭異之極的情景：一個人指著自己，而稱之為「她」，不稱「我」！自然，羅開知道這種詭異情景的來龍去脈，也知道對方絕不是在虛言恫嚇。

他緩緩地吸著氣，心中在急速地轉著念。

「卡婭」又現出兇狠的神情來：

「你聽著，你曾和我作對過許多次，這一次，如果再和我作對，我絕不會放過你，我先要令你心愛的小女人變成一堆血肉模糊的屍體，再——」

羅開鎮定地，仍然重複著剛才的那句話：「我看不出你憑什麼可以要脅我——」

他講到這裡，伸手一指卡婭：「她並不是我心愛的小女人，天使才是，而天使早已死在你手裡了！」

羅開極喜歡卡婭（事實上，像卡婭那樣迷人的女郎，能令得世上任何一個男人都喜歡她），但是羅開真的未曾愛過卡婭，他對卡婭的感情甚至還及不上他對黛娜的感情。當然，更比不上天使！

雖然，他極不願看到卡婭在時間大神兇殘的手段下死去，他會盡自己一切力量來阻止這樣事情的發生。但是時間大神以為憑這一點就可以威脅羅開的話，他真是犯了錯誤，所以才給了羅開從容應對的機會。

羅開這只是一次小小的「交鋒」，但實際上，卻產生相當重要的影響。那使得羅開的自信心陡然增強，他知道，對方要依靠威脅來行動，那麼，他的能力實在是十分有限了！

雖然，羅開也知道，時間大神的能力消失再多，至少他還保留了可以隨意侵入一個人腦部這種可怕的能力，但是在他的話中，羅開卻也可以揣測到，像自己這種意志力堅強的人，對方就不是那麼容易侵入！

如果他有辦法輕易侵入的話，他早已那麼做了。

而且，當羅開那幾句話一說出口之後，「卡婭」的神情雖然一樣兇狠，但是也有著狼狽，不知道如何應付，在這樣情形下，羅開自然更感到自己佔了上風！

他在等著對方下一步的行動，「卡婭」挪動了一下身子：

「自然，我也可以令你死亡，譬如說，我可以打你——」才說到這裡，「她」陡然出手，動作快捷無比，「砰」地一拳，已打在羅開的胸口。

羅開陡然一凝氣承受了這一拳，他是在密宗氣功上有極深造詣的人，就算是一個大鐵鎚打了上來，他也能抵受得起，這一拳自然傷不了他什麼。

「卡婭」這時又坐回了原處，接著道：「你能打回我嗎？歡迎你打，因為你根本打不中我，你打的，只是這小美人！」

羅開冷冷地道：「卑鄙！」

「卡婭」縱笑了起來：「我從來沒有高尚過！你應該看得出，你還是非受我操縱不可！」

羅開絕沒有把對方的話放在心上，他只是在想：在時間大神的能力大部分消失的情況下，應該是消滅他的最佳時機。

但是，怎樣才能消滅他呢？他甚至是無形無蹤的！

這時，明知他盤踞了卡婭的腦部，但難道把卡婭的頭打碎？他心中暗嘆了一聲，就算這樣做有用的話，他也不會做，何況根本沒有用！

「卡婭」的聲音又兇狠又急促：「你放心，我在地球上許久了，我準備離去，你若是能幫助我離去，對地球也大有好處！」

羅開聽到這裡，心中陡然一動。

「卡婭」接下去又道：「我可以隨便進入一個人的腦部，替代這個人的活動，你想想，如果我進入一個掌握有絕對權力的人的腦部，那麼，就可以輕而易舉在地球上挑起一場毀滅性的戰爭來。」

「她」講到這裡，作了一下手勢，手指在椅子的扶手上按了一下：「一場足以毀滅地球的戰爭，只消從按下一個按鈕開始就可以了！」

羅開聽到這裡，自然而然現出了十分苦澀的神情來。他真正感到了悲哀，造成這種輕而易舉，就能發生一場足以毀滅地球的戰爭的情形，正是地球人自己造成的，若不是地球人自己如此努力於毀滅性的戰爭，時間大神自然也就無法利用了。

「卡婭」繼續說著：

「我的目的，只是想在恢復能力之後，用你們的話，是等到創傷全部痊癒之後離開地球……這是你作為一個地球人阻止地球發生大災害的一個機會！」

在那一剎間，羅開陡然產生了一個念頭，但是他絕不顯露出來，只是用聽來十分疲倦的聲音問：「我能幫你什麼？」

「卡婭」立時得意地笑了起來，看來，羅開是完全屈服了！「她」道：

「斯波達星人有能力使我痊癒，只要他們肯答應讓我使用他們基地中的設備，而要他們答應，就必須先把那兩個還活著的斯波達星人弄到手，作為交換條件！」

羅開心中暗忖：奇怪，這種做法倒和卡婭原來的要求十分相似，目的都是要斯波達星人的幫助，而手段就是先把那兩個斯波達星人弄到手。

羅開沒有什麼特異的反應，只是冷靜地道：「我相信你也知道那兩個人在什麼地方了，你大可自己去進行，為什麼非要我參加不可？」

羅開在這樣說的時候，早就十分留心地在注意對方的反應，他看到「卡婭」不安地移動了一下身子，而且沒有立時回答。羅開心中「啊」地一聲，那種情形，至少使他明白了一點：現在，時間大神比他想像中還更弱！

羅開不明白對方何以會弱到這種程度。他剛才想到的那個念頭是：要趁時間大神在最弱的時候消滅他！而如何才能消滅他呢？只有設法多和他在一起，一面可以找出方法來，一面也可以尋找機會！

所以這時，羅開在表面上看來是被動的，實際上，他卻是主動的！就算時間大神要趕他走，他也要緊跟著不離開！

「卡婭」的不安是十分明顯的：「你只要聽我的話就是，何必多問！」

羅開心中暗暗好笑，但是他還是十分認真地道：「你要保證在事後離開地球！」

「卡婭」道：「我已經保證過了！」

羅開道：「還有，你要保證不傷害她！」

羅開說著，直指著卡婭，「卡婭」立時笑了起來：「放心，一定和以前完全一樣，我看不必再耽擱了，我們這就走，你去準備你的私人飛機。」

羅開實在忍不住好奇，他一面站了起來，一面問：「你甚至是沒有形體的，又不受時間和空間的限制，我以為你在萬分之一秒鐘內就可以從地球的一端到另一端，為什麼還要什麼私人飛機？」

「卡婭」悶哼了一聲，現出了十分憤懣的神情來，尖聲道：「那要問你所愛的那個齊亞爾星的怪物！」

羅開自然知道，對方口中所謂「齊亞爾星的怪物」就是「天使」！這時，他也可以完全肯定時間大神此際的能力，至多只比普通的地球人稍強而已，甚至還不如他！問題是不知如何才能把他徹底消滅而已！

羅開一明白了這點，心情自然無比輕鬆，他甚至揚起手來。本來，他揚手，是想在卡婭的俏臉上輕輕捏一下的，但是當他一看到卡婭臉上那種兇狠的神情之際，他立時縮回手來：「走吧！」

羅開來到電話前，先打了幾個電話，安排著行程，然後和「卡婭」一起走出了大門，他甚至不和卡婭並肩走著，雖然卡婭仍然是卡婭，但是明知她的腦部已被時間大神所據，那種感覺一想起來，就令人有一種毛髮直豎的不舒服之感！

一出門，那兩個捱過他打的人就迎了上來，「卡婭」用一種十分兇狠的眼光盯著他們，羅開忙低聲道：「他們是妳的手下！」

「卡婭」轉頭向羅開望來，顯然他連卡婭是什麼身分也不知道。這一點，倒頗出乎羅開的意料之外，羅開忙揮著手：「沒你們的事，走吧！」

那兩個人十分懷疑的走了開去。

能消滅時間大神的力量

一小時之後，在私人噴射機之中，羅開自己駕機，「卡婭」坐在他的旁邊，飛機以接近音速，破空直航。

「卡婭」悶哼了一聲：「真落後！」

羅開冷笑：「你那麼先進，可是現在也只好利用這落後的交通工具！」

「卡婭」激動了起來：「一個地球人如果處在五百公斤烈性炸藥爆炸中心，他剩下什麼？」

羅開悶哼了一聲：「什麼也不剩下！」

「卡婭」的神情，在憤怒之中有著自傲：「那該死的怪物用了那麼大的能量來對付我，可是我還存在，而且，可以復原！」

羅開明白了他的意思，「天使」給他的創傷是如此之重，相等於用五百公斤的烈性炸藥去炸一個地球人！在這樣的情形下，他居然仍然可以存在，這真是有點匪夷所思了！

羅開一面轉著念，一面故意道：「哼，她當時應該加大能量，一舉把你消滅！」

「卡婭」放肆地笑著：「就算能量大到足以毀滅一個星體，也無法消滅我！」

羅開裝成十分不服氣的樣子：「宇宙之間總有一種力量，可以令你消失，不再存在的！」

「卡婭」的面部肌肉抽搐著，沒有再說什麼，也不否定羅開的話。這又使羅開知道，宇宙之中，確有一種力量，是可以令「時間大神」徹底消滅的。

可是知道了這一點，並沒有用處，因為羅開不知道那是什麼力量，就算知道了，他也無法掌握這種力量。

他，亞洲之鷹，再強也不過是一個地球人，而不少星球上的高級生物曾聯合起來對付他，也沒有成功。而齊亞爾外星人，斯波達星人的能力，都遠在地球人之上！

羅開明知再問也沒有用，但是他還是抱著姑且一試的心情，問：「那種力量是什麼？你剛才已經默認了，那是什麼力量？」

「卡婭」尖聲笑了起來：「別白費心思了，還是快快幫我恢復能力，使我離開地球，把我這個大禍胎弄到別的星球去！」

羅開苦笑了一下。

「時間大神」可以說是宇宙間的一個大禍胎！他，作為一個地球人，怎能令之徹底消滅呢？一想到這裡，他自然覺得氣餒。可是，他又確切知道，現在是消滅時間大神的良機，因為他的能力如今只剩下了百分之一，甚至只是千分之一！

時間大神看來不願意再和羅開說什麼，那時的卡婭雖然睜著眼，可是眼中一點光彩也沒有，一動也不動，就像是死了一樣。

羅開保持著高度的警惕，以防時間大神突然的侵襲，可是卻又一直沒有什麼特異的現象。

飛機在土耳其停留了一小時，增添燃料，再起飛之後，又在印度北部作了同樣目的的停留，然後，在六小時後，降落在錫蘭東部的安帕拉市。

那是一個小地方，卻有著一個機場。而安帕拉離他們要去的湖邊，只有二十多公里。

在長時間的飛行中，羅開一直保持著警覺，甚至連閉上眼休息一會兒都不敢，因為那麼可怕的敵人就在身邊。他不能給對方以萬一可趁之機，他的身體實在已經疲倦之極，可是他的意志卻仍然這樣堅強。

當飛機停下來之後，「卡婭」才開始活動，狠狠地瞪了羅開一眼。他知道那麼艱苦地保持警覺並沒有白費，他又勝了一個回合，時間大神以為會有可趁之機，但是他連半分機會都沒有給他！

羅開有點自傲地一笑：「你大可以死心了，在你幾乎是全能的時候尚且奈何不了我，何況是現在！」

「卡婭」立時現出了又狼狽又憤怒的神情來，羅開更感到了心情無比的舒暢，他開懷地大笑了起來。

離開機場之後，羅開租了一輛吉普車，向湖邊進發，在靠近湖的東邊，地勢相當平坦，但漸漸地，車子駛進了丘陵起伏地帶，根本沒有道路，車子只是在大大小小的嶙峋怪石上行駛，有時，車身一個彈跳，就可以彈高到兩公尺以上。

普通人對於這樣的旅程，自然會覺得十分辛苦，但羅開卻毫不在意，「卡婭」自然也不在意。

「她」只是一直用那雙本來如此美麗，但這時卻充滿了狠毒眼光的雙眼緊盯著羅開，那令得羅開十分不舒服，但是他還是沉住了氣，有時，甚至還回盯著對方，絕不示弱。

車行一小時之後，「卡婭」才嘆了一聲：「要是每一個地球人都像你一樣，那麼，宇宙之中，沒有什麼別的星體上的生物可以征服地球人！」

羅開不假思索就回答：「就算每一個地球人全是低等動物，也不會被外星人征服，就像在地球上，人作為高級生物，但無法征服低級昆蟲一樣！像你，在全能時期，至多給地球帶來災禍，也不能征服地球人！」

「卡婭」突然憤怒起來，「哼」地一聲：「要不是那三個斯波達星人的阻撓——」

他沒有再說下去，羅開知道，那三個斯波達星人，曾在地球上和時間大神作過長時期的鬥爭，他抬了抬頭：「我們會感謝他們！」

這時，車子自一個十分狹窄的峽谷之中駛了進去，而停在一塊巨大的，阻住了峽谷去路的大石前。

「卡婭」一躍下車：「翻過這塊大石就是了！」

羅開用疑惑的眼光看去，「她」咕咕地笑了起來：「我的能力總還比你強些！」

羅開厭惡地轉過頭去，他想到和卡婭在草原上的三天神仙一般的旅程，而現在，身邊還是同樣的人，同樣滑膩嬌柔的肌膚，可是一切卻是那麼不同，他再有勇氣，這時也不敢用手指去碰她一下，不是不敢，而是忍受不了那種一想起來就噁心的感覺！

「卡婭」急急走在前面，攀上那塊大石，翻了過去，羅開跟在後面。

等到翻過了那塊大石，「卡婭」指著前面一個極窄的山縫：

「他們就躲在裡面，你所要做的是，進去，把他們打昏過去，斯波達星人的弱點，是在他們的後心，你不能攻擊他們的頭部，要出其不意重擊他們的後心部分，然後把他們綑綁起來。」

羅開一面眨著眼，一面心中在急速轉著念，是不是要照他的吩咐去做？

「卡婭」急躁起來：「我估計別的斯波達星人也快來了，快去！不然，我至少還有能力使地球產生不大不小的禍亂！」

羅開深深地吸了一口氣，他，亞洲之鷹，從來也未曾被另一個人命令著去做什麼事情過。但這時，一則，時間大神在地球上惹出來的禍亂可大可小；二則，他始終認為現在是消滅對方的最佳時機，雖然他還一點頭緒都沒有，但他也不願放棄機會。

所以，他沒有說什麼，就向著那個狹窄的縫走了進去。

開始十公尺左右，山縫十分狹窄，有時甚至要側著身子才能向前走。但在十公尺之後，漸漸寬敞了起來，不多久，就到了一個山洞之中。

那山洞中十分黑暗，自山縫中透進來的光芒十分微弱，看不清什麼，只是在感覺上，可以感到這個山洞相當寬敞。

羅開不再向前走去，他在走進來的時候，已經打定了主意，要用最簡單的話，在最短時間之中，使那兩個受了傷的斯波達星人知道，他是朋友，不是敵人！

這時，他不再向前走，就讓自己背光站著，微微攤開手，作出一個全無惡意的姿勢來，希望對方可以看出他的心意。

然後，他朗聲道：「兩位，我是一個地球人，感謝兩位曾和一個個體星體人的鬥爭，使地球免於災難，兩位的自己人快到了，請現身和我對話！」

他急速地把這番話連說了兩遍之後，就靜了下來，緊張地等待著變化。他已經可以肯定，那兩個受了傷的斯波達星人，是一點自衛能力都沒有的。

任何人，不管他來自什麼星球，若是喪失了自衛能力，自然就會對陌生人加以特別的戒心，所以羅開耐著性子等著。

在等了一分鐘之後，他又把那番話重複了一遍。然後，他聽到了一陣「窸窣」的聲響在黑暗中傳出來，但是只響了一下，又靜了下來。

羅開吸了一口氣，又道：「你們的敵人，也是我的敵人，正在外面，他不知用什麼方法，佔據了我一個朋友的腦部，他在等你們的同類，準備挾持你們，向你們的同類提出要求——」

這一次，羅開才講到這裡，就聽得黑暗之中傳來了一個憤怒的聲音：「他想利用我們的能量放射儀！」

羅開鬆了一口氣：「我不懂他有什麼目的，但我相信，我們一定可以合作對付他！」

他一面說著，一面循著聲音向前走去，這時，他的眼睛也漸能適應黑暗了，他看到有兩個人並肩站在一起，正如那獨腳人所說，兩個人的頭上都纏著布，連臉上也看不清楚。

羅開忙又道：「我曾在你們的基地上和你們的同類會過面，所以不會對你們的外形感到害怕，我也見過那獨腳流浪漢，知道你們受了傷。」

那兩個人的身子發著抖，看來十分激動。

羅開又道：「你們要假裝被我擊倒，我先要瞞過我們的敵人，才能使事情有進一步的發展！」

驚天動地的變化

那兩個斯波達星人拉下了裹在頭上的布片，額部的皮膚向上抬起來，現出他們的眼睛來望向羅開，也就在這時，外面傳來一種極其尖銳的呼嘯聲，那兩個人異口同聲，急速地講了一句羅開聽不懂的話，一起向外走去。

羅開著急道：「兩位——」

那兩人並不停留，一個道：「我們的人來了！」

羅開忙道：「現在，是徹底消滅敵人的最佳時機，我認為兩位應該和我合作！」

那兩個人卻並不停步，仍然向外走去，羅開向後跳出了一步，伸手阻攔他們，可是他才伸開雙臂，那兩個人的動作極快，一下子就抓住了他的手腕，而且同時以絕無可能的角度，一面轉動著他們的身子，一面仍然緊緊地抓住了羅開的手腕。

等到羅開在電光石火之間想到了他們——斯波達星人的全身骨節幾乎都可以分離轉動，所以他們也能夠三百六十度地轉動他們的手腕之際，已經晚了一步，他的雙臂一下子已被那兩個人扭到了背後。

而且，那兩個人也絕不如他想像之中那樣軟弱無力，他的雙臂被人扭到了背後，他掙了一掙，不能將之掙開去。羅開忙叫道：

「時間大神在外面！」

他叫了一句之後，又立即想起對方可能根本不知道「時間大神」是什麼，所以他又立時叫道：「就是那個在地球上和你們鬥爭了許久的那個——」

但是，羅開卻沒有機會說完自己的話，先是一陣剛才曾傳進洞來的那陣十分尖銳的尖叫聲又傳了進來，聲音是那樣懾人，令人全身的神經都像是處在一種利銼之中一樣，有著說不出的難受。

緊接著，羅開就覺出，那兩個人用力一推他的背部，同時鬆開了雙手。

那一推的力道相當大，若是普通人，自然非向前一跤跌了出去不可，不過，他，亞洲之鷹羅開，卻不是普通人，那一推的力道雖然大，也不過令他的身子向前傾斜了一下，他的雙腳還是緊緊釘在地上，甚至未曾移動一下！

而他一覺出手腕已被鬆開，就在身子向前略一傾斜之際，已經硬生生轉過身來。

他本來打算在一轉過身來之際立時出手，將那兩個人阻住的。可是，那兩個人的行動極其迅速，羅開才一轉過身來，那兩人已在離他七、八公尺之外。

羅開一吸氣，身子向前撲了出去。

這時，由於連串的變故，羅開根本沒有機會靜下來好好想一想，他用盡了自己的能力，希望可以將那兩個斯波達星人阻攔住，可是究竟為了什麼他要這樣做，連他自己也有點說不出來。

自然，他的動作，是由於他下意識感到時間大神就在洞外，那兩個人出去，就可能落入了時間大神的手中，所以才要阻止他們。

但是在那種尖銳刺耳的聲響再一次響起之際，他立時想到，那兩個斯波達星人在第一次聽到那種聲響之際，曾叫了一聲：「我們的人來了！」

如果是其餘的斯波達星人趕到了，那麼就有足夠的力量對付時間大神，他也不必阻止那兩個人出山洞去了！

當羅開想到這一點的時候，他剛撲出了五、六公尺，落下地來，那兩個向洞外急速移動的斯波達星人距離他也只不過五、六公尺，羅開就算不再向前撲出，在他身邊攜帶的工具之中，至少也有兩三樣可以發生阻止這兩個人繼續行動的作用，例如，他皮帶扣子之中就設有強力的發射裝置，可以在一舉手之間就射出一股長達十公尺極細的鋼絲，去將那兩個人的足踝纏住，令得他們跌倒在地。

但是他既然想到了外面已經到了更多的斯波達人可以對付時間大神時，他就沒有那樣做，只是在那一剎間，感到了「終於可以消滅時間大神這個惡魔」的興奮。

一切都發展得那麼快，就在羅開這樣想著的時候，前面向洞外在迅速移動的那兩個斯波達人已經看不到了。

同時，在洞口處又傳來了一下難以形容的聲響，那種聲響，聽起來像是有千百萬受了傷的猛獸在一起咆哮，也像是有千千萬萬惡鬼，從地獄之中衝出來時所發出的呼嘯聲，聲音雖然是在洞口發出的，但是傳進了山洞之後，仍然激起了轟轟不絕於耳的回聲。

本來，再巨大的聲響也是無影無質的，但這時，羅開卻覺得隨著回聲在山洞中的來回撞擊，有一股巨大的力量也在山洞之中來回衝擊著。

那種力量並不是狂風，羅開甚至一點也感覺不到氣流的移動，但是卻又實實在在有一股巨大的力量在衝擊著。

羅開想：難道這是聲波所形成的力量？才一轉念間，那股力量已令得他腳步踉蹌，站立不穩。他身不由主向外跌出幾步，肩頭撞到了洞壁的岩石。

由於那種力量十分強大，所以當他被那種力量帶動著，身不由主撞上了堅硬的洞壁之際，令他感到了一陣劇痛。

那種劇痛，甚至令他不由自主發出了一下呼叫聲來。

羅開無法知道發生了什麼事，在他的冒險生涯之中，不知道曾經歷過多少驚險，可是他卻感到，再也沒有一次像如今這樣凶險的了！

他處身於一個漆黑的山洞之中，已知的是至少有兩種不同的，來自外星的高級生物就在附近，而且其中一個，是窮兇極惡的宇宙間的煞星！

而突然之間，在那麼可怕的聲響之中，又是那麼無從捉摸的，幾乎不可抗拒的力量，而他連那種力量是自何而來的都不知道。

羅開在這樣的情形之下，根本沒有任何餘暇去思索這些事，他忍著肩頭上的劇痛，一咬牙，雙手已抵住了一塊突出來的石頭。

在那股強大的力量衝擊之下，他至少先要穩住了身子再說，不然，再被帶得向洞壁上撞去的話，可能把他撞得粉身碎骨！

他雙手緊緊抓住了那塊石頭，那股力量仍然在他身邊來回激盪著，羅開感到像是他一個人和超過一百個人在進行拔河一樣，他要咬緊牙關，用盡全力，才能和那股力量相抗。

羅開甚至在事後也無法知道究竟在這樣的情形之下過了多久。但想來不會太久，隨著回聲在山洞之中漸漸靜了下來，那股來回衝擊的力量也漸漸消失。

回聲，再強烈的回聲，在山洞中，也不可能引起超過三十秒的反應，可是，那幾十秒鐘在當時的羅開來說，不知道有多麼長，他的手指幾乎已經僵硬了，他也記不起自己在那段時間內是不是曾呼吸過。

當那股力量消失之後，他只感到自己已用盡了最後一分力氣，整個人像是散了開來一樣，已不再是一個整體的存在，他甚至無法站得住，重重坐倒在地上。

羅開還是沒有機會想一想究竟發生了什麼事，就在他重重坐到了地上之際，他陡地看到有一團暗藍色的光芒，以極高的速度滾了進來。

那團光芒並不大，而且，光芒也十分暗，如果不是山洞中一片漆黑的話，根本就看不到有這樣的一團光芒。

那團暗藍色的光芒，向山洞深處直流了進去。

羅開在還未曾明白那是什麼現象之際，又看到了一條纖小的人影，像是被不知道什麼力量帶動著一樣，也向山洞中奔進來。

那條人影，在奔到離羅開不遠處時突然跌倒。羅開之所以能看到那條人影，全是由於剛才那團暗藍色的光芒迅速經過時所留下的一點微光之故。

這時，光團已經進入了山洞的深處，眼前又是一片漆黑，所以那條人影一跌了下來，羅開只聽到聲響，卻全然看不到她。

這一切的變化，全是在幾乎只有十分之一秒之間發生的，羅開猛地吸了一口氣，想要先站起身來再說，可是他的身子才向上抬了一抬，一下驚天動地的爆炸聲已經傳了過來，隨著爆炸聲，整個山洞都在震動，羅開重又坐倒在地上。

由於震動是如此之甚，他的身子隨著劇烈震動的地面跳動了七、八下，每一下都身不由主，彈高了至少有五十公分。

接下來，一切聲響全都消失，變成了極度的寂靜，簡直是一片死寂，羅開不但可以聽到自己的心跳聲，而且還絕對可以肯定，就在他不遠處還有一個人在，他可以感到那個人的呼吸聲！

在驚天動地，詭異莫名的巨變之後，忽然在極度的黑暗之中，是極度的寂靜，這今得羅開下意識地感到，自己的處境更加凶險了！

剛才，只在幾秒鐘之內，他經歷了如此的驚濤駭浪。

但他畢竟是對種種冒險生活有豐富經驗的人，幾乎立即地，他已恢復了鎮定，一挺身，站了起來。

由於山洞中是那麼靜，所以當他站起身來之際，他可以聽到自己體內骨節所發出的一連串的「拍拍」聲響。

他才一站直身子，就聽得一下呻吟聲，接著，就是一個極低微的聲音在說著：

「天，究竟發生了什麼事？」

那聲音是如此之低，簡直和心語差不了多少，但是由於極度的寂靜，所以羅開還是聽得很清楚，而且，他一聽就聽出，那是卡婭的聲音！

他聽出了那是卡婭的聲音，意思就是，那是真正的卡婭的聲音，並不是被時間大神佔據了腦部之後的「卡婭」所發出來的聲音。

在那一剎間，羅開只覺得自己心跳加劇，加劇了跳動之後的心跳聲簡直有點震耳，他吸了一口氣，小心地問：「卡婭？」

卡婭的呻吟聲又自黑暗之中傳了出來，同時，又是她低微的聲音：「怎麼了？發生了什麼事？我是不是已經到了地獄之中？」

「地獄」中

羅開在聽到了卡婭的呻吟聲之際，已經循著聲音傳來的方向向前走去，他走得十分小心，走出了不幾步，就在卡婭的話一說完時，他就覺得自己的小腿被突如其來的兩隻手緊緊地抱住了。

雖然羅開知道，抱住自己小腿的一定是卡婭，可是在那麼漆黑詭異的境地之中，在經過了那樣驚天動地的變化之後，仍然使他的心中打了一個突。

他屏住了氣息，慢慢彎下腰去，碰到了抱住他小腿的手，手是冰冷的，但是那種柔軟的感覺，羅開並不陌生，那正是卡婭的手。

他的手才一碰到了卡婭的手，卡婭立時緊抓住了他的手，一邊喘著氣，一邊道：

「你是……我是不是進了地獄？你是……」

羅開在這時候還是迅速地想了一想，這是卡婭自己，還是被時間大神控制了的？

他立即有了決定，那是卡婭自己！

他用力一拉，將卡婭拉了起來，沉聲道：

「卡婭，是我，鷹！」

卡婭陡然「嚶」地一聲哭了起來，把她柔軟嬌小的身子緊緊貼住了羅開：「鷹，鷹！發生了什麼事？我們一起進了地獄？」

卡婭一連幾次提及了「地獄」，那真令得羅開也不禁怵然！

由於這種感覺是如此強烈，以致羅開一時之間竟不能說出否定的話來，他深深地吸了一口氣，究竟發生了什麼事，他一點也不知道，雖然一切變化他都是經歷著的，但是一切都來得那麼突然，像是一個又一個疾雷一樣，直到這時，他才能略微定下神來想一想。

當然不是在地獄之中，他還在那個山洞中，這一點是可以肯定的。

時間大神佔據了卡婭的腦部，和他一起來到了這裡，在山洞口，「卡婭」要他進來，對付躲在山洞中的兩個斯波達星人。

他進了山洞，想和那兩個斯波達星人聯合起來對付時間大神，接著，便是接連兩下，自外面傳進來的尖銳嘯聲，再接著，他就和那兩個斯波達星人動上了手，然後，就是驚天動地的變化！

羅開只能想到這裡為止，究竟發生了什麼事，他連一點概念也沒有！

他勉力鎮定心神，一面輕輕拍著依偎在他懷中的卡婭的背部，低聲道：「別胡思亂想，我們不是在地獄中，是在一個山洞裡！」

卡婭的聲音仍由斷續的啜泣聲所伴隨著：

「山洞裡？我們是……為何會在一個山洞裡？」

羅開又深深吸了一口氣，在卡婭那種惘然之極的語調中，他至少可以肯定一點：當時間大神佔據了她的腦部之際，她的腦部活動在被控制的情形之下，是暫時停止了活動的，所以在那一段時間中，她的記憶是一片空白，她當然不知道自己在那一段時間之中做過了什麼事。

羅開沉聲道：「我慢慢向妳解釋，我們現在先離開這個山洞再說！」

卡婭答應了一聲，即使是簡單的答應聲中，似乎也充滿了遲疑。

羅開在這時已完全鎮定了下來，即使曾經有過那麼巨大的變化，他畢竟不是普通人，在漆黑之中，他也並沒有失去他對方向的第六感，他知道哪個方向是通向洞口的。

但是，羅開還是抬起了腳，在他左腳的鞋跟之中取出了一支小小的電筒來。

這種小電筒當然不能發出太強烈的光芒，但是在如今這樣黑暗像是膠漆一樣包圍著他們的山洞之中，一點點微弱的光芒也足夠作照明之用了。

當羅開按亮那個小電筒之際，首先映入他眼瞼的是卡婭異樣蒼白，充滿了驚惶的臉孔。

她臉上的妝因為淚水縱橫而化了開來，看起來十分滑稽，但也更使她年輕的臉上添上幾分幼稚，叫人看了更加覺得她的可愛。

她當然也在同時看到了羅開。看到了羅開，自然使她心中更加增加了安全感。

於是，一個發自內心深處的笑容泛上了她的臉，隨著笑容的綻開，原來還含在眼中的一顆淚水又滾落了下來。這種情景實在十分動人，羅開自然而然在她的臉頰上親了一下，然後，轉動著手中的小電筒，四面照了一下。

他其實早已肯定往哪個方向走是通向洞口的，在小電筒的光芒照射之下，他更可以肯定了這一點，他輕摟著卡婭的腰向前走出去。

不一會，就經過了那狹窄的一段，這一段狹窄的山洞，羅開在進山洞來的時候，是曾經經過的。只要走過那一段狹窄的山洞，幾乎就已是洞口了，這證明他現在在走的路一點也不錯。

可是，就在那段狹窄的山洞之中走出沒幾步，羅開的心中就感到了極度的驚恐！

那一陣驚恐陡然襲到，剎那之間，恐懼之感流遍了他的全身，令得他的身子像是浸進了冰水之中一樣，甚至，他不由自主地發起顫來！

緊偎著他的卡婭，自然立即感到了那種不尋常的顫抖，她用她明媚的眼睛望向羅開，羅開避開了她的眼光，盯著前面看。

卡婭在用她的眼波在問：「怎麼啦？」

然而，那正是羅開無法回答的一個問題，雖然這個問題立刻會有答案，但這時羅開的心中還存著萬一的希望，希望自己所恐懼的不是事實！

令得羅開在剎那之間感到極度的恐懼的是：在這段狹窄的，離洞口已不太遠的山洞之中，他應該可以看到自洞口射進來的光線！當他進來的時候，雖然是背著光走進來的，但當時他仍然可以清楚地感到洞口射進來的光線，如今他是向著洞口在走出去，自然更應該看到光線。

可是，如今眼前卻仍然是一片漆黑！看不到任何光線，這意味著什麼呢？唯一的解釋是：有什麼東西阻住了洞口，所以光線射不進來！

阻住了洞口的又是什麼呢？把光線阻得這樣徹底！

羅開心跳加劇，他先把小電筒熄了一會，希望可以看到前面有一線光芒，但是不論他多麼努力，看出去仍是一片黑暗，在這樣的黑暗之中，就算只有一點點光，哪怕是發光菌所發出的微弱光芒，他也應該可以感覺得到的！

可是！就是沒有任何光芒！

羅開不但心跳加劇，連氣息也不由自主變得粗了起來，卡婭在他身邊用怯生生的聲音問：「有什麼……不對頭了？」

羅開：「還不知道，再向前走！」

他一開口，連他自己也嚇了一跳，因為他的聲音變得如此乾澀——那自然是由心頭極度的恐懼所形成的。

他又按亮了電筒，輕輕把卡婭推開了一些，大踏步向前走著，不一會，就走過那段狹窄的山洞，卡婭一直緊跟著他。

一走過那段狹路，應該立即可以到洞口了，可是在小電筒光芒的照射之下，羅開整個人都變得僵硬了，像是石頭鑿出來的石像一樣，一動也不動。在應該是山洞口處，什麼也沒有……

這種說法，自然是羅開在震駭之中的第一個感覺，實際上並不是什麼也沒有，電筒光芒清楚地照射出，前面是石壁，和其他地方山洞的石壁一樣。

沒有洞口，他看到的，甚至不是被石塊堵住了的洞口，而是根本沒有洞口，石壁天然渾成，就像是幾百萬年來一直如此，就像是在那地方，從來也未曾有過一個可供人出入的洞口一樣！

羅開不由自主發出一下低吟聲來。這時，卡婭來到了他的身邊，羅開感到脖子僵硬，勉力轉過來，想向卡婭說明一個極其悲慘的事實。

卡婭看起來雖然不知道發生了什麼事，反倒有點可笑的神情，當羅開向她望來，還未曾開口時，她先開口：「鷹，你走錯方向了，這是山洞的底，不是出口！」

羅開的低吟聲終於變成了一下聽來令他自己也吃驚的呻吟聲：

「這裡……本來是出口！」

卡婭陡地震動了一下，剎那之間，在她的俏臉之上現出了驚恐莫名的神情來，張大了口，卻一句話也說不出來。

羅開知道，自己臉上的神情不會比她好多少！

過了好一會，卡婭才道：「本來是出口……為什麼現在會變成這樣子？」

她一面說，一面走前幾步，來到洞壁之前，用力去推著——當然一點結果也沒有。

羅開深深地吸了一口氣：「先靜一靜，先靜一靜！」

那兩句話，實在是他在自己對自己說的。

然後，他才道：「我想，一定是那一場震動，那場劇烈的震動，把出口變了形，山洞……成了山腹之中的一個密封的空間，而我們就被困在這個密封的空間之中了！」

卡婭的身子發起抖來，她來到了羅開身前，啞著聲：「我還是……說對了……這和我們到了地獄中，又有什麼分別？」

羅開的心緒紊亂到了極點，可是卡婭的話使他立時有了反應：「還是不同，在地獄中，我們已經死了，現在，至少我們還活著！」

卡婭眨著眼。

羅開因為自己的話而更加鎮定，既然活著，就得做點什麼來改變如今的處境！他來到了前面的洞壁，用力扳下了一塊拳頭大小的石頭來，向洞壁上用力敲著。

真正絕望了

羅開這樣做，是想從敲擊所發出來的聲音，判斷面前的洞壁究竟有多麼厚。他希望發出來的聲音是空洞的，可是他敲了幾下，換了好幾處地方，所聽到的聲音堅實得如同敲在地上一樣！

卡婭顯然因為極度的恐懼而變得有點神經質了，她緊握住羅開的手：「或許你走錯了方向？或許，這山洞另有出路？我們快回頭走……快回頭……」她叫著，又陡然鬆開了羅開的手，急急回頭走去。

羅開只遲疑了極短的時間，就跟在她的後面，也向前走去，不一會，走過了那狹窄的一段，回到山洞之中，羅開明知自己絕沒有走錯方向，可是還是不由自主跟著卡婭走。那是因為他想到目前自己真是處身在一個絕境之中了。

一個人，若是知道自己處身於一個絕境之中，那再沒有希望的事也會試著去做的！

回到了山洞之中，羅開用手電筒照射著，那是一個相當大的山洞，在左面一塊突出的平整的大石上，還有著一些東西放著。羅開一時之間也不及去辨認那是什麼，只知道那是兩個曾匿身在這個山洞之中的斯波達星人留下來的東西。

山洞是渾成的，四面八方，一點隙縫也沒有，是山腹之中一個密封的空間。

羅開和卡婭互望著，卡婭的神情，在驚惶之中還有著極度的疑惑，她的口唇顫動著，可是卻發不出聲音來。

羅開竭力使自己鎮定，可是在這樣的處境之中要鎮定下來實在不是容易的事。他首先想到的是：由於原因不明的變化，他和卡婭被封在這個山洞之中了！有什麼人知道他是在錫蘭東南部一個湖邊的山洞之中呢？

只有那兩個斯波達星人！斯波達星人能不能把他們救出來呢？看來這是唯一的希望了！

一想到這一點，他定了定神，沉聲道：

「卡婭，別心慌，看看那塊大石上有什麼留下來，如果可以聯絡上斯波達星人，他們會幫助我們！」

卡婭雖然是久經訓練的特工人員，可是在這樣的情形下也顯得手足無措，她和羅開一起來到那塊平整的大石之前，在手電筒的光芒照耀之下，看到大石上有幾件看來相當殘舊的衣服，還有一個扁平的箱子，打開箱子之後，看到箱中是一副不知是什麼用途的儀器，有著很多按鈕和儀表。

羅開嚥了一口口水，道：「希望那是一副通訊儀，只要能聯絡上斯波達星人——」能不能聯絡上斯波達星人是羅開心中唯一的希望，所以他不由自主，在口頭上也不住地重複著。

卡婭的眉心打著結，試著按下了幾個掣鈕，可是儀器卻一點反應也沒有，她抬起頭來，向羅開投以詢問的眼光，羅開伸手在她的臉頰上輕輕拍了兩下——這是羅開所能給予她最大的安慰了！

事實上，他自己也心亂如麻，他一生之中不知曾經過多少惡劣的處境，但是再也沒有比現在更惡劣的了！

他也開始去察看那副儀器，也試著按下了幾個掣鈕，當他按下了其中一個方形的、紅色的按鈕之際，突然聽到儀器發出了「啪」的一下聲響！

羅開深深地吸了一口氣，縮回手來，等著進一步的發展，可是過了很久，仍然一點異狀也沒有。

卡婭的神情更加焦急，她的語音之中甚至帶著明顯的哭聲：「鷹，突竟是怎麼一回事？究竟是怎麼一回事？」

羅開並沒有立時回答她的問題，只是深深地吸了一口氣，然後，就在那塊大石上盤起腿，用密宗靜坐的姿勢坐了下來。

他覺得在一切變故突如其來發生之後，他的思緒紊亂之極，極度的驚惶一直籠罩著他，而在這樣惡劣凶險的環境之中，這是最不利的情形，必須先令自己鎮定下來，才能改變處境。所以他就用靜坐的方法來達到鎮定的目的。

當他一坐下來之際，他就覺出卡婭緊緊地向他靠了過來。卡婭軟馥馥的嬌軀在發著抖，像是一頭受了驚的小綿羊一樣。

羅開再深深地吸了一口氣，緩緩地控制著內息的流轉，這種方法其實並不神秘，只是氣功的一種練氣的方法，幾乎每一個人，通過一個甚至並不是十分刻苦的訓練過程，都可以得窺門徑，不過自然得窺門徑容易，真正要達到高深的境界，就需要相當刻苦的鍛鍊過程了。

大約只有三分鐘光景，羅開長長地呼出了一口氣，睜開眼來。卡婭睜著明澈的大眼睛正凝視著他，一看到他睜開了眼，便迫不及待地在他的唇上吻了一下。

這時，小電筒的光芒也不如一開始那麼明亮。

羅開考慮到自己不知要在這山洞中多久，或許以後，在什麼緊要關頭上還需要用到光亮，這時不能太浪費他們所能擁有的唯一光線。所以，他一伸手熄滅了電筒，眼前立時變成一片漆也似的濃黑。

就在濃黑之中，卡婭氣息急促地緊偎著羅開，羅開也輕擁著她，低聲問：「先說說妳自己的感覺，妳是怎麼進山洞來的？」

卡婭的聲音之中充滿了遲疑：

「我……不知道，我只記得我和你……在一起，可是一下子我就失去了記憶……甚至失去了知覺，等到我又有了知覺之際，好像……好像有一股巨大的力量帶著我向前移動，接著，那股力量消失了，我就仆跌在地……再接著，就是……那駭人的震動，我感到寒冷和黑暗……我什麼也不知道，只當自己已經進入了地獄之中！」

她一口氣講到這裡，才喘著氣，停了下來。

羅開用心地聽著她講的每一句話，嘆了一聲：「時間大神曾佔據了妳的腦部，我是和『妳』一起到這個山洞中來找那兩個斯波達星人的。」

羅開一再輕握著卡婭的手，一面把經過的情形詳細講了一遍。

在羅開的敘述過程之中，卡婭曾發出了「啊」地一下低呼聲，但是她並沒有打擾羅開的敘述，直到羅開講完，她才道：「你不覺得情形有點不對麼？」

羅開苦笑了一下：「當然覺得，一切變故突如其來，沒有一處是對勁的！」

卡婭的氣息有點急促：「不，我不是這個意思，我的意思是——」

顯然，她的思緒十分紊亂，不知道該如何說才好，靜了片刻，她才又道：「我是說，時間大神離開了我的腦部，我才恢復了知覺的，是不是？」

卡婭又沉默了極短的時間，才又問：「時間大神為什麼肯離開我？」

羅開怔了一怔，這又是他未曾想到過的一點，這時，一時之間他也無法回答出來。卡婭接著又道：「他……是被逼離開我的！」

羅開「啊」地一聲，依稀想到了一些什麼，而卡婭已把他想到的講了出來：「一連兩下尖銳的嘯聲，那兩個斯波達星人急急向洞外奔去，去和他們的同類會合——」

羅開接了下去：「是，那兩個斯波達星人喪失了能力，其餘的斯波達星人卻是有能力對付受了重創的時間大神的！那時，時間大神在洞外，趕到的斯波達星人也在洞外，他們一定已經開始了爭鬥，時間大神被逼離開妳而逃走——」

羅開一路分析著，可是，才講到這裡，他就陡然停了下來，同時感到了一股極度的寒意！

他想起了一件事來：在卡婭要進來之前，在巨大的震動發生之前，有一團極暗極暗，暗藍色的光芒迅速無比地拖進來，捲向山洞深處！

那是什麼？

當時和事後，他連想都沒有想過這個問題，但是現在想一想：那是什麼？

答案是令他陡然生出了一股寒意的原因：

那是「時間大神」！

時間大神一定是在和斯波達星人的交鋒之中又受了挫敗，再次受了創傷，所以才逃進山洞中來的！

令得羅開害怕的，並不是「時間大神」這時正和他們一起在這個漆黑的山洞之中！因為時間大神既然只是一團這樣暗藍色的光芒，他一定又受了重創，不再是可怕之極、能力無邊的敵人了。

而令得羅開害怕的是，那團暗藍色光芒一進了山洞之後，就是驚天動地的震動，如果假定山洞的洞口消失是震動的結果，那麼，把整個山洞封閉，就是斯波達星人造成的了！

斯波達星人為什麼要把山洞封起來呢？自然是不讓逃進了山洞的時間大神再離開，他們的行動來得如此急驟，目的自然是想把一再受重創的「時間大神」永遠封在這個山洞之中。

而他和卡婭兩個人也被封在山洞之中，那只不過是因為他們恰好也在山洞之中而已！

自然，斯波達星人是知道有兩個地球人在山洞中的，但是時機如此緊迫，為了徹底對付宇宙之中的一個大禍胎，犧牲兩個地球人算得了什麼呢？

羅開感到真正的絕望！

本來，他唯一的希望是和斯波達星人取得聯絡，讓斯波達星人來解救他，可是這一切，根本就是斯波達星人造成的。他還有什麼希望？

到想通了這一點時，羅開才真正體會到，一個人處在真正絕望之中是怎麼一回事了！

黑暗中等待死亡

真正絕望的感覺是：整個人像是跌進了一個無底的深淵之中，一直向下跌去，甚至希望快點跌到底，快點粉身碎骨，都在所不計。

只是一直向下跌下去，跌下去，一無止境……

那真是可怕之極的感覺！

這時，顯然不是羅開一個人有這樣的感覺，卡婭也是一樣，他們緊緊靠在一起，身子都發著顫，在極度的寂靜之中，他們都可以聽到對方的心跳聲。

過了很久，卡婭才用極低的聲音道：

「我們……要一起死在這裡了！」

羅開的喉際不由自主發出了「咯」的一聲，他沒有出聲。

卡婭發出了一陣悠長的嘆息聲，仍然用那種低微得幾乎聽不見的聲音道：「你求生的能力比我強，我一定比你早……死……在我死了之後……」

卡婭帶著顫音的聲調，聽來實在是令人心碎的，羅開用手輕輕掩住了她的口，不讓她再說下去，卡婭靠得羅開更緊，過了好一會，她才推開了羅開的手：

「人終要死的，能死在你的懷裡，鷹，我感到……十分高興，鷹，真的，十分高興！」

羅開又再度掩住了她的口，卡婭發出了一陣抽噎聲，羅開感到自己的手背上，有一滴一滴的淚水沾了上來。

羅開深深地吸了一口氣：「聽著，我們要盡一切的力量活下去，盡可能活得久一些，山洞中的氧氣很充分，我剛才注意到，在有些石縫中有少量的泉水滲出來，可是我們沒有食物，一點食物也沒有——」

羅開講到這裡，略停了一停：「妳一定接受過忍受飢餓的訓練，紀錄是多少小時？」

卡婭停止了啜泣，低聲道：「一百三十小時。」

羅開抿了抿嘴：「實際的時間可以更長一點，假設是一百五十小時，那就是六天多一點——」

卡婭聲音苦澀：「六天多一點……在六天之內，我們會有希望脫困嗎？」

羅開沒有回答這個問題，因為在他的心中，這個問題的答案是「沒有！」他們根本沒有希望脫困！

在靜坐之後，羅開一直在迅疾地轉著念，設想著種種可以脫困的方法，可是他卻實在想不出有什麼方法，可以使兩個沒有任何工具的地球人衝出山腹中的一個密封的洞穴，再見天日。

他靜了片刻，才道：「斯波達星人是不會冒著讓時間大神逃脫的危險來解救我們的了——」

他才講到這裡，卡婭陡然叫了起來：「時間大神！在這個密封的山洞中，不單是我們兩個，還有時間大神在！他在那裡？在那裡？」

羅開沉聲道：「我早就在留意了，可是我只看到他以一團暗藍色的光芒的形式進來，不知道現在他躲在什麼地方！」

卡婭的氣息忽然急促起來：「你……說過……時間大神有著無比的神通，宇宙間幾乎沒有任何高級生物可以消滅他，他能超越時間和空間的限制，他——」

羅開陡地發出了一下叱喝，由於叱喝聲是如此響亮，山洞之中轟地響起了一陣回響，回響聲還未曾靜下去，羅開已經喝問：「妳這樣說是什麼意思？」

卡婭的聲音更急促：「我是在想……我們沒有法子出去，他……或者有辦法，或者，我們合作——」

這一次，羅開並不是用叱喝打斷了卡婭的話頭，而是陡然亮了電筒，直照向卡婭！卡婭被突如其來的照射嚇得住了口，羅開看到卡婭的臉色蒼白得驚人，明媚的大眼睛之中充滿了絕望和驚懼，淚珠和汗珠混在一起，令她整個臉上都泛著一層水光。

羅開本來是想在光亮之中叱責她的，可是一看到她這種情狀，心中一軟，立時熄了電筒，嘆了一聲，道：「卡婭，我不是什麼偉人，可是，如果在這個密封的空間之中，可以永遠囚禁著這個宇宙間的大禍胎的話，我倒願意以自己的生命作犧牲！」

卡婭默然半晌，才道：「第一，像這種個體星體人，一定有很多個。第二，他既然是不能被消滅的，我也不以為一個密封的空間，可以將他永遠囚禁在內，我們不過是白死，他有的是機會！」

在卡婭的話和他自己的心意之間，羅開有點心亂如麻的感覺，他盤算了很久才道：「那麼，妳的意思是——」

卡婭急急地道：「請他現身，至少，我們現在是處在同樣惡劣的境地之中。」

羅開苦笑了一下：「我不知道他現在用什麼形式存在著，也不知道如何可以請他現身。」

卡婭道：「我們不斷地想，或許他能接收我們的腦電波，他不是萬能的麼？」

羅開沒有說什麼，時間大神以前有可以測知地球人思想的能力，那是毫無疑問的，但是在接連受創之後，是不是還有這個能力呢？

不過，羅開倒不反對試一試，他自然不是同意了卡婭的提議，而是想到，如果能和時間大神聯繫上，那麼，至少可以明白一連串驚天動地的變故是如何發生的，和自己的推測是不是符合！

人體進行所有活動之中，思索大抵是最不消耗體力的了，而要在沒有食物的情形之下儘量活得更久，就必須盡一切可能不消耗體力。

羅開躺了下來，把身上的每一處肌肉都儘量放鬆。卡婭也在他的身邊躺了下來。在經過了那樣的劇變之後，羅開真感到有點疲倦，反正沒有什麼可為的，除了想怎麼令時間大神出現之外，也沒有別的可想，他竟然真正睡了一覺。

等到一覺醒來，扭亮了電筒，看了看錶，只不過睡了四個小時。卡婭的長睫毛，在電筒的光芒下，映出了長長的影子來，她還在熟睡中。

羅開一動，令她也醒了過來，她並不張眼睛，只是欠了欠身。

她把頭枕在羅開壯實的胸口上，道：「我剛才做了一個夢，夢見了一種美麗的雀鳥，那種鳥的名字是朱雀。」

她頓了一頓，又道：「你知道嗎？在俄文中，卡婭的發音，和朱雀十分接近。」

羅開苦笑了一下，睡醒使他感到口渴，他慢慢起身，用電筒照射著，發現好幾處石縫中有水沁出來，還有兩三處透出來的水在有凹處的石頭上積聚著，水當然是不會多，但也可以使他們每人喝上一口。

他和卡婭各自喝了兩口水，水味很澀，也很鹹，可能含有不少礦物質，那倒對維持生命多少有點幫助。然後，他們又回到那大石之旁，卡婭翻來覆去，在那兩個斯波達星人留下的衣服中尋找著，也不知道她想發現什麼。

羅開的注意力集中在那副不知有什麼用途的儀器上，竭力想弄明白它的用途，但是直到電筒的光芒黃得幾乎照不見任何東西了，他也未能知道這副儀器究竟有什麼用處。

羅開熄了電筒，電源也幾乎耗盡，只有在最重要的關頭才可以再用它。他又躺了下來，伸出手臂，讓卡婭枕著，兩人都不說話。

在這樣的情形下，時間一分一秒地過去，過了好久，卡婭才道：「鷹，你在想什麼？」

羅開長嘆了一聲，他在想什麼，他還能想什麼？他想到的是死亡。

雖然每一個人都無可避免地要死亡，但是死亡在這樣清醒的情形下，用那種不可抗拒的步伐伴隨著深沉的痛苦，在一步一步迅速地逼近，這種滋味，實在是令人難以忍受的。

卡婭得不到回答，靜了一會，忽然哼起一個調子十分優美的小調來，一面哼，一面還用俄文輕輕唱著。羅開聽得出歌詞是說一隻受了傷的小鳥，在草叢中拚命撲著翅膀想飛起來但是又飛不起的情形，曲調和詞意都十分傷感。

羅開輕拍著她的身子，和著調子的節拍，他忽然感到，自己一生之中似乎從來也未曾有過類似的平靜的時刻，這時，在這樣的情景之下，在無可避免的死亡陰影籠罩之下，反倒有了這種平靜的時刻，那真是異數了。

卡婭哼完了一遍，坐起身來，她才一坐起來，就低呼了一聲：

「看，時間大神！」

羅開也看到了，在這樣的漆黑之中，不論在哪一個方向，只要有一點點光芒發出來，都可以使人感覺得到的！羅開一轉頭，就看到了那一團暗藍色的光芒。

那團光芒距離他們大約有十公尺，光芒十分黯淡，看起來只是朦朦朧朧的一團，但是還是在變幻著，如同一團流動的發出微光的雲。

那自然就是「時間大神」！和他能發出奪目的、如同太陽一樣令人不敢逼視的眩目光輝來，自然大不相同，但那一定是「時間大神」！

看到了那團暗藍光芒一副「奄奄一息」的樣子，羅開也不禁感到了一陣快意。他知道，雖然難以將之徹底消滅，但是他一定連最後的作惡能力都喪失了！

不過，羅開還是立即低聲道：「小心提防，別讓他再有機會進佔妳的腦部！」

卡婭答應了一聲，又道：「妳看，他在變，他想改變形狀！」

是的，那團暗藍色的光芒，在出現之後不久就在變化著，看起來十分緩慢，像是一隻巨大的變形蟲一樣，本來是圓形的一團，變得漸漸在拉長。

這時，羅開也可以更清楚地看到，那團光芒是緊貼在石壁上的，當他漸漸變形之際，就像是貼在石壁上的一個影子一樣。

當他終於變成了一個圓柱形之後，在他的兩旁，又變得伸出了兩支較細的圓柱形體來。

願意做永遠的女奴

這種無聲的變化在緩緩地進行著，簡直是詭異之極，看得人遍體生寒！

當兩個細小的圓柱體伸出了不到一公尺之後，在圓柱體的頂端變得扁圓，然後，又伸出了長短不一的五根更細的圓柱體。

卡婭又低聲呼道：「天！一雙手！他在把自己變成一雙手的形狀！」

羅開屏住了氣息，那團變形的暗藍色光團發出十分微弱的光芒，但也令得羅開可以在黑暗之中看到一點模糊的影子，他揚起自己的手來，的確，光團是在努力變出一雙手的形狀來。

羅開在開始的時候還不知道「時間大神」把自己的形體變成一雙手是什麼意思，但是他隨即就明白了！

當暗藍色的光團完全變成了人的一雙手的形狀之後，他看到手指部分彎曲著，動作著，他一眼就看出了那一雙「手」，正在進行聾啞人所使用的「手語」！而且一連重複了三次。

聾啞人所使用的「手語」，羅開並不陌生，他看得出，那雙手是在說：「請利用那箱子中的機件！」

羅開和卡婭一看，立時不由自主雙手互握了一下，卡婭摟著問：「你能聽到我們的聲音？那箱子有什麼可利用之處？」

那雙手又做出了一句手語：「現在我們處在同一個處境之中，必須同心協力合作。」

卡婭立即答應著：「是！是！」

羅開的反應不像卡婭那樣直接，他只是深深地吸了一口氣，沉聲道：「想不到你的能力現在是這樣弱，大神先生！」

當羅開這句話才一出口之際，那雙「手」的光亮度陡然加強，但是那只不過是極短時間的事，立時又恢復了那種暗藍色。

然後，他又打出了手語：「你的話是一點意義也沒有的，我再弱，時間對我不發生作用，我可以無限制生存下去，而你們，至多十天就非喪失性命不可了！」

羅開悶哼一聲：「有時候，死亡並不可怕，無窮無盡、毫無希望的囚禁比死亡更可怕！」

暗藍色的光芒閃動著，手語也在繼續：「由於我根本不知道什麼是死亡，所以無從比較，你的話，起不到恐嚇我的作用！」

羅開還想說什麼，可是這時，卡婭輕輕地拉了一下他的衣袖，在他的耳際用極低的聲音道：「鷹，我不想死，不要讓我死！」

卡婭的聲音雖然十分細微，但是還是可以聽得出，她聲音之中充滿了恐懼，也充滿了哀怨，同時，也充滿了對羅開可以拯救她的希望和依託！

這實在是任何人無可拒絕的要求，何況，還和羅開自己的生和死有關，卡婭和他的處境是一樣的，卡婭要是非死不可，他也沒有生還的機會！

不過，羅開仍然懷疑，那隻箱子中的儀器是不是能令自己脫困！

他又吸了一口氣：「好，我們不必再爭論了，你的意思是，利用這箱子中的儀器，我們都可以離開這個密封的空間。」

手語的答覆簡單而肯定：「是！」

羅開沉吟了一下，卡婭在這時候又哀求道：「鷹，我不要做偉人……不要……死……讓他……也和我們一起脫困好了！」

羅開緩緩嘆息著，他所考慮到的就是這一點：他和卡婭能脫險，「時間大神」就也能脫險，而「時間大神」卻是宇宙的一個禍胎，是所有星體上的高級生物，都不想他繼續存在下去的惡魔！

羅開一時之間還下不了決心，「雙手」又急速地作出了一連串的手語：

「一離開這裡，在宇宙粒子之中，我可以獲得能量，使我可以離開地球，再也不回來，我已經厭倦了這裡，而且，地球人比我想像中難以征服。我也不會恢復到和以前完全一樣，以後，我非但不會主動去謀害什麼人，連見到別的星體人我都會害怕，這……我可以向你保證！」

羅開猛地一揮手，使他在剎那之間下了決心的，倒還不是那一番「手語」，而是在朦朧的黑暗之中，他接觸到了卡婭的眼神，那是充滿了祈求的眼光，令得羅開覺得全然無法拒絕！

羅開一面揮著手，一面道：「好，那儀器，老實說，我根本不明白那是什麼！」「手語」在繼續：「我知道，那是多用途的儀器，其中的用途之一是聚集空間中的能力。」

那雙由藍光芒組成的「雙手」，這時又回復成了一團，向前移動著，一下子就來到了那塊大石上。

然後，在光團之中射出一股光線，在極短的時間內，那股光線射在儀器的幾個掣鈕之上，那儀器立時發出了一陣「嗡嗡」的聲響來。

羅開的心中十分疑惑，看起來「時間大神」懂得操縱這副儀器！但，如果是這樣的話，他又何必要自己合作，還作了再不作惡的保證？他大可以等上十天八天，等自己和卡婭死了之後，利用這副儀器的功能脫險！而且，就算不等，他要行動，也不知如何阻止他才好！

羅開真的不知道「時間大神」在搞什麼鬼，他只是小心戒備著。

在「嗡嗡」聲中，羅開看到儀器上，有不少點狀的亮光在閃動。「時間大神」又使自己變成了一雙手：「發動儀器的能力，是腦能力。」

羅開的心中，陡然一怔：「腦能力？你的意思是，人腦活動所產生的能力！」

手語的回答：「是！」

羅開立時又問：「那一定是斯波達星人的腦能力，地球人——」

手語急速地表達著：「地球人的腦能力較弱，但基本頻率是一樣的，而你的腦電波又遠較普通人為強，所以你有能力發動這儀器！」

羅開悶哼了一聲，「手語」又道：「儀器發動之後，我有力量操作。」

羅開釘了一句：「操作的結果會怎樣？」

「手」停了片刻，才有了表示：「通過儀器作用，聚集起來的巨大力量可以使岩石炸裂，我們都可以離開這個密封的空間！」

羅開咬著牙，在那儀器聚集了能量，發出巨大的開山裂石的能力之際，奸惡的「時間大神」是不是會玩什麼花樣呢？

他再也沒有想到，自己和「時間大神」一直處在你死我活的敵對狀態之中，但現在卻要合作去求生！這實在是一個極大的諷刺，也是極難作出決定的一件事！

卡婭在這時候輕輕說了一句話，使羅開有了最後的決定。

卡婭低聲道：「鷹，沒有永久的敵人，也沒有永久的朋友！」

羅開深深地呼吸著，向那雙「手」望去：「我要如何應用我的腦電波？」

手語飛快地表示：「集中你的意志，想念一個密碼，這個密碼是……」

「手語」先作出了一連串的數字，那是一個十二位的數字，記憶過人的羅開立時記住了，手語又再繼續：

「這是第一組，第二組是……」

又是一組十二位的數字，而密碼一共有三組之多，三十六個沒有規則的數字排列，要不斷地思念著，而不能有半個差錯，這絕不是一件容易做得到的事，但對羅開來說，並不是太困難的事，密宗的經文何等難唸，他也可以正確無誤地背誦出來！

在精神高度集中之下，羅開漸漸地進入了他自己的精神世界，渾然不知自己身在何處，只是不絕地思索著，默念著那三組密碼。

陡然之間，一下驚天動地的巨震，令得他整個人都彈了起來，羅開只覺得自己在那一剎間被另一個人抱住，兩個人又一起重重跌在地上，他睜開眼來，已經可以看到光亮，一道至少有一公尺寬的裂縫穿過了十多公尺厚的石壁，使外面的月光可以透進來。

在那道裂縫的出口處，可以看到那團暗藍色的光芒正在迅速地增強，轉眼之間，變成了亮藍色的一團，閃耀得十分明亮。

羅開和卡婭是一起站起來的，那團光芒已騰空而起，自光亮之中也發出了聲音來：「我們都脫困了，我會實行我的許諾！」

羅開忙道：「等一等！我被困在山腹中——」

光團中傳出聲音：「也別怪斯波達星人，當時他們為了對付我，不能不把你們一起困起來。」

羅開還想說什麼，那團亮藍色的光芒倏然騰空而起，以極高的速度刺空而去，一眨眼就不見了。

這時，在這個荒僻的湖邊，若是有什麼人看到了這種現象的話，自然又可以增加一則已經被人看到過許多次的「不明飛行物體」的紀錄了。

羅開和卡婭從那個裂縫之中走了出去，又奔出了十來步才停止。

卡婭仰起了臉，雙眼之中盈滿了淚水，那是死裡逃生，極度興奮的情緒之下產生的淚水，那使她美麗的雙眼更加澄澈。

她輕依著羅開，呢聲道：「鷹，你可知道，當我求你救我時，我曾許了一個願，若是我可以逃生，我願意永遠做你的女奴！」

羅開陡地吃了一驚，忙道：「不必了吧！」

卡婭並沒有再說什麼，只是雙臂緊緊環抱著羅開，把她嬌小的身軀緊貼著羅開，在這樣的情形下，羅開自然也不便再多說什麼了！

〈完〉

倪匡奇幻精品集 02

非常人傳奇之魔像

作者：倪匡
發行人：陳曉林
出版所：風雲時代出版股份有限公司
地址：10576台北市民生東路五段178號7樓之3
電話：(02) 2756-0949
傳真：(02) 2765-3799
執行主編：朱墨菲
美術設計：許惠芳
行銷企劃：林安莉
業務總監：張瑋鳳

出版日期：2019年4月
版權授權：倪匡
ISBN：978-986-352-682-7
風雲書網：http://www.eastbooks.com.tw
官方部落格：http://eastbooks.pixnet.net/blog
Facebook：http://www.facebook.com/h7560949
E-mail：h7560949@ms15.hinet.net
劃撥帳號：12043291
戶名：風雲時代出版股份有限公司

風雲發行所：33373桃園市龜山區公西村2鄰復興街304巷96號
電話：(03) 318-1378
傳真：(03) 318-1378
法律顧問：永然法律事務所 李永然律師
北辰著作權事務所 蕭雄淋律師

行政院新聞局局版台業字第3595號 營利事業統一編號22759935

定價：240元

國家圖書館出版品預行編目資料

非常人傳奇之魔像 ／ 倪匡著. -- 初版 --
臺北市：風雲時代，2019.02- 面；公分

ISBN 978-986-352-682-7 （平裝）

857.83 107022394